我有个我们

宇萍 著

江苏凤凰文艺出版社

图书在版编目（CIP）数据

我有个我们 / 宇萍著. -- 南京：江苏凤凰文艺出版社，2025. 2. -- ISBN 978-7-5594-8968-5

Ⅰ. I267

中国国家版本馆 CIP 数据核字第 202438HB04 号

我有个我们

宇萍 著

出 版 人	张在健
责任编辑	姜业雨
装帧设计	昆　词
责任印制	杨　丹
出版发行	江苏凤凰文艺出版社
	南京市中央路 165 号，邮编：210009
网　　址	http://www.jswenyi.com
印　　刷	苏州市越洋印刷有限公司
开　　本	889 毫米 × 1194 毫米 1/32
印　　张	8.75
字　　数	200 千字
版　　次	2025 年 2 月第 1 版
印　　次	2025 年 2 月第 1 次印刷
书　　号	ISBN 978-7-5594-8968-5
定　　价	59.00 元

江苏凤凰文艺版图书凡印刷、装订错误，可向出版社调换，联系电话 025 - 83280257

献给
阴山下的乌兰察布

– 自序 –

圆满

责编姜业雨老师让我整理文稿的时候，我在书的献词页加了"献给阴山下的乌兰察布"一句。乌兰察布位于内蒙古自治区中部，属于半农半牧地区，民风淳朴。我有幸在此地寄居数年。我身上淳朴的性子，便是它给我的，这个品质，可惜我也才习得不足万一。那里有闻名的"三千孤儿入内蒙"的故事，那是属于时代的叙事。虽时代不同，我却有同样的运气，被我的"草原额吉"领养，寄居于乌兰察布。这位草原额吉，后来成了我的"姥姥"。

这本书便是以乌兰察布为轴线，分作三辑，分别为"来时路""阴山下""远行人"。

"来时路"一辑，写了到草原之前的种种，幼年与我一同成长的小伙伴双喜和小秋，打铁匠人陈师傅，走街串巷的货郎婆婆，还有与货郎婆婆的"敖包相会"。

"阴山下"一辑，写了我在草原生活的年月。寒冷而漫长的冬季，冻伤的脸和手，姥姥织了围巾和新毛衣，大雪天炉子上炖着汤，羊棒骨的香气飘呀飘呀；春夏时在山上放牧，靠背诗和算数虚掷着光阴，牛羊吃草，云来了又去，马铃薯在野，开出花又结出果；秋天，我不用再趴在小学校的窗户外面偷偷望别人读书了，我也当了真真正正的小学生！坐到明净的教室里识得好多字，读得好多书，而窗外总是黄沙漫天，风大的时候，到远处放牧或做工的姥姥总是被困住。

"远行人"一辑，写了离开草原的小事情。姥姥去了另一个世界，我从草原到了天津，又回到呼和浩特，一年一年一月一月一天一天。从前我们一棵一棵种下的树，在草原旁边的村庄，渐渐荒芜。鸟一只只飞来再飞走。而月亮有圆的时候，花开时总是看不厌，最想吃的还是姥姥煮的粥，三爷爷到城里来看我，陈家奶奶走路都走不稳了，俊英家念念长成了大人。

这本书是写给乌兰察布的，更是写给姥姥的。

在书稿交付之前，有个周末，我回草原住了两天。随着旅游业的兴起，锡林郭勒、格根塔拉多了许多景点、敖包和蒙古包，随处可见全国各地的车牌，游人如织，热闹且繁华了。农区则安静许多，还保有旧时样貌。牛羊散放在山上，牧羊的人身上穿着厚重的衣服，来自西伯利亚的风似乎不曾停歇，年复一年。乡邻脸上惯有高原红，笑容依旧。姥姥就躺在阴山的一处半山腰，俯瞰着村舍。那个夜晚，我坐在她身边，与她饮酒，忽而山风吹来，倘我张开双臂，仿佛便能将万家灯火拢于怀中。会不会太贪心了？我问姥姥。风又吹来，我没好意思将双臂张开，只虚拢双手，捧着远处一点点火光，就够了。

天上一抹毛茸茸的新月,那是姥姥望向我的眼睛。新月旁是暗蓝透着亮色的微光,像熄灭的将要沉沉睡去的篝火堆。夜深了,该回家了。我跌跌撞撞向家走,如同姥姥离开的这些年里,我的撞撞跌跌。俊英在村口的路灯下等我。她是我幼时的玩伴,亦见证了年迈的姥姥独自抚养我长大的辛苦。幸好有草原,有牛羊,有美好的人、情和作物,有给我遮风避雨的居舍。它们的循环与恒久,光与热,同样给了我勇气与信心,也证明这来时路并非虚妄。

离开之前,我们并排站在沙果树下,仰头看,深浅的绿和更绿,结着果实,要等秋天才熟了。她担心我的身体状况,小心翼翼地问:"秋天你还能回来吧?""果子结这么多,一颗两颗……"我数着数着,果子变得模糊了。她却说:"这么多果子,都留给你回来吃!"那时院门边开了浓烈的鸡冠花,羊群正从圈里一只一只向外走。来送我离开的乡邻看看我们,又看看那棵树。

种这棵树的时候,姥姥说,树很可靠,该发芽时发芽,该开花时开花,很守时,比人长久。后来,它就站在院子里,年年结出果子,等我回去。我曾在文字里珍重地写过它四季的样子,它结出果子的滋味,以及许多个初雪的夜晚,姥姥站在树旁,无数细雪从月光里飞来,飞向她。那时姥姥夸赞"爱写字的小孩",她不知道,写字这件事,我坚持到现在。

前段时间,我身体不那么好了,就将部分书稿陆续发给故友苏辛老师。她很是喜欢,为我策划出版的事,书名便是她给取的——我有个我们。书中散记着我与我"额吉",与乌兰察布相逢、相识、相伴及至暂别之后的一瞬光阴,使读到这些文字的人看到,便也知道,在宇宙的小小角落里,曾经生存过的我们。

我想着,只要文字在,她就在;她在了,我的人生也算圆满了。

目录

第一辑 来时路

第二十八春 / 003

夜色温柔 / 029

我有远人 / 034

敖包相会 / 039

第二辑 阴山下

小孩 / 047

是谁在敲打我心 / 051

遥远的冬天 / 056

下雪 / 063

童年 / 067

小春天 / 073

名字与闲时书 / 077

马铃薯之味 / 089

一件小事 / 098

消失 / 101

春满山河 / 104

第三辑 远行人

世上"后会有期"这样好的词 / 109

陌上花开 / 116

春山好 / 125

生日快乐 / 133

向着明亮那方 / 142

看花 / 147

七月 / 155

盛夏之味 / 169

夏天的声音 / 174

蝉鸣之夏 / 179

星空和萤火虫 / 189

草木一秋 / 197

暮秋之味 / 209

种花 / 214

直到秋天到来 / 220

秋日、粥食和菊 / 224

秋时菊 / 232

中秋快乐 / 240

秋迹 / 245

一山的雪 / 249

月亮 / 253

生活的一种 / 259

代后记：有是人，方有是书 苏辛 / 266

第一辑

来时路

第二十八春

一进入三月,微信朋友圈渐渐看见有人发玉兰的照片,才知道又到了玉兰绽放的季节。算起来,这是我离开湖阳到北地的第二十八个年头了。原先熟记于心的江南物候,不觉间变得模糊,渐至漫漶不清。当然,随着互联网的发达和手机的普及,物理距离对记忆的影响日渐式微,代表性的物候从别人的影像中便可窥见。但节候之间过渡的那部分,我不能置身其中,年复一年去感受经历其间的微妙鲜活,感受其延续与变化,这份记忆力自然而然地蒙钝下来。同样蒙钝渐至忘却的,还有那时的人。有关姥姥的记忆,也断断续续起来。但我确认思念没有衰减。

一

玉兰花是姥姥在春季里最爱的花。

二十世纪九十年代中后期,姥姥还在湖阳,我也在。我们初相识时,她还不是我的姥姥,是街上的货郎。日里推着卖货的车子,摇着拨浪鼓,走街串巷售卖商品。而我则被一家私人性质的福利院收养着。

福利院沿河而建,几间砖瓦房,高高的院墙,大门有两进,二门是灰黄色的木门,大门则是由手指粗的金属材质围成的"门"字形的栅栏,右侧开个口子,供人进出。河是南北流向,长长的河堤,向前向后延伸,途经小镇、村庄和农田,间有大大小小的池塘,有人家在塘里养鱼、养鸭、养鹅。农田多是水田,种植稻米。

和我同在福利院的小孩子有五六个,我是其中年龄最小的一个。才将将会走路,白日里即被放到街上,由大点的孩子带着,向往来的人讨一些吃食、钱财,街邻皆唤作"小叫花子"或"小要饭的"。

久了,在街上听人这么喊,便走过去,伸出碗,有时是一小块馒头,有时是半只烧饼,有时是半碗米饭,得以饱腹。常常讨不到现钱,连一分两分的硬币也没有,待天黑回到住处,免不得挨一顿打。沾了水的荆条抽在身上,真疼啊!小孩子总忍不住大声喊叫,哭出声来。

入夜时分,正是家家户户吃晚饭的时候,邻家听到小孩的叫喊,知晓这家人又毒打孩子了,终于听不下去的男人,三两个相约敲开福利院的院门,讲一些道理,劝阻几句。这时候,挨了打的小孩子没得地方可去,便偷偷跑到院外的大堤上,寻一处没人的地方,默默掉眼泪。

我喜欢到桥头的一棵高树下坐着。春天的时候,这棵树开一树白花,像鸽子的羽翅。那时我还不知道它有好听的名字,叫玉兰。我靠在它身上,将它当成"信得过"的树,把平日里遇到的让人伤心落泪的事,从心里掏出来,与它说一说。它经常摆动着高枝,回应我,我像是得到了莫大的安慰一般,鞭子抽过的地方仿佛一下子不疼了。

倘若货郎婆婆还在桥头摆摊,就要走过来。她身上有种让人安心的力量,我说与玉兰树的那些话,她都听到耳朵里。不忍听时,她就来到我身边,给我一只冒着热气的茶叶蛋。作为小孩子的我多么喜欢她啊,她不像旁人喊我"小叫花子",也不喊"小要饭的",她唤我"小孩"。

"小孩,怎么又挨打了?"她一边说着,一边拿布帮我擦拭伤痕上的血。

伤口被清理的时候,疼痛感就会被唤醒。她每擦一下,消一下毒、上一下药,都那么疼。但我不敢哭,哭就要挨更多的打,这个我有"经验"。

"小孩,疼就哭出来。"她把我搂在怀里,轻轻拍着我的后背,一下又一下。

"小孩,饿不饿?"她拿糖果、饼干给我吃。

我摇头,翻出空空的口袋给她看,说:"我没有钱。"

"婆婆给你吃的,婆婆不要钱。"她将吃食放到我手里。

她身上有种我不曾体会过的感觉，像天上的太阳，晒得人暖暖的，使我不由得想要与她亲近。原来这就是糖果，这么甜啊！货郎婆婆真好！她的好使我终于忍不住，眼泪一下子涌了出来。在她那里，我成了爱哭的孩子。

虽是如此，到第二日，讨不回银钱的我们，照样还是要挨骂挨打。时间久了，邻居们也就鲜少敲门进来劝阻。只有到了他们实在无法忍受的极限，几个男人才照旧进门，来交涉一番。

福利院的小孩子就是在这一次又一次的重重鞭影里，一点点长大，懂事。逐渐知晓哭闹亦是无用，相反，要承受更为疾厉的鞭打，只好默不作声，咬着牙，当荆条被举起来时，于心里计着数："一下、两下……"到第十三、十四鞭的时候，打人的大人或许是累了，就会停下来。我沉浮其中，如门前大河里一条溯游的鱼，时不时跃出水面，张口呼吸一下，再一头扎进深水里。

不久后，大约是新年过去不久。玉兰树刚刚打出花苞，河边的柳枝条变成鹅黄色。有一日，我误食了福利院管事女人丢在桌上的几片棕褐色药片。那个晚上，我的嗓子就火辣辣烧起来，喉咙肿痛不堪，发起高烧，持续了许多天。终于在一个晴好的下午，阳光明晃晃照着，我蹲在桥头，抱着讨饭的大碗，昏了过去。

桥头的那株玉兰树，正开着一树白花。货郎婆婆经过，唤我不醒，便找在桥头开打铁铺的一个男人，寻赤脚医生来看诊。待我醒来，却不能开口说话了，成了一个小哑子。然而喉咙的疼痛也像它来时一样，忽然就消失了。

天黑之后，那沾湿水的荆条再抽到身上，我便再也喊不出声来。

很多时候，天已经黑下来，我却不愿回居处。这一日没有"收成"，为逃避挨打，即使饿着肚子，我也要逗留在街上。这时候，货郎婆婆还没有收摊。她有一盏煤油灯，放在玻璃货架内。

二十世纪九十年代的乡镇街道，没有布设路灯，街头微弱的一点光亮多是来自路边人家窗内的灯火。而待天彻底黑下来，黑得几乎看不清了，货郎婆婆才去摸煤油灯盏，摸火柴，把灯点亮。

远处的人看到灯光，就知道来这处采买东西。有时她推开半只玻璃橱门为买东西的人取货，风吹进去，吹到煤油灯的灯芯上，将火苗吹歪，眼看就要吹灭了。

我忧心忡忡地看着，生怕火苗不小心烧到饼干的塑料包装上，那饼干就不能卖钱了，多可惜啊！火苗却迎风跳一跳，变正了，我便轻轻松了一口气。回过神来，看到灯把人的影子照得很大、很黑，映到地面和不远处的墙体上，像是奇怪又陌生的什么东西。

灯火之外的夜晚则显得更为庞大，真使人心惊。我有些害怕，怯怯走近她，抓住她的衣襟，不敢松手。她却并不嫌弃，蹲下身与我讲话。

"小孩，怕黑了是不是？"她问。我拼命点头，她便将灯熄灭。黑夜露出我熟悉的样子。临街的房舍、河流，四围的田畈，远处的树影，也都一起沉浸在纯粹的黑暗里。河面偶尔传来水鸭子的叫声，嘎嘎嘎几声。

"小孩，给你讲故事吧。"她说。我靠近她坐着。听她讲，有一年除夕，在寒冷的大风里，一个小女孩在街上卖火柴。她又冷又饿，快要死掉了，只好擦亮火柴取暖。她在火光里看到了疼爱她的奶奶。

第二天天亮了，太阳出来了，人们看到小女孩笑着，坐在阳光下面，她的灵魂被奶奶接到了传说中的天堂。我在货郎婆婆脚旁的矮凳上，一面热切地听，一面从地上捡起小石子，拿在手里玩。

天色逐渐由蓝加深，变为一种微微带绿的深蓝，然后，在彻底跌入黑蓝的夜色之前，成为一种底下仿佛透着微光的、令人心动的暗蓝。后来，夜渐渐深了，我伏在她的膝上沉沉睡去，做了个卖火柴的梦，梦到有个奶奶接我离开了。她静静坐着，没有喊醒我。只有夜色之上遥远的天空，春天的星子还繁密无极，随着时间慢慢转移。

二

双喜是福利院中个头最高的，比我高出一个头。我见到他时，他左侧的袖筒空空的。我伸手去碰，袖子就在眼前打摆。

"这个胳膊去哪了？"小秋问他。小秋是我们几个之中最爱掉眼泪的，胆子也小。双喜经常看他不起，嫌他不像个男子汉："动不动就哭，眼睛水真多！"福利院的大人却极为讨厌，甚至厌恶我们的哭声。他们哪有耐心哄一个伤心的小孩子呢？倘若谁因为小孩子间的争执哭起来，大人就怒气冲冲地过来，几乎是怒吼着："不准哭！憋回去！"吓得大家大气都不敢喘了。

只有小秋，那么爱哭，他抽抽噎噎，正是委屈的时候，哪里憋得回去。人被吓怕了，反而哭得更为大声。这个时候，大人恶狠狠地去拿荆条。双喜见状，赶忙拉我跑到院子里。可是爱哭的小秋，少了条腿，一时跑动不得。大人进屋，他先是号啕大哭，后听得大人责骂的声音，小秋受不得委屈，几乎要哭得断气了。我们不敢走进去，眼泪汪汪地听着那哀声，不知该怎么办。

心里好恨啊，可是恨有什么用呢！双喜牙咬得响响的，用尚为完好的那只右手为我擦泪，宽慰说，不哭不哭，小秋会没事的，会没事的。但小秋却不见好了，脸愈发苍白，躺在铺上，讲梦话。"妈妈，妈妈"，这样喊着。喊叫了一夜。天亮时，双喜探了探他的额头，很烫。慌忙去抽屉里找药。发烧是我们身上常有的事。他这次真是烧糊涂了，双喜说。

我们居住的房子是土墙瓦屋最里面的一间，有一扇窗户，长年糊着报纸。这时已被风吹得破败不堪，那报纸正在并不算大的风里呼啦呼啦地抖动。我们睡觉的通铺就在窗户下面，并没有床，只在地面垫一层干稻草，再铺一层又干又硬的垫被。垫被的棉絮过于破旧，早已不能辨清其本来的白色，变成灰土土的黄色，丝丝缕缕从被套四围钻出来。盖被则好一些，也是棉质，被罩虽已分辨不出颜色，但棉絮都完好地套在被罩里。

靠近房间门的一侧，摆放着一张长方形桌子，亦非常破旧，上面不知多少年前刷上的绛朱色油漆，已经脱落。大概是早先在此处生活过的小孩子贪玩，用手指或其他什么物件，将桌身脱落油漆的地方抠来抠去，桌子便显得更为破旧。

能治发烧的白药片就放在桌身的抽屉里，有一大把那么多，包在泛黄的报纸里。谁发烧了，知道去那抽屉里取药，小心翼翼地拿出一片，就着冷水咽下。不几日烧便退了。我们都以为那药是"神药"，能救人的命。

天将亮时,开始下雨。这时节,湖阳镇的春天正要开始了,雨水渐渐多起来。打轻轻的雷,零星的雨断断续续落着。空气黯黯生凉。小秋病着,一动不动,连声音都不能发出来了,只有两滴清亮的眼泪顺着眼角往下滴。双喜拿药放到他嘴里,他也不往下咽。双喜就喊:"小秋啊,小秋,快吃药,吃药了。"他仍旧一动不动。风顺着窗户吹过来,寒气恻恻。我们将盖被都盖到小秋身上,小秋还是一动不动。

我心里急切,哑着,比画着,问怎么样了?会不会好?双喜说:"药在嘴里了,他吞下去就能好。"可是小秋仍旧一动不动,那药在牙齿外面,吞不到肚子里去。双喜又找来水,一点一点顺进他的嘴里。如此,大家才放下心。

我们都以为"神药"真能把小秋的病治好。听到院子里公鸡咯喔喔——咯喔喔——地打鸣,我们和往常一样,从深夜模糊而脆弱的困倦中伸着懒腰,自床上爬起身,在一声接着一声的鸡鸣中,带着各自的大碗,到街上讨吃食去了。

从早晨起就是雨天,到黄昏天色愈加昏黑。沉沉天色下,灰蒙蒙的稻田、田埂的枯草,还未长出叶子的玉兰树、梧桐树,都显出格外的萧索颓败。街上没什么人,这一日自然"收成"微乎其微,铁匠铺的男人给的半只烧饼,我悄悄藏进衣兜,要留给小秋。

我畏惧荆条抽到身上的感觉,又想到小秋生着病,一人在房内,路过货郎婆婆卖货的小车,远远望她一望,不敢作片刻的停留,就这样空着手,家去了。

果然紧接着是一顿打骂。我忍着痛,缓缓向房间走去。推开门,双喜眼含着泪珠。往日里，双喜脾气犟，任大人怎么打，一声不吭，更别提掉眼泪了。我隐隐感觉到有什么不好的事情发生了。

生活在这个时候变得不同了起来，我当时也不过是才懂些人与事的幼童，路还不能独自走好，但生活发生了怎样的不同，我说不清楚。我惴惴不安地走向双喜，他跪坐在小秋身边。我去拉小秋藏在被子里的手，想把半只烧饼递给他。他的手却是那样地冰凉。我还不懂"死"这个概念。双喜说："小秋死了。"我不懂是什么意思，将烧饼递到他嘴边，他的脸色比枝头的玉兰花还要白。

我掀开盖在小秋身上的被子，他直挺挺地躺着，身下的垫被上有许多早已干硬的血渍，此外便是屎尿。我不敢再看了，慌忙缩回手。哀伤却不由自主击中我。那时我还不知如何能将这种恐惧悲伤的感觉排遣掉，只是切切实实地感受到了一个生动的人，患了什么病，一夜之间，变成了没有呼吸、冰凉凉的存在。前一天还生动活泼，过了一晚怎么就一动不动，再也不能睁开眼，再也不能开口，再也不能和我们一起玩了呢？

待天黑后回家，小秋已经不在房内了。天已经彻底黑了，万籁俱寂。双喜带着我，走出房门、走出院门，走到河堤上。风大，很冷。雨不知何时住了。我们想再看一看小秋去了哪里，是不是在从前爱玩的地方独自玩耍呢？却怎么也寻不到他的身影。

"小秋，小秋！"双喜高声呼喊着。没有人应。

"小孩，天黑透了，快家去。"黑暗里传来货郎婆婆的声音，我像遇到"亲人"一般，不由分说地飞扑到她身上。我那时才长到她大腿那么高，就紧紧抱着她的一条腿，不舍得松手。

"看见小秋了吗?"双喜问。

货郎婆婆不说话。双喜又说:"小秋是不是去了很远的地方?"

货郎婆婆长长叹了口气,说:"那孩子才八九岁吧?"

双喜晃了晃自己空荡荡的衣袖,没再说话。

"你有十岁了吧,孩子?"货郎婆婆伸出手,将他拉到身旁,摸着他空空的衣袖,她有些哽咽,末了说了句,"可怜见的,你爹娘如果在,得多心疼。"她一把把双喜揽在怀里。

这时,不知为什么,在玉兰树上过夜的几只大鸟齐齐乱飞起来,发出呼呼啦啦的声响。货郎婆婆轻轻摸着我的头,和我们说:"人死了,就会飞到天上,变成星星陪着我们。"我们抬起头,看到旧历二月的夜空,月亮在云间穿行。在月亮旁边,有一颗很大很亮的星星,光明闪耀。

那会是小秋吗?

我仿佛听到那颗星星远远地喊我,他喊"小哑子",和小秋喊的一个样。

然而,对于远离亲人、被收养在这家福利院的小孩子来说,八九岁的小秋、十岁的双喜、三四岁的我,生活所加诸到身上的教训,就是让我们懂得沉默、顺受,成为一个不敢开口说话的小孩罢。

三

那个春天,湖阳镇的雨下个不停。

春日既短,晴朗的日子极为难得。往往头天春光尚好,次一日又细雨霏霏。我们居处堂屋和灶房的窗玻璃常常白茫茫一片，起着很大的水雾。房间的地面上积着一层返潮的水珠。铺在身下的干稻草变得潮湿不堪，夜里躺在上面，很是冰冷。睡是睡不着了，便于黑暗中听屋顶上密实的雨脚，雨声均匀有力，总也下不尽似的，一刻也不停歇。

双喜年岁大，懂得为事情担忧："再下下去，房顶该漏雨了。"他起身，四处找盆呀罐呀桶呀碗呀，院子里一切可以盛放雨水的东西，连大人们吃剩下的罐头瓶子，他都找回来，摆放在墙边。果然不多久，房间里这边滴答几下，那边滴答几下，雨像水线似的，顺着屋瓦的缝隙漏下来。我们赶紧起身，把双喜找回来的盆盆罐罐顺着雨滴落的地方摆好，接雨。

不知从哪天起，天上竟打起响雷，远远地传来轰隆隆几声，歇一会儿又是几声。不见闪电。直到天发白时，简直困得坐不住了，我才找处干燥的地方，抱着已经潮湿的被子挪过去，模糊睡上一会儿。不多久，公鸡开始打鸣。双喜喊醒我，两人相跟着出去做事。

"你得多动动，活动活动就不会生病了。"双喜说完，担心我听不懂，又摸着我的头，郑重其事地说，"你看，小秋不爱动，才生病。生了病他们就给扔河里喂鱼！"

我慌忙跑起来，双喜也跟着跑起来。我那时只知道跑动，天真地以为，只要跑着，就不会生病。雨势渐大，我们的头发和衣服很快被雨水打得湿漉漉的，坠着水滴。街上行人寥寥，铁匠铺的陈师傅和两个脸生的男人，站在店铺门口点着烟，说话。我和双喜路过，略有迟疑，要不要去和陈师傅找些吃食呢？我跑得没有力气了，终于一个小小的水坑没迈过去，一脚踩到水里，摔倒了。

陈师傅见状，慌忙跑过来，搀住我："快躲躲雨，当心淋病了。"双喜总疑心陈师傅对我有什么别的意图，他告诫我："当心把你拐跑卖掉。"然而，双喜的话我是不信的。平日里，碗里没有东西吃，饿得不能迈步的时候，陈师傅每每见到，都要将他碗里在吃的食物分与我。他的好，我是知道的。货郎婆婆也知道。货郎婆婆爱干净，隔上几天，总要牵着我到打铁铺，烧一锅热水，为我洗脸洗发，拿篦子为我篦头发，捉虱子。

在福利院，大人只有收钱和教训我们的时候才出现。这里只有我一个女孩，且年幼，除了双喜，那两个大点的男孩子是嫌弃我的。他们十二三岁的样子，个头高高的。我去取饭，跑得慢一点，饭碗就被他们端走，举得高高的，让我跳着伸手去够。见我怎么跳都够不到，他们便笑："你看她，真笨。"

我去打水，被什么东西别了一下，跌倒了，他们又笑："快看那个小的，又摔倒了。"我睡觉爱动，总是一翻身，从床上掉下去，常常磕到额头，鼓起青紫的包。白天被他们看到，又笑："你个小家伙真不省心，夜里又掉地上了！"因而，谁会教我如何做一个干净的女孩子呢？又如何去讨人喜欢？我连洗头洗澡都不会，只能学着双喜，早晨拿清水抹一把脸，再把遮住眼睛的头发别到耳朵后面去。

即使在夏天，我们也只是跳到门前的河水或塘水里，凫一会儿水，便算作洗澡了。寒冷天气，阴风习习，我不敢向水里跳，很快，脸上身上开始脏起来，衣服更是，直到完全一副"叫花子"的模样。

有时鼻涕流下来，拿袖子擦，久了，袖口则变成干且硬的黑色板结状，给外人看到，一万个嫌弃。因为很少洗头，细软的头发一绺绺贴在脑壳上，黏结成块，梳也梳不通，便成为虱子的温床。

只有货郎婆婆和陈师傅，伸出手擦掉我脸上的泥污，在锅灶上将水烧热，为我洗头洗澡，换件可穿的衣裳。洗过之后，我就变成一个干干净净的好小孩了。

雨水时时降临。我那时对生病有说不出的畏惧，担心生了病躺在屋内，像小秋一样，被大人拎出去，变成天上的星星。可还是病了。连日的雨，屋子里已经没有一块干燥的地方，夜里我们躺在稻草上，像躺在水汪里一样，被子也湿得厉害。

有一天深夜，我忽然就咳了起来，摸爬到桌子边找药吃下，以为没事，谁知白天咳得更为厉害。走在大街上，连吃食也没有力气去讨要了，渐渐走不动路，又累又饿，倒在了大雨里。再醒来时，看到的是货郎婆婆。

我第一次到她居住的地方，矮小的一间房，一张床，一张桌子，几只凳子，灶台是红砖砌成的，锅灶前整整齐齐码放着木柴。我躺在厚厚的被子里，被子上有我熟悉的气息——是货郎婆婆让人安心的气味。

她端着碗走到床边，问我饿不饿。我点头。她便将我扶坐起来。碗里装的是黄桃罐头。我在福利院见大人吃过，他们一边吃，一边猜拳，喝酒。我们几个小孩子躲在门后面偷偷张望，咽着口水。看大人一口一口将里面的桃子挑出来，吃掉，然后端起透明的玻璃罐子，仰起头，一饮而尽。馋得我们口水在舌头下打转。我那时即已知晓罐头之珍贵。

在物资匮乏的年代，人们的生活之资大多是一双手挣出来的。米和菜是田里种的，养几只鸡鸭，母鸡母鸭下蛋，公鸡公鸭大多捉去市场卖掉，换一点油盐酱醋的钱或衣布钱。罐头之类的吃食，并不在人们生活必需的东西之列。更何况沿街叫卖的货郎婆婆和连顿饱饭都不能奢望的我呢？

货郎婆婆将勺子递到我嘴边，我才不舍得吃呢。我望向她，看到她笑着，点头示意我张口，眼泪唰一下掉落下来。

世上这么亲的人啊！

四

福利院管事的女人胖，而且矮。春日里爱穿着鲜艳颜色的褂子，大红大绿居多，衣服裹在身上，仿佛总有些紧，勒出她结实的胸部。她的头发长年卷曲着，眉毛画得细细的，吊在额头，眼睛也细细长长，像是在眯着眼睛看人。

她爱在院门口站着，抽纸烟，和打铁铺的陈师傅抽的烟一样，大江牌，块把钱一包。路过的男人，她都要打招呼，熟络了，跟着他们去摸牌九。我们常盼着她出去玩牌。

她房间里有一个高立的柜子，里面放着许多吃食，各色罐头、水果、花生、冰糖。镇上的包子铺和点心铺子老板都晓得她嘴馋，舍得花钱，隔三岔五买一网兜吃食，拎回来。我们看见她从裤腰解下钥匙，将立柜的锁子打开，把东西放进去，重新锁上。

倘若她出门，几个小孩子就一起跑到她房间，偷她柜里的东西吃。

双喜转身递给我一块冰糖,我含在嘴里,冰糖那么甜!他们偷出奶粉,给我一把。我捧在手心,低下头正要吃,奶粉甜腥的气味传过来,我猛地打了个喷嚏,奶粉便自手心四处飞溅——好可惜!

年岁大点的小男孩又在嫌我笨了,一个说:"你看她吃东西吃一脸。"另一个推了下双喜的肩膀,道:"快带她走,要被发现了。"我只好跑到屋角躲起来,拿袖子抹脸上的奶粉沫,伸出舌头去舔手心所剩不多的奶粉,真好吃啊!奶粉舔完了,手心还黏糊糊的。

这时,大门外传来胖女人洪亮的声音,她在与人打招呼。我吓得赶紧将手背到身后,贴墙站着,不敢抬头。

她也常到河滩洗衣服,端着洗衣盆,将她和看管我们的男人们的衣服端到水边,啪啪敲着棒槌。水边洗衣的多是妇人,或大姑娘。这年春天雨难得停歇,有一日,像是要返晴的样子了。

我和双喜将要出门,她喊:"丫头,过来。"我走过去。她指着墙根放着的一堆衣服,喊我抱上,和她去河边淘洗。我力气小,衣服泡到河水里,刚要拿棒槌,失了手,衣服就向水深的地方漂去了。

她便有些气恼,一边骂道:"笨死你!"一边伸手,一个巴掌打在我脸上。她声音有些哑似的,男孩们常在背后笑她"公鸭腔"。这时候,她就用公鸭一样的声音和我说:"啊吔,笨死你,让你学,你学不会!"一把将我推到水里,去捞顺着水势漂浮的衣服。

雨水痴缠多日,河水涨得就要溢到人家房根上了。我还不熟悉水性,先是呛了口水,沉了沉,又露出水面,在水里扑腾。旁侧一同洗衣服的白发婆婆看到,急得跺脚,赶紧吆喝着"救人,救人"。河堤上一个男人扔下自行车,跳到水里将我捞了上来。

人们渐渐拥来河滩，胖女人面上有些挂不住了，冲着人群说："谁让你们多管闲事！"这么说着，连衣服也不要了，站起身就走。人们开始议论，这个说："这么小的孩子，谁个洗得动衣裳！"那个说："到了她那个院子，活遭罪了。"

这件事之后，接连几日都是大雨，田畈积满雨水，方始盛开的油菜花田很快被大水冲淹，田间布满了白茫茫泛着泡沫的浑水。人们已经不能分辨哪里是路基，哪里是田埂，哪里是水塘了。

贯穿湖阳镇的长河，水位几乎涨满，临水而建的房舍全为水所淹灌。地势较低的河堤，开始陆续向外渗水，先是缓慢地向外冲击，雨势大起来时，带有黄泥的水便从破口处汹涌而出，决堤似的，连天漫地。

我们待在院子里不能出门。双喜说："要发大水了。"那胖女人是不是就不能去河边洗衣服了？我躲过一劫似的，提着的心稍稍放了放。那水把门口的路全淹了，漫到院子里。

我年龄尚小，很快便忘记了呛水的苦楚，只是觉得好玩，笑嘻嘻地挽起裤腿踏水玩。水的浮力如此奇妙，时不时漂来树枝、木头、塑料瓶，还有谁家流落的木盆和不小心被风吹落的袜子、裤衩，诸如此类。我都要一一捡起来，放在高处。

胖女人睡醒，打着哈欠从房间走出来，看到双喜他们站在房檐下闲着，而我在水里正玩得欢，不由分说地，一脚将我踢倒在泥水里，继而大声喝道："你个丫头，一天天饿死鬼托生，就知道吃吃吃！"她一面踢我，一面骂道，"让你玩，让你玩，滚回去省点力气！"

双喜气恼不过，跑过来推她。他将我拉起："别怕。"他说着，拉着我向屋子里走去。胖女人却发了疯似的,从身后揪住双喜的衣领。双喜只有一只手,还没反应过来,就跌倒在水里。年岁大点的两个男孩子跑过来,搀扶起双喜。那天晚上,双喜发起高烧。我挨着双喜,担心他像小秋一样一病不起,不敢闭眼睛。外面起了蛙声,起起伏伏地鼓噪,在漆黑的空气里向人展示着旺盛的生命力。是新的春天了,天就要暖和。

不几日,洪水终于过去了。水流过的地方都留下了一层厚厚的污泥,被水浸泡的各种作物在太阳的暴晒下散发出难闻的气息。货郎婆婆给我新做了身衣服。双喜外出看病了,还未归来,我走遍整个镇子都找不到他,我想穿新衣服给他看。

晚上我从货郎婆婆家回去,月亮已经升上来,挂在桥头玉兰树尖上,是个圆月,像河里鸭蛋的蛋黄。蛋黄是双喜爱吃的。

我遇着来寻我的大一点的男孩。他问我:"你知道双喜叫什么名字吗?"我摇头。他说:"他叫孙露,露水的露。"

我心里一震。抬头看一眼玉兰树尖,月亮好大。

天上的露水慢慢落下来了。

五

湖阳镇地处皖南,这场大雨过后,约莫进入了农历三月中下旬。

在雨后烟岚笼罩的田野里,花早已连成一片。桥头那株玉兰树的花季,我却实在地错过了。一同错过的,还有追着蝴蝶跑的好春光。眼下,衣服更为破旧了,身上似乎也更脏了,头发里夹杂着稻草。

没有人从井里压水到脸盆，我常常忘记洗脸。这些从前双喜或小秋照料我的事，复归于零。没有人知道一个三四岁的小哑子心里在想什么。

镇子东口和我同样年龄的小姑娘，头上梳着两只羊角辫，穿着花裙子，白白的袜子，站在货郎婆婆的玻璃罩子前，奶声奶气问她妈妈要棉花糖吃。不小心吃到脸上，她妈妈拿粉色的手帕给她擦。她妈妈的声音真好听，对她说："慢点吃呀，当心粘牙。"

我吸溜着鼻涕走过去。脚上的鞋子不合脚，是双喜之前穿过的，大了，大出半个脚后跟，我却穿了很久。终于这一日穿得鞋帮和鞋底分开了。我就光着一只脚往前走。

那个小女孩去追花蝴蝶了，她的裙子在风里一摆一摆，很是好看。我也想去追。有一只大蝴蝶，也可能是蛾子，我还不能分辨两者的差别，忽然停在我左手衣服的袖子上，不肯离去，就像是绣在衣服上一样。我立住，一动不动，看它扇动着翅膀，两只细长的触角上上下下抖动了十几下，才又飞走了。

我没有去追，肚子咕咕叫起来，好饿啊。我的饭碗里早前谁给放了小半只鸡蛋糕，我拿手捏了一块来吃，是甜的。另有三张零钞，我识得，一张灰色的是一毛钱，一张绿色的是两毛钱，一张紫色的是五毛钱。

棉花糖是什么滋味呢？应该和鸡蛋糕一样甜吧。我咽了咽口水，又抠了一块鸡蛋糕，然后小心翼翼地将零钞卷起来，装到上衣的口袋里，这是"收成"，晚上回去不用挨打了！

桥头的玉兰树亭亭立着，枝干纤弱杂乱，花将开尽了。枝头零星几朵晚开的白花,在春天的大风里胡乱晃动着,很快便被太阳晒得疲软不堪。有两个来赶集的妇人站在树下说话,说着好久没见了,家里都还好吗之类的。瘦一点的妇人讲儿子争气,考上了高中,学习好,在学校里排前几名。白一点的妇人笑嘻嘻握着瘦妇人的手,夸赞她有福气,儿子有学问了,将来考上大学,接她到大城市去享福,再不用面朝黄土背朝天,吃种田的苦。

我第一次听到"学问"这个词,跑去货郎婆婆那儿指着小学校央求她。她似乎懂得我的心意,问我:"小孩,我教你识字,好不好?"我用力点头。她的手推车玻璃上写有两个红色的大字"卖货",这便是我最先识得的字。除却识字,她又教我算数。往往前一日教的字,第二日我还记得。算数也是。

她教我二十六个英文字母,从 ABCD 到 XYZ,教一遍我即记住了,这令她惊讶不已。路过陈师傅的店,她指着门上的牌匾叫我认。"老陈打铁铺",我虽说不出口,却是识得的。捡起路边的小树枝,一笔一画在地上写"lǎo chén dǎ tiě pù"。陈师傅看罢,兴奋得几乎要喊出声来。

"这丫头聪明,真聪明!"陈师傅大声赞叹。

"教一遍就记住了。"货郎婆婆说。

"再在那待下去,"陈师傅摸出一支"大江",接着说,"也不知道被祸害成哪个样。"他从上衣口袋里摸出火柴,哗一下,将烟点着,狠狠抽了一口。烟味很呛,我看到"吸烟有害健康"六个字,也是识得的,便用拼音写在地上。这时,陈师傅吐了一口烟,闷声骂了句:"这群畜生!"

"我想养这孩子。"货郎婆婆对陈师傅说。

"你疯了,他们非打断你的腿!"陈师傅有点急了。

"我带着她走远点。"

"你这么大岁数,能走多远?"

"草原。"

"哪个草原?"

"内蒙古。"

"北面那个吗?几千里地!"

他们说的每一个字,我似乎都知道汉字怎么写,拼音怎么拼。内蒙古在哪里,几千里地有多远,我不关心。我想有"学问",像瘦妇人家的儿子那样,有学问,考大学。却很像痴人说梦,不敢想了。年过七旬的货郎婆婆已然下定决心,开始张罗变卖居处的物品、货品。

镇子上最长的一条街,是东西走向,河水穿街而过,与街呈十字状相交。长街与大河相交处是一座石板桥。镇子上的人喊这桥为"大桥"。我"信得过"的那棵树便在大桥的东南,货郎婆婆居处即在树向南行一二十米的样子,与大桥隔一户人家。经常在河滩洗衣服的白发婆婆家有一个豆腐坊。她年轻时,家里的男人因抗洪被水冲走,留她一人。

生活在湖阳镇的人,生活得像河边的芦苇草,不怎么起眼。一阵风就能将他们的腰吹弯。有的倒伏在水面,没再直起腰身。有的只要风一停息,就顽强地直立起来。在这风里,白发婆婆独自养大儿子和女儿。

她家住在河西,靠近水田的一处角落里,三间红砖瓦房,瓦是

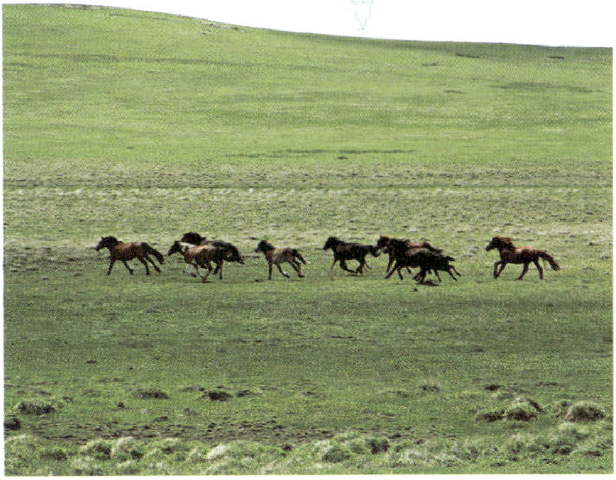

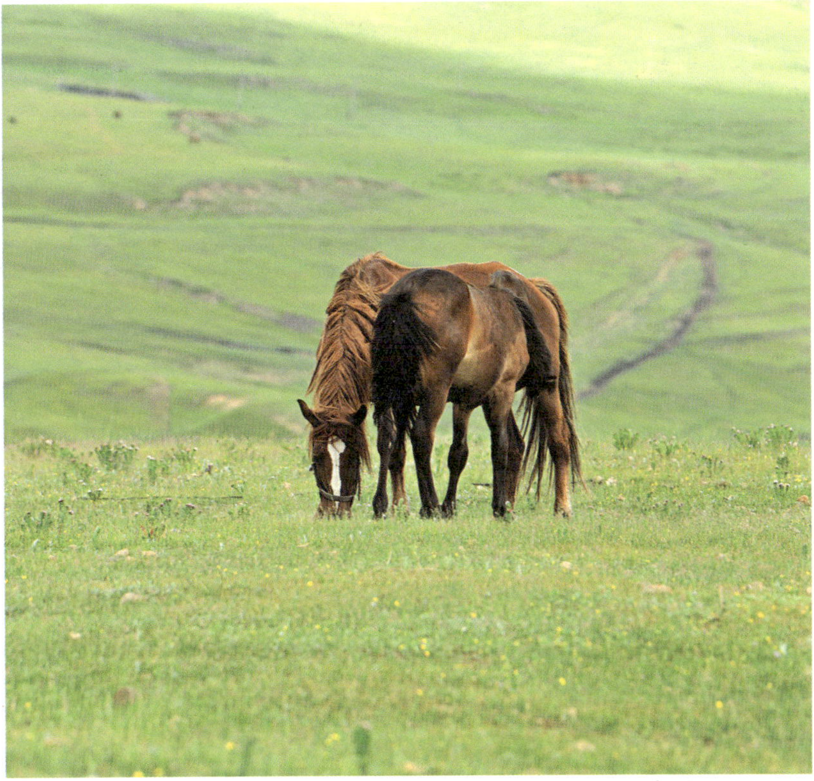

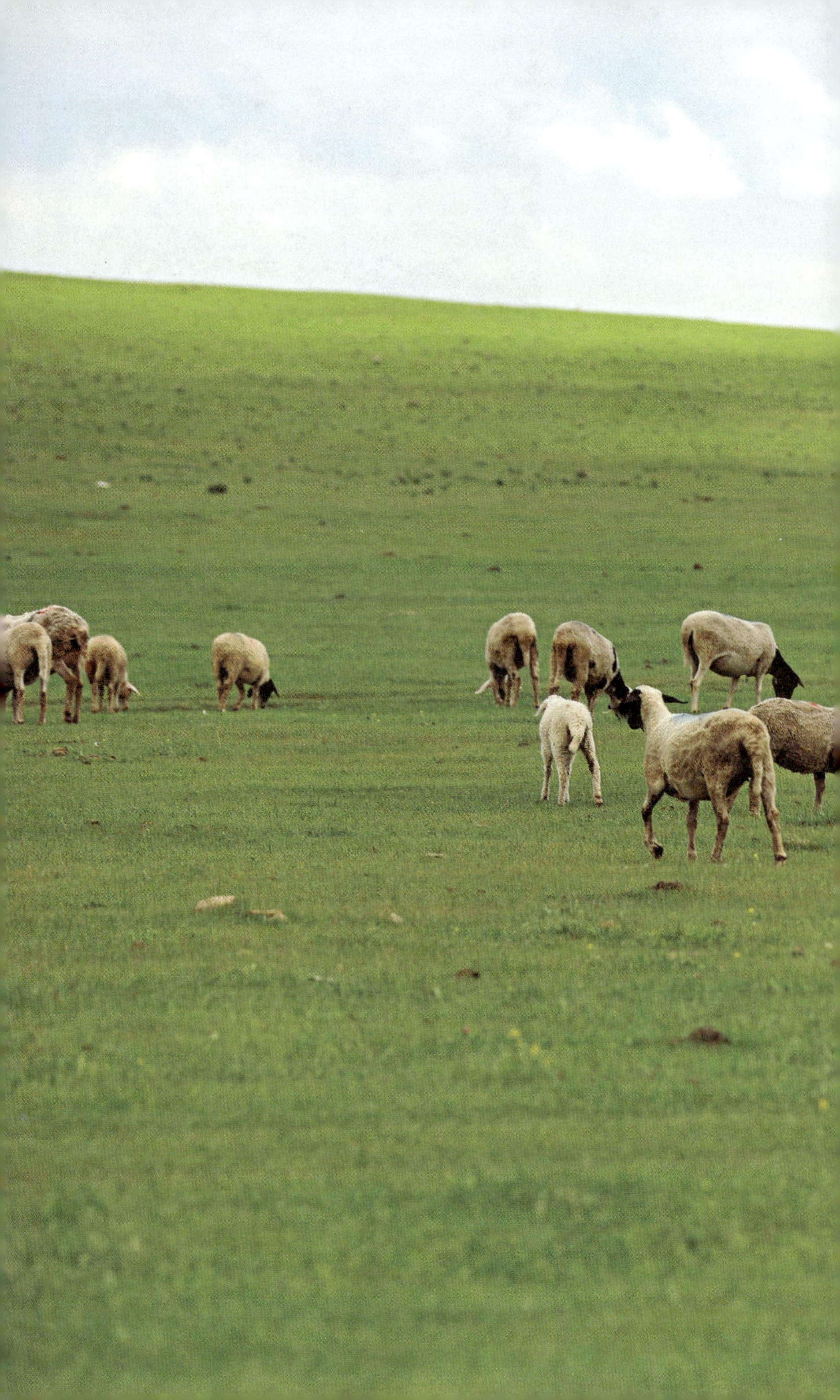

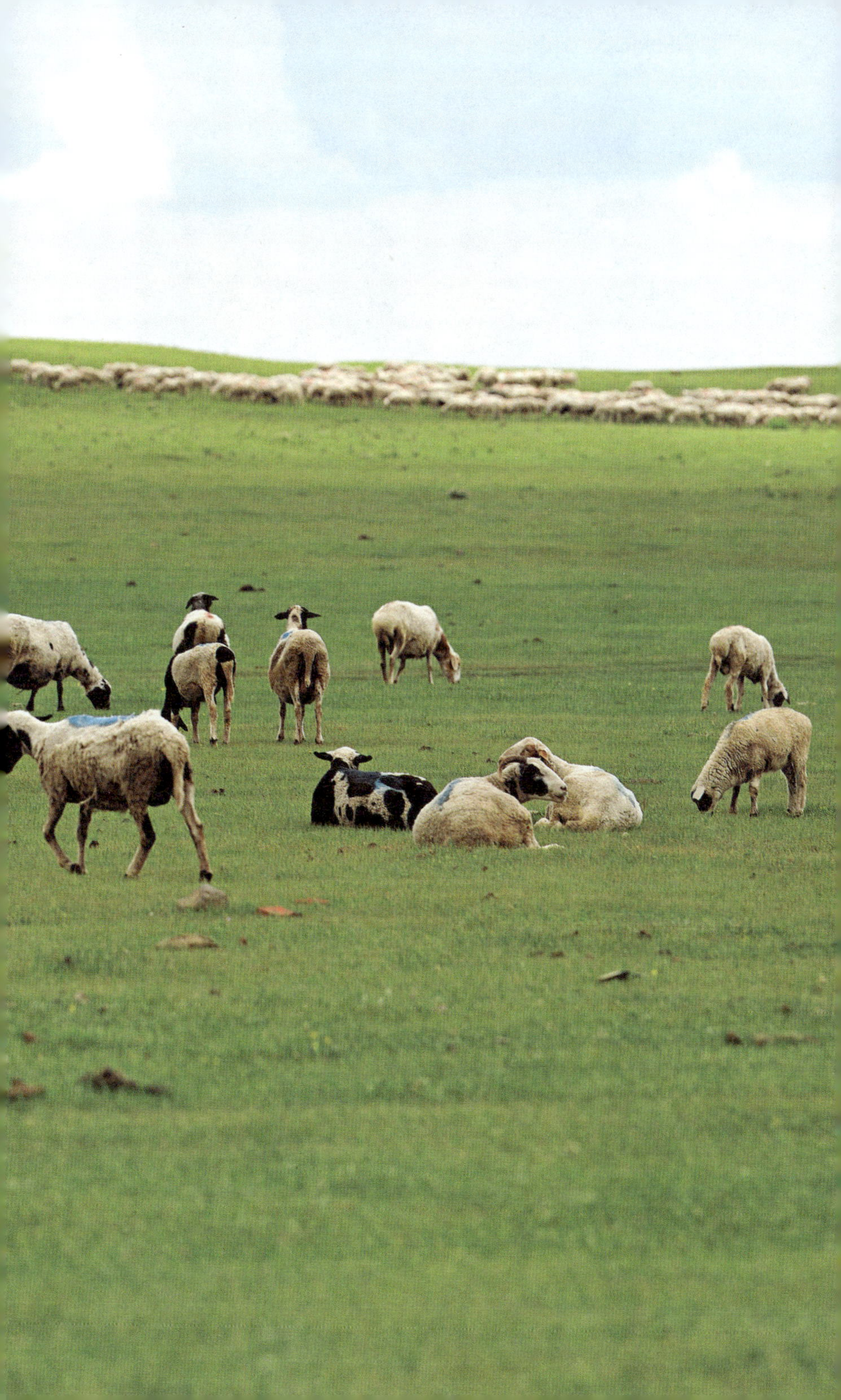

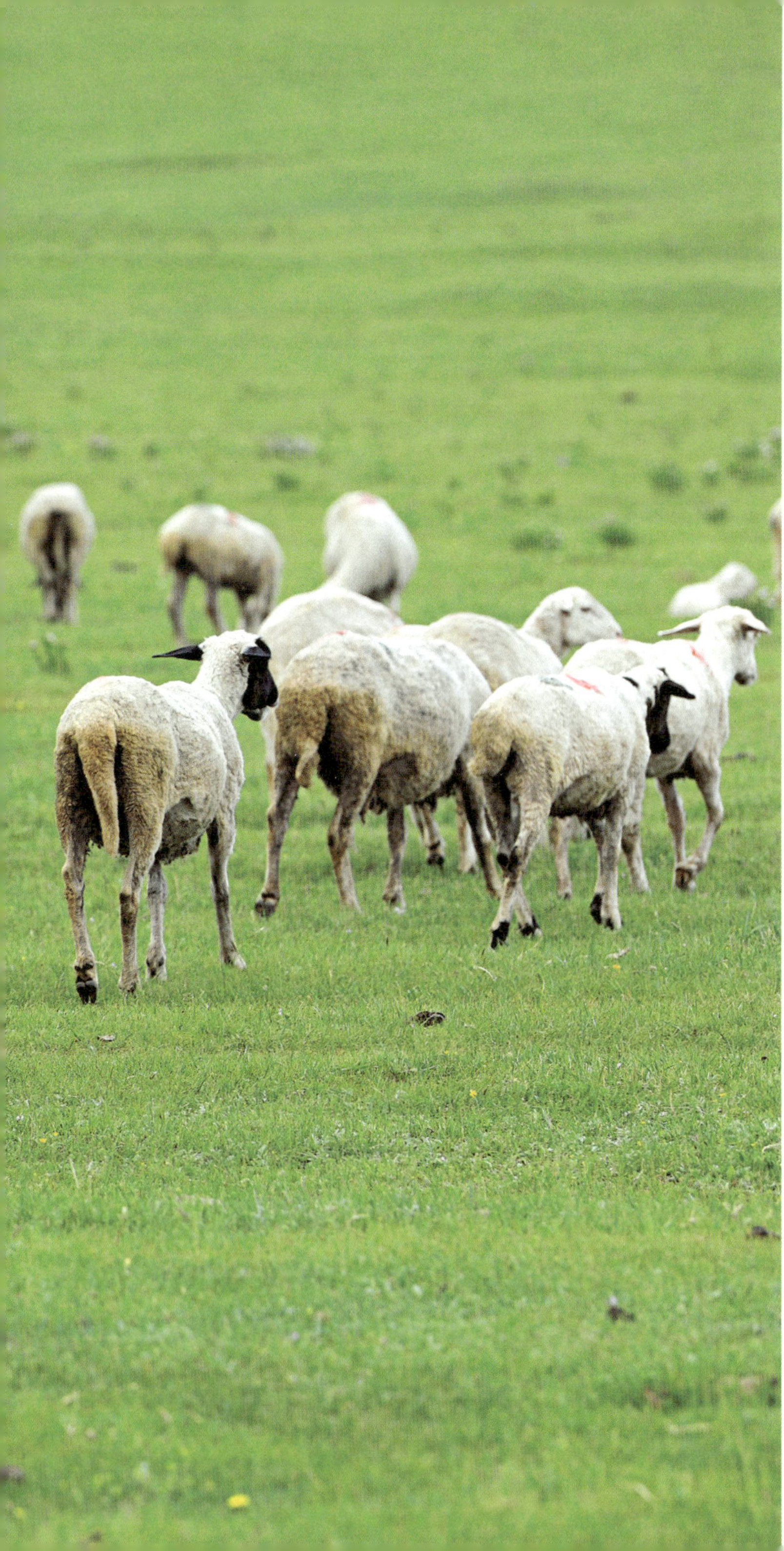

青瓦。院东侧又单立一间小土屋，里面砌一口大锅，支着一条宽宽长长的案板。

她的女儿嫁到别处去了，儿子有些残疾，走路一跛一跛，不大出门。每个清早，她和儿子即在这间土屋里磨黄豆，打豆腐。街上人起来时，白发婆婆挑着担子到街上叫卖。

豆腐担子一头担着一只竹筐，里面放着装有白米的蛇皮袋，另摆放些豆腐皮，白米是没有现钱的乡人拿来换豆腐得的。另一头则担着一只木桶，水里四四方方坐着白白的厚豆腐。

常常到半晌午时，豆腐还没卖完，白发婆婆只好挑着豆腐担子去四边村子叫卖，最远要到离家十几里的地方。

不几日前，白发婆婆被车撞到，卧在床上不能起身了。从那以后，她仿佛是带着随之而来的病痛渐渐隐没在三间瓦房里。她跛足的儿子便一跛一跛四处叫卖豆腐。最远去到北面一个村子，临近南京城了。

那里有户人家，临着河水居住，独门独院。门前有一棵一抱粗的梧桐树，家里养一条大黑狗。有一个女儿，叫玉莲。那姑娘常在梧桐树下坐着，他路过几次，正是春水初生的时节，梧桐花很好地开着。他觉得心动。回家告诉白发婆婆，找人去提亲。

陈师傅在镇子上算是见多识广的人，白发婆婆喊人请他到家里，递一包烟，请他去做媒人。不几日，陈师傅穿戴整整齐齐，到那户人家，那边没有推辞就同意了。原来玉莲小时候被水淹过，听力受到影响，有只耳朵听不到声音，眼看就要过了适婚的年纪。

陈师傅将这消息说与货郎婆婆，说是一桩好姻缘。成了之后，三间瓦房给小两口，白发婆婆就要搬出来住，她相中了货郎婆婆这个住处,给了高价钱。

就这么东拼西凑,过了这一年的夏天。入秋,秋深了。我生了场病,高烧不退,仿佛要经历小秋和双喜那样的夜晚了。货郎婆婆从福利院将我赎了出来。

河水结起薄冰的时候,我们向北走。微风吹过来,树叶沙沙作响,未结冰的河面起了波皱。经过桥头的那棵玉兰树,货郎婆婆折了一截细细的枝尖。

我穿着新衣服新鞋子,被货郎婆婆牵着手,在大路上走。天上的云很大很白,如同被扯得丝丝缕缕的棉絮般,在玉兰树的高枝后面,飘舞起来。我咽了下口水,那云像是春天的棉花糖啊。

我们去哪里呢?

回家。

什么是家?

家啊,是有你又有我的地方。

夜色温柔

再到湖阳镇，已是二十余年后的事情。

湖阳镇从东到西，只一条街，铺陈在各色店铺之间。店铺多是与生计相关的百货、五金、成衣、餐饮诸类。铺面小，窄窄一爿。一条河与街交叉而过，河两岸满住着人家。

记忆里有家打铁铺子，在桥头，论起来，那是二三十年前的情形了。打铁匠姓陈，远近乡邻唤作陈师傅。陈师傅身胖，面色黑红，留有脸边须，颇有说书人口中武官的样貌。往来店铺的人，务农者居多，农忙前，都要到店里或修或置办犁铧、锄头等农具。打铁铺外面有一片空地，因临河，空旷而多风，做生意的摊位很少占用，久之便成为街上卖货郎歇脚之处。

彼时，我家姥姥是做卖货之营生的，整日里推着小车，上置玻璃货架，偶遇天气不好时，也挑货担，放置各色家用物品兼小孩子吃食，琳琅满目，走街串巷售卖。

她有一个哨笛，到一处长长吹一下，附近人家就知道货郎来了，有要添补家用的，只隔着高墙遥遥喊一声"货郎嘞——停下哟——"，姥姥且就此停住，等那人来买。有时是针头线脑，有时是油盐酱醋，零零散散得些生计之钱。

我自记事起便在这街上游荡，是个哑子。头发又黄又乱，总是脏兮兮的模样。白天要从寄居的地方出来，天黑方可回去，无论冬夏。如同河里的一棵水草，哪里都不得久居。福利院的人喊我"丫头"，这是皖南一带对女孩的统称。日里在街上行走久了，总要找地方停一下。

铁匠铺陈师傅心善，每见我路过，都要唤一唤，他在店内专门为我预备了喝水的白瓷碗。到了饭点如果遇上，就盛满米饭给我充饥。因而每每无处可去，只有低着头，立在他店门外。

最初那里有棵高树，后来才晓得是棵香樟树。似有几丛茶花，皖南人家的门前常种一两棵，从冬到初春，万物寂寥荒芜，茶花便于寒冷潮湿的空气中开出如小碗般重叠沉坠的胭红花朵，是很美丽的景象。我就站在树或花旁侧。他不像多数人那样嫌弃、责骂、驱赶我，忙时照看我一眼，继续忙。

等到店里的客人离开，我怀抱着歉意望着他，得到他默许，便小心翼翼地挪到店内，蹲在某个角落，不久便倒在地上睡着了。睡梦里有人给盖了衣服，更多时候是做着寒冷的梦，寒冬里走在水里，好凉啊，一激灵，觉醒了。

有时醒来天已经黑了，招呼都不能与他打就飞快地跑出去。一边跑一边担心着，睡觉的地方会不会被别的小孩子挤占了，哎呀，以后还是不要白天睡觉了！不自觉加快了脚步。

也就是这样奔跑着，是个春天，风还很凉。有一天天黑了，一头撞在卖货郎的玻璃货架一角，脑袋磕破了个洞。卖货的老人吓得失了神，她年岁大了，约莫已七十岁了，并没有气力抱我去看大夫。

我那时心间有担忧的事，顾不得满头满身的血，还是要跑回去找地方睡觉的。好像用了很大的力气，终于勉强挣脱掉她，才向前跑出几步就摔倒在地，不能起来了。

陈师傅听到响动，跑过来将我送到夜晚居住的地方。我听到他们对话，声音很大，更像是争吵："把娃娃伤成这样，赔钱！"

"先喊个大夫来看看吧。"

"先给钱再说。"

气氛一时有些凝滞，大人们默默站着。陈师傅要点一支烟抽，火柴像是受了潮，划了几根都划不着，他不耐烦起来，低低骂了一声，把它扔到地上，又四处在口袋里摸索，终于摸到盒新的，又划几下，把烟点着了。

价钱终于谈妥，福利院的"家长"向卖货老人收取了昂贵的医药费，我虽并未被送去看大夫，却也因此得了几日卧床休息的时光。但接连几日再未听到老人家卖货的哨笛声。那时卖货的老人还未领养我，还是个陌路人，我却为她生出小小的担忧。

二十多年后的春天，我循着记忆走在湖阳的街头。三月将尽，雨后的凉意还未远去，细小的风从天上吹来，寒气袭人，好在我们都穿得不少。就在这初春的冷天里，先生牵着我的手，依次路过干货店、油铺、糕点店、奶茶店、电动车销售铺、服装店、便利店，我像手机上更新的程序一样,一一读取曾经熟悉却又陌生的数据。

沿街的树早已没了踪影,房屋结构、街道布局连同路面,早已不是原来的样子,乃至街上的行人都变了模样。桥头的空地,如今支了卖烧饼的摊子,先生买了四只烧饼给我,说是我家乡的味道。我有点迫不及待,一边走路一边吃了一个,一种很甜的麦香,于我是极为熟悉的。另一侧则是卖时令蔬菜的摊位,有人在讲价钱。打铁铺已寻不见,甚至幼时所居住的福利院也不复见。

刚下过雨,湖阳镇的天气还没有转暖的迹象,我看到紫色的泡桐花开了,还和小时候一样,忽然鼻子一酸,赶紧拿出相机佯装拍照。取景器里,沟渠不再结冰,溶溶一条水色,一群水鸭立在岸边。更远处是水田,一只白鹭受惊似的从田间飞起,在初春的水田与人家房屋的背景前振翅高飞,然后飞快地消失在视线里。

我仿佛隔着二十余年的光阴,看到旧时的自己——清晨在河岸捡拾鸭蛋,不小心掉到水里,湿透了衣服和鞋子;黄昏从陈师傅的铺子里跑出来,跑在大河的堤岸上,烟雾与暮色笼罩着村庄和田野。然而,在见到与从前相似的房屋、听到老阿婆熟悉的方言时,还是忍不住心酸,涌起昔人已杳渺的惆怅与孤独。

回程的途中,看到春耕的人在水田里忙碌,一只白鹭寂寞地飞过我们的视线。"漠漠水田飞白鹭。"明月哥哥一边开车一边说。我默默坐着。窗外风景不断变换,横平竖直的水田间,金黄色的油菜花正开得广阔明媚,水塘边间或生长着一蓬一蓬枯黄的茅草,大概是夏时长势丰茂却无法穿越严冬,就这么由青绿变为焦黄,还蓬蓬地在原地挺立,孕育着新的绿色。

这就是南方，是我幼年生活过的湖阳，使我每当忆及，就想起风雨和其中美好一类的人与事，就在心中充满着温柔的情愫。回程的车子穿梭在漠漠春野，我知道路的尽头有我的归处，大概从前那种水草一样的漂浮无依的生活的确已经告别了吧，这一刻我感觉到自己放松下来，像一颗齿轮发生了松动。

我想起刚认识姥姥的那个春天，草长莺飞，我在黑夜里奔跑，一头扎在她的卖货车上，那时我并不知道自己也一头扎进了她所带来的全新的生活里——几个月后，她从福利院领出我，领回内蒙古高原的家，就像四月的草长莺飞，一切都刚刚开始——1995年春天和这个春天并无差别，我都被爱的人牵着手，从湖阳镇回家。

夜色温柔，这么些年，我从来都不曾怀疑有光亮起过。

我有远人

寒冬率先送来的，是十二月开始时清晨的风。

当暮色降临，烟花便在窗外的天空热闹起来，与之相伴的是远远近近噼里啪啦的鞭炮声。第二日一早，在呼和浩特略显空旷的巷口，大风把立在街边的蓝色垃圾桶吹向建筑物的墙体，发出巨大的声响。

我为这声音所吸引，看到风把行道树向一个方向猛烈地吹，树梢上方是被风刮得纯蓝的天空和冬日所独有的明晃晃的阳光。这是我所明确知道冬天到来的时刻。是风，肆无忌惮的风，攻城略地的风，凛冽的风。

寒风凛冽，就是这样。秋虫从哪一天不再鸣叫，大风从哪一天横吹过来，我都不清楚。光阴流逝于陋室，深居其中的人对大自然的感知，日渐钝化。当风声成为每天刮过窗台唯一的声响时，冬天已是真真切切地到来了。

然而，于这样的寒冷里，看到微信朋友圈有人晒西子湖畔下雪的照片，还是不免有些羡慕。发微信给一泓，她复，雪不足一日就融化了。那我还是羡慕啊！北风这样凛冽地吹着，呼和浩特的冷虽已到了不可思议的程度，雪却依然毫无预兆。

时间也被风吹着，季节一点点向深向冷。树也是。敕勒川公园绕湖而立的一排垂柳，夏秋时节还那样地柔软美丽，如今只在枝头还勉强抱有数片寂寥的枯叶。垂柳的身姿映照在早已结冰的湖面和背后松柏树的灰绿之中，但因其自身颜色的黯淡，已不见春夏秋三季倒映在水面的一树深浓动人。

唯一醒目的，则是冬阳照耀下，柳树枯灰的枝条所反射的趋于银白色的光。但不久，这光也消失了，随之而来的是夜晚。入冬之后，天便黑得越来越早。使人心生温暖的，只有远远近近的人了。

我有远人。

早年间，四五岁的光景。我在安徽芜湖的一个小镇上生活，借居在一家不算正规的儿童福利院。那里的冬天来得晚，风不大，却像刀子一样，割人的手、脸和耳朵。多雨水，冬雨也是极寒的。

后来在书里读到"凄风苦雨"这个词，想起那风那雨的漫长与冰冷，实觉妥帖。有时一场雨会持续许多天，到了夜里仿佛下得大了。风和雨总是急切地拍打着发黄的窗纸，很快便灌进屋子里。我就在那窗子下躺着，是睡不着的，既冷且饿。总免不了生病，发起高烧，止不住地咳嗽。

年纪大我几岁的双喜就带着其他男孩子，跑去推门。那门是从外面锁着的，小孩子的力气根本不够，怎么能出得去呢？于是大喊

"丫头病了,快救救她吧"这样的话。声音在夜里传得很远。

很快,院里的大人被吵醒,打开门,骂几句诸如"贱命就是事多"或"怎么还不病死"之类的狠话,悻悻丢下几片白色药片,就骂骂咧咧地离开了。双喜将我扶起来,哪里有什么水辅以服药,只能就着唾液干咽下去。到了白天,雨脚变细变小了,大概药起了作用,夜里起的烧退了下去。

外面湿漉漉的,院子里圈养的几只小公鸡淋得湿透了。我将萝卜叶切碎,拌了麦麸,去喂它们。啊,笨死了,也不知道去没雨的地方避一避,我要笑话你们呀。它们缩在一角,无精打采地回复我两声咕咕,头又缩回滴水的毛羽里去了。真是可怜。

鸡棚的一侧种有两株花树,树枝乱糟糟地伸着,开着零星几朵花,淡黄色,小小的。虽说只是很普通的光景,我却很喜欢。正在发呆,听到门外有人说:"小丫头,你不是病了吗?快不要站在那里淋雨了,屋里去!"我回头去看,是街边卖杂货的老人。她穿着厚厚的藏蓝色的棉服,披着带有破洞的雨衣,站在院门口,隔着铁栏杆望着我,温和慈祥地笑着。

我跑向她。她摸了摸我的额头,一面从怀里抽出手巾帮我擦拭淋得透湿的头发,一面嘱咐我要回房里换上干燥的衣服,到被窝里好好睡觉。然后将两只煮好的鸡蛋放进我口袋里,让我趁热吃掉。

我鼻子酸酸的,眼泪就要掉下来了。寄居在此地,对于一个三四岁的幼童来说,自然是吃不饱饭的,也难免会忍冻挨打。在福利院,生病的人是没有资格吃饭的。这么冷的天,前一日晚餐吃的那点菜饭早就化作黄汤不知去向。我只好饥肠辘辘地扫地,整理十几个床铺,踩着矮凳子将锅与碗清洗干净,再去喂鸡。嘴唇都冻紫了,好饿啊。

但我还是把鸡蛋从口袋里取出,放回老人家手里,摇着头告诉她:"不能要。"她似要哭了一样,隔着栏杆一把将我抱住,温柔地对我说:"好孩子,我给你的,吃饱了就不冷了。"

好暖和呀——原来被别人抱在怀里是这样的感觉——我终于忍不住呜呜哭了出来。也有眼泪也有笑。就在那一刻,那个生病的幼小的孩子的世界一下子被照亮了。苦雨不再苦,寒冬亦不寒了。

雨渐渐停歇,我指着两株花树问她:

"是什么花?"

"是梅,梅花。"

"梅花?"我皱眉。

"梅花香自苦寒来。你去闻闻,很香。"

我听话地跑过去闻。在寒冷的空气里,蜡梅的香气突如其来。我心里一醒,伸手去碰,才发现高枝上透明色泽的小小花朵,像雨雾融进去一般,水灵灵的。我对她点头。很香。她笑着叮嘱我进屋,转身推着叮叮当当的卖货车走远了。

那是她第一次和我讲话,让我第一次感受到像母亲一样的怀抱,也是我第一次听到"梅花香自苦寒来"这样好的话。

如今隔着近三十年的光景,想起北风吹来时,冬雨中的我们,一个站在门外,一个站在门内,互相靠近。恍若隔世。算起来,她那时已是七十有余的年岁吧,是个真正的老人家了,还在步履蹒跚地推着卖货车走街串巷。

她只是个卖货郎。若她是个富裕的老人，年纪或许只会为她增添雍容和优雅，然岁月常会欺侮被生活折磨的人。皱纹已经爬遍她的眼角和额头，她的眼窝深陷，面容却很慈祥。

她对我好，是从两只煮熟的鸡蛋开始的。我认识她的哀乐，也始于此。于我们而言，鸡蛋不再只是鸡蛋，也是北风吹来时真实而珍贵的人生。

此情可待。每当冬天到来时，我就开始想念她。想起那年，我捧着带着她体温的鸡蛋，走回房间，坐在漏着风的窗户下面。空气生寒，四处皆冷。雨又开始下了，屋子里的寒气更甚几分。已是近午时分，有的人家开始做饭，烟囱里冒出白烟。风把窗纸吹得窸窣作响。

一只鸟立在房檐的木梁上啼叫，"里格里格"，叫一声，歇一下，再叫一声。是什么鸟呢？我想问问老人家，她肯定知道。然而她推着卖货车走远了。除了喜鹊和麻雀，别的鸟我都识不得。

我默默坐在北风吹着的窗户下，听着叫不出名字的鸟鸣，小心翼翼地按一按鸡蛋身上不小心磕碰的裂缝，心里生出说不出的难过与孤单来。

敖包相会

周五下午接到来自湖阳的手写信，落款处签着"宋继南"。这个名字是姥姥生前每日念叨的，我心里一阵酸楚。那时办公楼外暮色四合，凛冽的风呼呼刮过窗子，我端着茶杯站在北窗的热水器旁，看到路灯散发的柔光，忽然很感激昨日的那场流星雨，它们帮我完成了心愿，帮姥姥完成了心愿。

收信的心情很快淹没在繁杂的工作中，天更黑时走出办公楼，我将信紧紧搂在怀里，奔回家。书房里飘着绿茶的清香，这是姥姥喜欢的味道。月光透过窗棂落下来，书桌旁碧绿的剑兰一派生机。

我在灯下，循着字迹，梳理一段纠葛了半个世纪的前尘往事。

在那个缺衣少食的年代，年轻的宋爷爷来草原谋生。住蒙古包，喝奶茶，枕着风干的牛粪入睡。每个日出，他骑着马，领着牧羊犬，赶着羊群，往一望无际的草原上放牧，日落而返。

命运很公平，它会让冥冥之中有缘的两个人遇见，哪怕是场意外。

有一天，他带着羊群到草肥花香的地方放牧。接天衔地的草原景色处处相似，那时他刚到草原不久，天黑时迷了路。狼觅食的嚎叫声越来越近，牧羊犬急得发出汪汪的狂吠，他惊慌失措。后来，一个蒙古族姑娘骑着一匹雪白的马跑过来，带他来到小山岗上的敖包前，生起篝火，赶走了狼群。

她穿大红色的蒙古袍，袍上绣着白色的云朵。一双蒙古靴，蓝底白花，脚背上有两个蛋黄大的红缨球，她说姑娘穿这样的靴子吉祥避邪。她说话时，眼睛里闪着亮光，红通通的篝火映照在她笑盈盈的脸上，像宋爷爷家乡春日的海棠花瓣，熠熠生辉。

在草原上，牧人相见，会视来者为尊贵的客人。她从腰间解下水壶递给宋爷爷，风吹日晒一整天，他的水早已饮尽，于是拧开壶盖咕咚咕咚地喝起来。羊群在夜色里安静下来，篝火忽明忽暗。她讲起敖包的故事。

最早的时候，敖包是草原上的交通标志，是牧民用石子堆起来的，像海洋上的灯塔。行人在夜里迷了路，只要能找得见一个敖包，就找见了前进的方向，只要在敖包前生起篝火，四处居住的牧民就会寻着火光而来，送迷路的人回家。

后来，敖包成了通信的工具，牧民住地距离很远，平时见面不容易，逢年过节互相馈赠礼物，为节省路程，就把东西放在敖包上面，再留个纸条，从四面八方来的人们就根据纸条上的字取走各自的物品。

再后来，敖包又成了人们相约聚会的地点。每逢盛大节日，家家户户全部出动，骑着骏马，穿上崭新的蒙古袍，带着羊肉、炒米、奶酒来敖包相会，嘘寒问暖拉家常，畅谈牛羊骏马。

最有声望的长者做主持，少年们四周拾牛粪捡干柴，姑娘们准备炊具割羊肉，阿爸们热奶酒，阿妈们烧奶茶。马头琴响起，人们按照辈分依次而坐，点燃架好的干柴牛粪，篝火冉冉。男人们大口吃肉，大碗喝酒，猜拳行令，吃得痛快，喝得豪爽；姑娘们跳起安代舞，唱起悠扬的蒙古歌；少年们摔跤、赛马。直到夜深，人乏马困。再后来……

马蹄声嗒嗒前来，邻近的牧民赶来带他们回家，敖包的故事戛然而止。她骑上马回头对他说，下个月的今天，我们还来这里相会。说完，消失在夜色里。

这个蒙古族姑娘，就是我的姥姥。

那年那达慕，二十三岁的宋爷爷赢得了赛马冠军，成了一个优秀的骑手。在蒙古族，如果你的对手是位小伙子，你能赢得他，他就把你当成最珍贵的朋友，永远敬重你。如果对手是位姑娘，你能赢得她，你就是她心中最可爱的人。他最后角逐的对手，就是我姥姥。

此后，他们常常在敖包相会。白天放牧羊群，晚上骑着骏马如约而至。明月当空，夜色茫茫。终于有一天，他们约定在一起。

若没有阴差阳错偶然的遇见，若没有似是而非怦然的心动，若没有恋恋不舍和频频错过，若没有留下那些没能说出口的不舍，若没有那些如影随形的遗憾，爱情的美好，便不会这么让人断肠。宋爷爷在信中用放逸行书，抄了一首二十世纪五十年代草原上流行的民歌——《敖包相会》。

> 十五的月亮升上了天空,为什么旁边没有云彩。
> 我等待着美丽的姑娘,你为什么还不到来。
> 如果没有天上的雨水,海棠花儿不会自己开。
> 只要哥哥你耐心地等待,你心上的人儿就会跑过来。

我在字前沉思,长久凝望这片字迹。我有想过这样的情节:后来他们一起离开草原,去他的家乡,一个叫湖阳的小镇生活。可是命运却跟他们开了大大的玩笑。我在断断续续的回忆里,复原他们无果而终的约定。

第二年盛夏,姥姥二十岁生日,她要嫁给已有婚约的蒙古族少年。有时候,人们总是这样,无可奈何地匍匐在命运的脚下,却又万般不屈服。她不愿意走向命运的牢笼,不愿意遵循古礼旧俗,像她的阿妈那样娴熟地演绎妥协,走上被规划的坦途,残忍地打破炙热的梦想。她后来曾用蝇头小楷写道:"庆幸年轻的棱角没有被庸碌打磨,庆幸没有用雷同的模具浇铸人生,庆幸没有将期望送上流水线生成千篇一律的失意。"

她选择和他一起远行,为爱情,为逃离。他们踏上路途,朝着和他来时相反的方向,一路向南,颠沛流离,最终在湖阳落足。然而一场战乱之后,他们离散天涯,彼此再无音信。

数十年后,我出现在姥姥的生命中,她在福利院门前将我抱起。那时她已过花甲,仍徘徊在小镇上,以叫卖杂货营生。此后数年,她带我流连在湖阳，日复一日地等待。她总是在所有日暮星辰初起的时光里，低头写字，有时候写一段，有时候写一篇。他像是一根扎在姥姥心脏中的刺，永远伴随着我们。久未联系，她的情意却未曾淡薄。

后来，她带我跋山涉水回到内蒙古，《敖包相会》已经在草原上唱响，成为经典。每当听到这首歌的前奏，不论姥姥在做什么，她都会停下来，慢慢听完。我知道，在无数个孤独守候、孤单等待的日子里，在她坚持不下去的时候，是这首歌让她把心狠狠收紧，一次一次在平白的人生里，写下信念和守候的理由。只是这一路，遍布泥泞、积水与荒凉的脚印，他不曾看见。

我考上大学出外读书那年，姥姥执着地在户口本上给我取了和她相同的名字，以此来延续未了的爱情。生命里有太多人来过后隐了踪迹再无从找寻，也有太多人需要珍惜，太多情分不可忘记。时光绵长，姥姥希望她能一直停留在这里，在他能找得见的地方，不凋谢不褪色不急迫不眺望，从容久远地坚守着每一个真实度过的日子，就像他在一旁观望一样。

多年后，秋已经很深了。宋爷爷辗转来到呼和浩特寻亲。姥姥已发丝全白，耳聋目浊。那日天空暗沉低迷，我陪他们在如意河畔落满白杨树黄叶的路上行走，冷风从敞开的领口灵巧地探进身来。我看着两个老人，在瑟瑟寒风中相会，眼泪顷刻而下。

姥姥的一生，有多少人不理解，有多少人用同情的语气劝解安慰，她始终未掉一滴泪。如今一个远道而来风尘仆仆的拥抱，如此真切可触的温暖，她等了几十年，终于泣不成声。

此后数年，两位老人在各自的城市对望——他们因年岁过高，身体状况不允许，直至姥姥辞世，再未相见。今年初冬，宋爷爷再次来姥姥和我的住处找寻，得知姥姥离去的消息后一病不起。病中，他提起笔，和泪研墨，长长短短写不出半字。

这曲《敖包相会》将千帆过尽的人生细数，他们半个世纪的等待只源于太过美好的初见和太过灿烂的期待。我知道姥姥此生并无悔意。她曾说，在爱情里，浪漫太过脆弱，却仍有痴心人宁愿一晌贪欢，也不去求一世安稳。人易不知足，却总在不该知足的时候知足了。

后来相见，她知道他已子孙满堂，却只字未提她忍受过的漫长等待，在她的心里，初见仍旧美好，期待仍旧灿烂。

我的姥姥，她怀念自己骑在骏马上奔跑的自由，她喜爱敖包相会里简单的爱情，她爱护她的孩子，她用一生将他们初见时，关于敖包那个未了的故事，讲给我们听。

茶香渐渐变淡，月亮西斜。我学着姥姥的样子，打开音响，在熟悉的旋律里，梳理此间平实的花好月圆，将粗粝的疼痛与眼泪隐在漫漫夜色里，执一颗初心守候爱情。

铺展开信纸，临摹她的笔迹，将敖包相会的故事娓娓道给当年骑在骏马上的翩翩少年。

十五的月亮升上了天空，为什么旁边没有云彩。
我等待着美丽的姑娘，你为什么还不到来。
如果没有天上的雨水，海棠花儿不会自己开。
只要哥哥你耐心地等待，你心上的人儿就会跑过来。

第二辑

阴山下

小　孩

1996年，是姥姥带我到草原的第二年。我当时四五岁的样子，还不会说话，被邻人喊作"小哑子"。姥姥则不，她一直唤我"小孩"。

那年隆冬，落了一场很大的雪。

我俩还没盖好房子，借住在一处不能避风挡雨的山窝窝里，没有棉被，也没有御寒设备。以秸秆和茅草为床为铺为盖。姥姥年岁大，抗不了寒，染了恶疾，昏睡不醒。

大人病倒了，一个小孩子能做什么呢？我跑出去找人，却不敢靠近远处人家的院子，只站在那路边的风里，等人路过。等了多半日，终于有人经过，见我冻得可怜，便随我到茅草堆里看她。看罢，说是饿晕的。

我就大着胆子去"邻居"家讨点吃食，或者称不上是邻居，只不过共同居住在一处风雪里罢了。我从旧包袱里取出去岁自江南一路带着的碗——一只破旧的不成样子的大碗。这个碗因为是铁皮的，摔不碎，且分量轻，才一路带着。磕磕碰碰久了，碗沿碗身皆满布斑痕裂纹，已然不能辨出其原先的白色了。

我敲开一户人家的门，怯生生进去，因为是个哑子，边用手比画，边端出碗，盼着哪怕有一碗热水也行，至少可以为姥姥带回些温度。不承想我刚将碗从身后拿出来，那中年的女主人便一把夺去，厉声呵斥。我被吓一大跳，同时被吓到的还有她身后炕上坐着的一个小女孩，她随即哇哇大哭起来。

我当时还不懂此地方言，不晓得她说什么，却从她的神态和声调分辨得出，那话确实是难听的话啊。我只感觉到她突然靠近时的压迫感。她的唾沫星子溅到我脸上，我闭了一下眼，手中的碗几乎就在那一瞬间，被扔到冰天雪地的门外。碗发出清脆的响声，在冰地上滚了个难堪的弧度，原地打几个转，立住了。

我也被她用力推了出去，简直也是扔碗的那个恼怒的样子。地面真滑啊，我狠狠摔倒在地，磕掉两颗牙齿。寒冷的天，血流出来便冻住了。

她男人坐在炕上，想说什么，却什么也没说，只别过脸去，不再看他女人和我。

那个被吓哭的小女孩哭得更凶了，声音惊动了村里人家养的狗。村庄沸腾起来。小女孩许多年后与我同在一个学校读书，叫俊芳。她读五年级时，我入学，上三年级。

我后来在那里生活了十余年，这户人家，包括她家的田地，我再也没有靠近过半步。

这件事后不久，姥姥的病情更不见好转，有了恶化的趋势，先是咳嗽,之后便高烧不退,额头和身上滚烫,人那么瘦,又饿了许多天,越发皮包着骨头了。路过的人伸手探了探她的鼻息,与我讲,找到退烧的药,兴许还能救回一条命。

我就又冒险去一户有狗的人家。许是知道讨不回退烧的白药片吧,我壮着胆子,夜半翻墙偷药。刚翻墙过去,一只黑色的大狗便跑过来撕咬我的棉裤脚。好疼啊,我倒在地上不能跑动了。它拉起我,拖了两三米,才勉强松开牙齿,继而汪汪地狂吠起来。引得这户人家房里的灯亮起,骂骂咧咧的男人和女人拉开房门走出来。

我坐在雪地里,已经没有力气移到别处去了。一个披着月白色棉大衣的女人伸出长长的一根木棒,狠狠打在我被大狗咬过的腿上。真疼啊!我再醒来时,已在这户人家院门外。夜正深,炭一样黑,伸手不见五指。寒冷穿过我的身体,将地冻住、雪冻住、水冻住。路都冻起来了!那个幼小的孩子,就用手,在雪、碎冰和沙石混合的路面上,用力地爬。爬回姥姥身边。手心的肉是被磨薄了吗?漫长的回到她身边的路啊。

可是姥姥还安静地躺着,没有醒转。救她的白药片还没有找到。怎么办呢?我又冷又饿,更疼,好伤心。在用尽全身力气爬回到姥姥身边后,即昏睡了过去。

又过了许多天,我睁开眼睛,却不能站起身,不能走路了。姥姥已经恢复健康的样子,为我擦手上结的痂。

她问:"小孩,疼吗?疼就哭出来。"

我摇头。

她又唤我:"小孩,小孩。"

我对她笑啊笑。

不多久,南向的风吹过来,冰化了。春天来了。

又过了许多年。我有了自己的名字,从牧区考出来,到城里读书、劳作。姥姥已经不在身边,我也养了只属于自己的大狗。有个秋日的夜晚,大风吹着,就要降温了。想到冷,就不自觉想到那年冬天,1996年,便不免有些伤心。

而这突如其来的伤心到底源于什么呢?是无论如何都要回到她身边吗?是不能掉眼泪吗?是天太冷了吗?是笑啊笑啊,是想她时怎么也找不到她了,方才大概明白,原来我是想安慰自己——想要当时感到无助伤心的那个小孩得到安慰。

而自姥姥走后,再也没有人唤我"小孩"了。

是谁在敲打我心

昨夜雪落时,我正在读高村光太郎的《山之四季》,一边痴迷于作者优美沉静的文字,一边为其书写背后曾经历的贫苦与挣扎感到震惊。

"下雪了。"友人在微信里说。我合上书起身去看,果然下了,楼下汽车的车身已覆满白雪。是初雪啊,我惊叹。然而夜色深重,站在窗内并不能清晰分辨雪之大小,只听得风声呼啸,自窗前疾驰而去。

有一会儿,我将窗户打开,听听那风声。窗外的空气十分寒冷,我站一会儿,就又将窗关上,坐回灯下看书。读到被大雪深覆的山中生活,每隔一阵子,村民就要把屋顶的残雪扫掉,以防积雪将房屋压垮,很受感动。

尤其喜欢的,是书中描写的下雪的时候,高村光太郎坐在地炉旁,边烤火边做事情的情景。作为一个在乡野长大的小孩子,对这样的场景有说不出的熟悉。当我看到作者在暴风雪的晚上,躲在小屋里,把地炉点上火,听着风的声音,当"风声就像海中的巨浪一般,穿过小屋的屋顶,朝着对面的原野奔去",我觉察到生命中的某些情感部分被唤醒,与之相通。

我的童年及少年生活在内蒙古中部高原,属牧区和农区的交界,地方多草场、山石,少部分耕田,一条通往"山那边"的大路,蜿蜒在村庄和碧色的山野间,聚群而居的村子遥遥相望,依地势的便利散布在大路两侧。受西伯利亚寒流所影响,处于阴山山口位置的乌兰察布高原,冬天寒冷而漫长。

就在这漫长的冬季,放牧和耕种几乎停歇了,我和姥姥闲下来,常常不舍得烧柴,等快要被冻透了,才生出火,燃起炉子。两个人围坐在地炉边,或者盘腿坐到土炕上。她教我识字断文,《三字经》《千字文》《百家姓》《新华字典》皆是那时识得记得的。

最喜欢的是《声律启蒙》:"云对雨,雪对风,晚照对晴空。"这些字怎么这么好听呢,我开心得就要跳起来了。姥姥却板起脸来:"燕子要念出声,念出声才教你学。"

对于彼时哑疾未愈的我,哪里能念得出声呢?简直是欺负人!我倔强地偏过头去,还是不要学了吧。负气不要再理姥姥了,可是心里面还是惦记着书中的句子,只好趁她不注意,偷偷翻一页,再翻一页。

一个冬天过去了,《声律启蒙》便清晰地记在了心里。后来外出求学,又踏入社会,十几年电光火石般,填词赋诗能较旁人稍稍"上路"一点,大概皆得益于此。

我们国家古典文化之美,原来我幼时就已领略到了。古诗词为小小的我铺展开了一条新的大路,成为我风雪严冬时的另一种"温饱"。

等到深冬,忽而一夜大风,雪纷纷扬扬,越下越大。天地间,只有黑的树丫,白的大雪,原野上一望无垠,茫茫一片。

乌兰察布的雪和呼和浩特很不一样,那雪凄冷高大辽阔,像把每一朵雪花都留下来。呼和浩特的雪总是浅浅的,风一吹就化成了水,或是冰。但无论在哪,雪覆在大地上,世界都为之暗淡,城市和山野,都变成一种近乎青蓝的白。

然后是冷,乌兰察布的冷,是近于刺骨的。河里的水都结成了实实在在的冰,夜里炉火最后的热气散尽之后,连挂在窗下的洗脸巾都冻成一块冰碴了,我坐在炕桌前,披着棉被识文写字。

真冷啊,到睡时,裸露在空气里的脸蛋、耳朵和手指,都冻得红红的,先是生出斑点一样的红疹,很快连成一片,肿起来,要肿上一整个冬天。然而却又常常在地炉生火之后,房间暖和起来,肿胀的地方开始不间断地发出难以忍耐的痒疼。

"燕子乖,不要抓,抓破了会感染的。"每晚临睡前姥姥总是叮嘱一番。

"什么是感染?"我问。

"长细菌,发炎症,要打针的。"

"那吃药吗?"

"吃,吃好多药。"

"糖衣的药丸那么甜,我爱吃。"

总是在夜里,我于睡梦中不小心抓破冻疮,不几日,手指、耳垂便一点点溃烂,最终变成一大片流血的溃痈,疼痛不可触碰。姥姥终于不忍,将家里旧得破了大洞小洞的毛衣拆掉,给我织了围巾和手套。就在我反复的发烧和疼痛中,我们勉强度过一个冬天。

而我人生所拥有的屈指可数的手工技能里,编织尚可算一个。那是出于对冻疮的恐惧,姥姥开始教我学织毛线,一副手套和一条围巾,开春时拆下来,团成线团,秋深时织好。如此重复了许多年。

那个年代,村邻甚少有能力购买御寒的棉服,冬天的毛衣毛裤要依靠妈妈一辈的女性一针一针织出来,细密的平针、整齐的元宝针和带有美丽纹路的麻花针,这样一件新毛衣穿到身上,足以使小孩子兴奋一整个冬天。

我在中学时期,就自顾于功课,无心他物。而那时,我并不知晓,我所生活的世界正发生着翻天覆地的变化,打工潮席卷而来,同龄人纷纷涌进城市。他们不再遵循老辈人生活的轨迹,小商品市场更加精美的成品毛衣毛裤批量出现在人们的生活中。

我的编织手艺从此也只停留在年少织围巾的初级水平,再也没有机会,更无必要加以精进。我甚至没能亲手为我的姥姥织一件毛衣,这是我成年之后每每回望,都忍不住潸然泪下的遗憾。

梦醒南柯头已雪,晓风吹落西沉月。次日清晨,我去楼下时,雪已停息。然而,不久前随风潜入夜的那场雪,还是趁夜结覆在树枝、枯草与一切夜间表露于大地的事物之上,在朝阳初升起之时,明耀得整个天地为之陌生。但不待太阳升至一丈高,皆悉数悄无声息地融化了,一切恢复它平常的外表,之前的耀眼光芒仿若昙花一现。

多快啊，时间又到寒冷的冬天。每年冬天，我都要回一趟乌兰察布，陪隔世的姥姥坐一坐，为她朗读几句《声律启蒙》，带着天真的、单纯的喜悦，与幼年的自己重逢。

和姥姥说——

那时候，家里窗户太高，瓦太破旧，北风又太调皮，动不动把窗纸吹破，把瓦吹落，我们都爬不高，等俊英爸爸帮忙修补好，寒冷已经在家做客好久了，我们总是感冒了不见好；那时候，最冷的日子，没有棉鞋可穿，我们穿着单鞋，去给牛和羊喂草，双脚冻得麻木，失去知觉，回到屋里要在炉边烤半天，才能感觉到钻心的凉气与疼痛；那时候，袜子总是不经穿，总在大脚趾和脚后跟上同时破洞，我们缝了又缝，穿袜子时不敢往上提，担心把袜子扯破了，但是露出的一小截脚脖子太冷了，寒风吹来时，冷得恨不得把脚踝骨挖了揣怀里。

但是，你看，我回望过去，才发觉年少生活之可怀可贵。你教会我读文识字，我总是一边读一边忘，但读书有所了悟，是不是也足够了；你教我的句子"隔牖风惊竹，开门雪满山"，如今都变了模样。你在的冬天总有大雪，落得漫山遍野的白。现在的雪，说是下了，却看不见——你看，咱家燕子飞了那么远的路，身上光华与尘土俱染。可光阴真是虚掷啊，更广大开阔的爱与恩情，她都未曾追寻。即使这样，她还是会不向虚妄，安心向前飞行。

雪会融化，文字会飞走，寒冷也会。但文字敲打我心的感觉，和爱着的人一样，我都记得。

遥远的冬天

冬天竟又这样迅疾地来临，去年入冬的情景仿佛还在眼前。每年冬初，俊英都带念念从沪上回乡。为着见一面，我便也回去一趟。

有天日暮时分，村人在路口焚烧垃圾，俊英家小女儿牵我去观火。我们远远站着。风不知何时吹起，把未燃尽的杂物吹将起来。小孩子贪玩，跑过去玩，为倏地冒出的一串火舌吓到。我于惊惶里去踩时，灼伤了皮肤。

往时的寒冷，今时的寒冷，在乌兰察布冬天的萧瑟里连成模糊的一片。我却在这样的冬日里，记起小时候的雪天、吃食及饲养的小动物。

吃肉

呼和浩特入冬后不久便至大雪节气，此后便一步一步走向更深的冬天。

记忆里，到这一日，姥姥都煮羊脊骨来吃，脊骨在锅子里沸腾，香味却在房间里沸腾，屋里渐渐暖和起来。姥姥将土豆切成片，连同白菜、萝卜片一同丢进锅里。煮透的土豆片吃起来粉沙沙的，是真好吃。白菜和萝卜里浸满了羊肉的鲜，吃起来是异于往日的香。

姥姥笑看着我："慢些吃，没人和你抢。"她一面说，一面向我碗里夹肉。

"肉熟了吗？"

"熟了。"

"能吃了吗？"

"快尝尝。"

"不，姥姥先吃第一口。"

"嗯，好吃。"

"你慢点，吹一吹再吃——你看，烫着了吧。"她递来水。

啊，烫，好烫啊！我却吃得欢喜，哪顾得上被烫伤的上颚呢。

对大雪节气的记忆便也起始于此，此后，我喜欢这个节气，甚至一整个冬季。当然，姥姥离开之后，到了这一日，我照例会去吃锅子，只是再也不吃羊肉了。在那满溢肉香的锅子里煮些青菜萝卜，同心里的姥姥说，你看，菜也香，却不会烫。却也知道，再喊烫，也没有人递来水喝。

有一年，我们到了城里，在街头的小店吃锅子。灯火昏黄的饭店里，姥姥坐在对面，为我布菜，担心我性子急，吃肉烫着，一遍一遍说："慢点吃，慢点吃。"我们身后是扰攘不绝的人声，一霎时，我几乎更爱她了，爱她给的关切，比锅子里煮沸的肉更暖。可一切飘忽易逝，后来再去，一切皆如四月里邈远的鹃声，尤遥不可及。

白砂糖

元旦后不久，呼和浩特落了一场雪，不大，天亮时雪已经停了。

虽然我不在现场，但想到有一年雪小，姥姥与我一同看雪的场景，还是觉得亲切。

那年天不算冷，我的棉裤太旧了，动不动衬布就裂开个口子，露出白白的棉絮。因此，天气不好的时候，我就窝在家里，不大出去跑动了。我对唯一御寒的棉裤格外珍惜。

姥姥说："屋瓦上的雪，像一层细盐。"那雪说下就下，说停就停了。我那时对什么都好奇，她常常嗔我是"百万个为什么"。确实如此。我便问："为什么像盐，不像糖？"

她先是笑着说："咸盐家里灶台上就有，白砂糖我们丫头还没有见到过。"说罢，那笑容却僵在脸上。她伸出手一把将我拉到膝前，抚摸着我的头，讲："是姥姥不好，丫头长这么大了，还没吃过白砂糖。"

我当时哪里懂得她的伤心，只对"白砂糖"三字格外感兴趣。

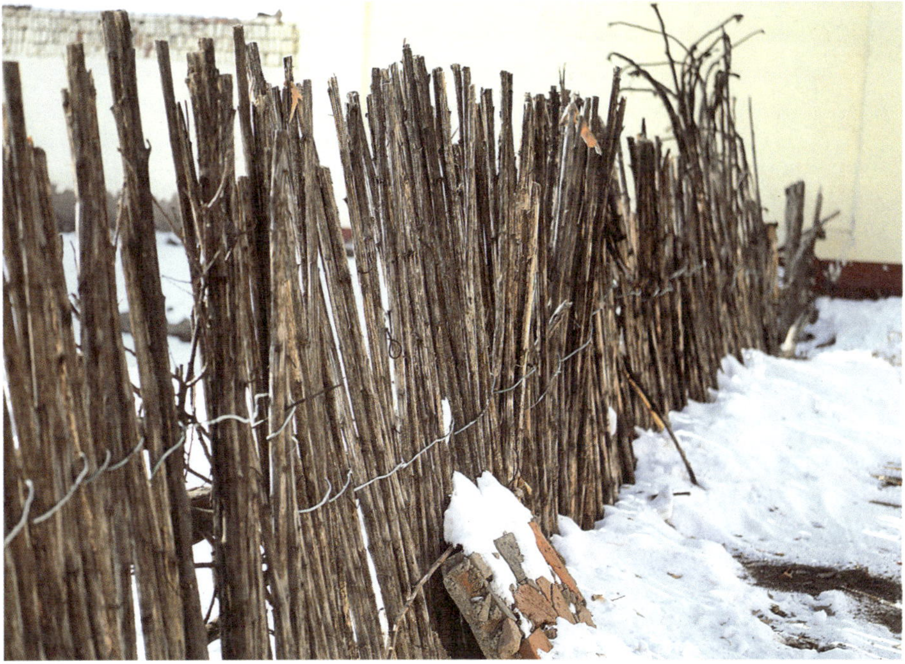

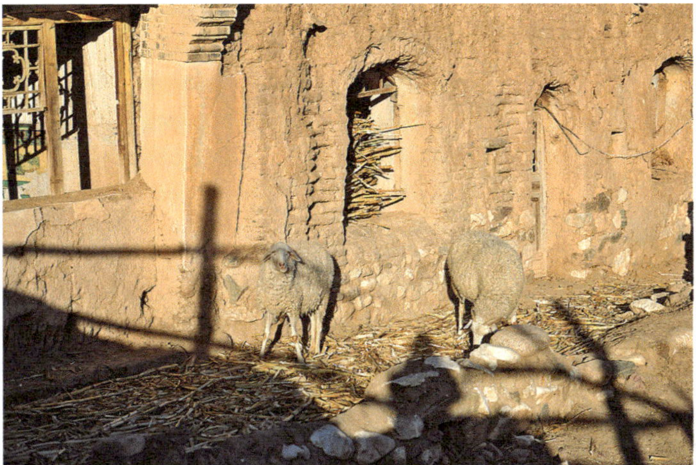

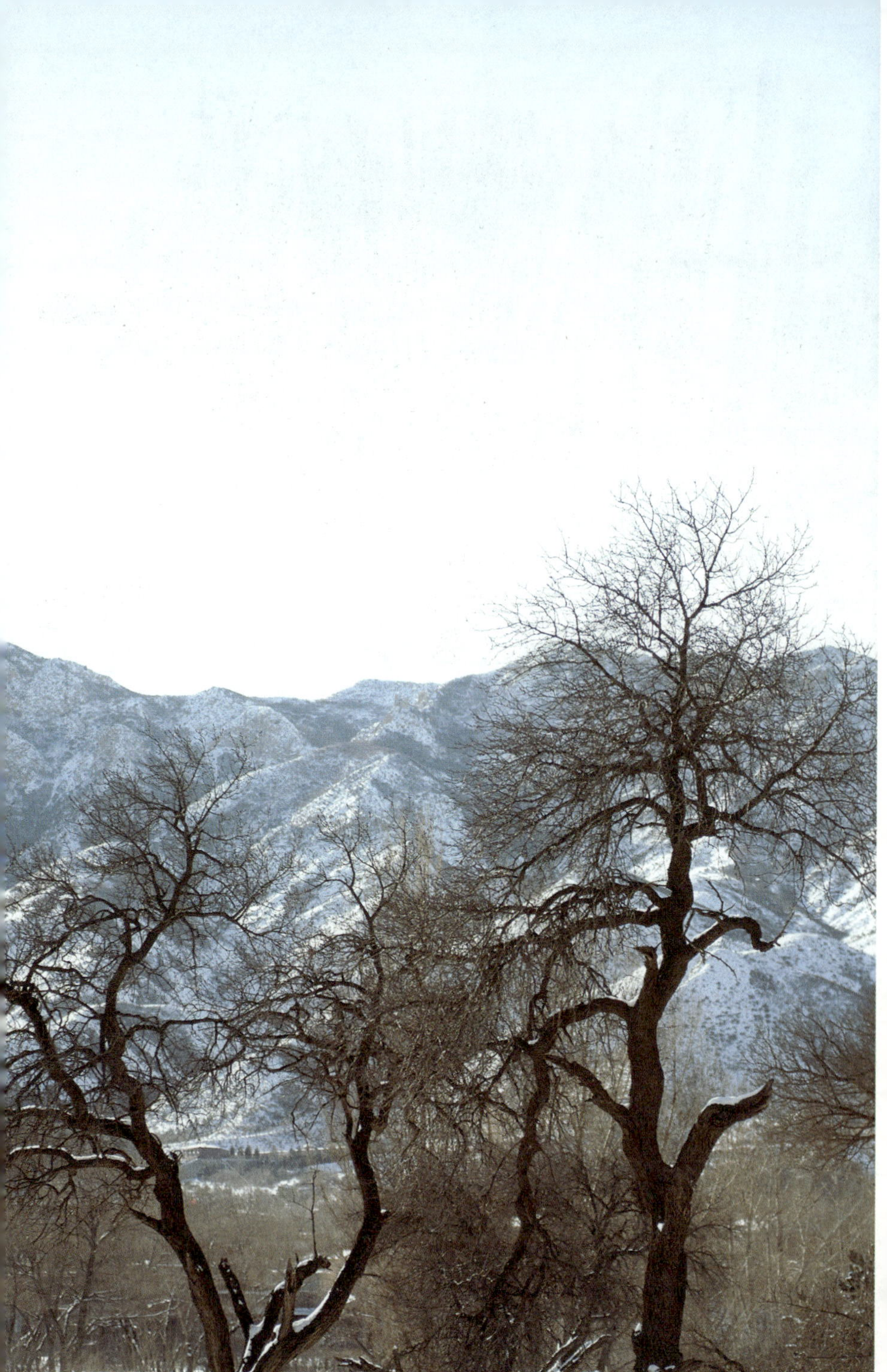

糖也有这么好听的名字,又白又砂,那得有多甜!于是不管不顾地跑到院子里,捧起一撮雪来吃。刚弯下腰,却传来嘶一声响,棉裤外衬又张开一个尺把长的口子。

啊,屁股露出来了,好羞!含在口里的雪真冷呀,冷得使人打激灵,我眯起眼睛,笑嘻嘻地跑回屋里去了,和姥姥说:"你骗人,才不甜。"

如今的雪,都不大。想着当年的"白砂糖"和"棉絮",就像姥姥还在身边一样,我实觉得满足了。

五只羊

小时候,春节将近时节,草原上就来一些收羊的人,开着老式机动三轮,后面的车厢装上竖条的铝合金。我家的羊也是这个时节售卖,多时四五只,少时两三只。姥姥换回钱,拿手绢一层一层包好。那手绢早已辨不出颜色来,但每次看到那旧旧的手绢,我就觉得很富有,意味着有新书、有新衣服、有红灯笼。小孩子的开心事大抵如此。

有一年是个好年景,家里养的五只羊都肉乎乎的。我每晚赶羊进圈都要过去抱抱它们,温顺又柔软的小羊,是我一年牧羊的收获。我多么得意!五只羊被赶进车厢的那一刻,我看到姥姥的旧手绢包着厚厚一卷钱——我肯定能有两本新书、两身新衣服了!

姥姥转身看到我眼里的光,走过去和城里来的人说些什么,不多久,便牵着我,爬进圈羊的车厢。她告诉我,要搭车到集市上去。

当车开在冷冽冽却阳光明媚的大路上时,我第一次感受到"速度",是那么快,比骑马还要快!我兴奋得几次站起,振臂高呼,也几次因惯性而扑倒在姥姥身上。

到了县城,听到有家店里传出好听的歌,姥姥说是粤语,我自然不懂,隐约听到有个更好听的女人的声音从电波里传来,"千禧年"三个字,我记得了。

我就走在千禧年独有的、青春热烈的欢天喜地的歌声里,看到理发店门口站着黄头发、卷头发的男孩女孩,看到闪烁的红、绿、黄、蓝诸色的灯。

我拽着姥姥的衣角,走在积雪未消却热闹的集市。她带我拐进一家店铺,是吃饭的铺子。姥姥说,城里吃饭的铺子有洋气的名字,叫餐馆。我拼命点头,拼命咽口水。果然端上一盘鸡肉,大概半只的样子。

我依然像在家时一样,第一口给姥姥吃。然后几乎是狼吞虎咽去吃鸡肉的,自是会被鸡骨头卡住,吞咽不得。我却嘻嘻笑着,看姥姥担心、犯愁。一众人帮我拍出鸡骨头,我却伸手拿起鸡腿啃起来。姥姥坐在一旁,帮我剔鸡肉,她望向我的眼睛里是如春天般的温柔。

那时,我已记事,记得鸡肉好吃,便也记得那家店的位置。后来也到县城借读过几个月,那时姥姥年事已高,家里余粮不多,不复有"五只羊"的富裕日子,但每次路过那条街,我都会朝那家店深深望一眼。

很多事物啊,我们看一眼其实就够,多出的那几眼,看的是什么呢?

大概是光阴难留,是人生一场又一场的告别吧。

下　雪

姥姥在时，每到冬天，我们就盼雪。乌兰察布虽冷，雪却迟。

没有天气预报，我们就看风向，看云的形状，看天晴天阴。有时天阴着，风大大咧咧，持续一整天，却不见雪飘下来。天就要黑了，我问姥姥："雪会来吗？"

"不来了。"她一副笃定的样子。我信以为真，却在第二天，推开门，天地一片苍茫，山、草原、村舍，连小小的羊圈都白了。我兴奋得就要跳起来，家里唤作"猫猫"的狗狗，也跟着兴奋起来，跑到院门外一阵狂吠。

姥姥不在了，我留在呼和浩特工作。到了冬天，便盯着天气预报。天气预报说呼和浩特有大雪，我就惦记着，每天早晨很早便醒来，跑到窗前去看，一日，又一日。有一天，刚拉开窗帘，哇，真的下雪了，还是一场大雪！

天还未大亮，世界柔和无声，只远处不知谁家传来一点重物敲击的叮当声。楼下延向远处的路上，穿着皮鞋的女士的脚印，在薄薄的雪上清晰可辨。偶尔有上班的人匆匆走过，路侧泊车的顶上厚厚一叠白。更多时候没有人，只有雪默默地落下来。

到了雪天，就会想温暖的东西。

我还是小孩子的时候，每到雪天，姥姥就会炖汤，多是羊肉或老母鸡作主料，不加任何辅料及调味料，仅以清水炖煮。不晓得过了多久，汤在炉子上沸着，我和狗狗绕了一圈又一圈，馋得口水咽下一次又一次，那汤才好。

姥姥加盐，关火，出锅，把汤端上桌。好香啊——小孩子性急，根本顾不得烫，拿起勺子舀一勺，也不吹一吹就入了口："哎呀，好烫！"上颚都烫掉皮了，才不管，满足口腹之欲要紧！

狗狗在炕边摇尾巴，拿舌头卷自己的鼻子。我正吃得欢，哪里顾得上它，只在吐骨头时，才想起逗它玩。把小小的骨头丢得远一点，它飞一样奔过去，那馋样，惹得大人小孩哈哈大笑。

后面的岁月，迁到了城里，虽冬日年年相似，但随气候变化，大雪天渐少。天增了岁月，姥姥也增了年寿，成了八九十岁的老人，雪天时的炖汤逐渐成为记忆杳渺的一部分。

也是从那时开始，我便喝不得别人做的汤，即使在这样大雪纷飞的日子。

迟子建写过鱼之汤。东北封冻之前最后一场鱼汛，室外寒彻天地，室内灶火熊熊，大锅里熬着鱼汤，烟从烟囱里冒出来，人的房子，坐落在白茫茫雪野之上。和我记忆里的炖汤一样，在物质匮乏或丰收年景里，蒸气在严寒的空气中劈出一片温暖，锅子里滚烫的汤，给饥肠辘辘的孩子以庇护。用生命庇护生命，这来自万物的情分，便是世界上最好的食物吧。

有年冬天雪后，先生分享诗人刘年的《祈祷辞》："愿屋檐保佑燕窝，愿青苔保佑石头，愿苍天保佑大地，愿大地保佑根。"是万物与万物的呼应，如同雪之于冬，汤之于雪，四季风物每一刻都深情饱满。使我觉得，在这样寂寂的雪天，万物的情谊也显得格外动人些。

如这样关于雪天的童年记忆，还有许多。然而沉默的四季和村居生活所给予我的情感，实则远不止这些了。它教我知道许多事情，使我对周遭的一切生出一种诚实朴素的情感，也使我不至于在面对大自然时，所见的只是一片仿若无生命的世界，而对人之外的生灵无所察觉。当我还是小孩子时，只是极寻常地跟着牛羊马匹在半农半牧的内蒙古中部高原游荡，并不知道这短暂的童年生活对以后的我来说，是多么重要的心灵的源泉与滋养。

雪落着，我记得和雪有关的人与物。天晴着，月亮出来了；花开着，庄稼成熟了，燕子在飞；年节杀牲，路遇野猫野狗，我实则与它们生活在一起，只是有时候忽略了罢了。我观察着这些微不足道的存在，并记住它们。

有时候我奔跑在奋斗的路上，有时候我在热气腾腾的生活里，有时候我为流汗后的获得感而欢喜，有时候我为挫折委屈而沉默，花草鸟兽都与我在一起，它们不语却有情，成为我日常生活的一部分。

从前我也许不知道它们的存在，我观察记录它们，只是如叶公好龙般喜欢着它们吧。然而当我明白它们的习性时，知道城市里哪一处有哪一种植物,什么季节什么鸟类迁徙而来,寒暑阴晴有什么食物可与人分享,不同时节里它们变化的样子,喜欢便成为一件有趣的事。

雪在窗外停了。然而,雪天的炖汤,却是我年少记忆里最暖的食物之一。我还是此时才发现,一直到而今,它都在下雪日,冒着热气,存留在我心间,不可忘记。

童　年

近来生活的间隙，看到或听到初夏的某个场景或声音，仿佛有着与从前暗自相通的联系，便唤起一些和童年相关的细碎记忆。

读中学时，学校离家很远，俊英带我走小路，能近一点。要蹚过一条小河流，翻一座海拔相对高的山和六七个小山坡，再沿村庄与田畈夹拢的土路步行半个多钟头，才到学校所在的镇子，叫旗下营。

学校地狭，我是如何考过去的早已忘却，只记得这是当地较好的学校，学生来自各处，宿舍就那几间，住校生多是高年级要升学的学生，其余诸生要走读。我和俊英每天天不亮就要起床方能按时上课。许多时候我甚至起得更早。星子一颗一颗亮在黑漆漆的天穹，约莫三点钟的样子，我从炕上爬起来，准备草料，饲喂牛羊、马匹、家禽等。

那时姥姥已八十余岁，逢上变天或四时变化，入秋入冬，她腿脚常常不好，家里繁重一点的活计需要我做。待忙完，天光像苏醒一般从东天露出来,渐渐有一种隐隐的透蓝。俊英在院外喊:"燕子燕子,上学了。"我一边扣外衣的扣子,一边拎起书包跑着应声。

初一下学期,小河里的冰刚刚融化,白日显出变长的迹象来。然而空气里寒气还未消尽,姥姥除了腿疾,另犯了哮喘。赤脚医生来医过三次,皆不见好,到了夜里像是病情加重了,一呼一吸非常沉重困难。

我担心极了,想要留在家照顾她,她却执意要我去学校读书。如此几日,忽然有一天,她像是病好了一样,呼吸不那么沉重,腿脚也方便不少。我下学归家,听到她在大声说话,屋子里坐着俊英爸爸和同村另一位长辈。刚进房门,姥姥便喊我到外面去玩。我没应,那时正抄一本从同学那里借来的书,原来一道算术题还能这么解,有好多种解法啊!我的心充满着好奇,顾不得去玩,于是搬着凳子到里屋继续抄题解题去了。

俊英爸爸走过来,摸着我的头,夸我考试又得了满分,然后关上房门在外间继续与姥姥谈事情了。我只隐约听得"县城""好人家""价钱"几个词,并不感兴趣,便继续专注于方程式的结构与算术题的解法了。也是从那日起,姥姥的病渐渐好起来,连腿疾也没有迁延太久,不几日就变回一个可以正常行走坐卧健朗的姥姥了。

那年,我们在村后的山坡种了十余亩田地,是个风调雨顺的好年景,不用怎么灌溉,玉米、土豆都长得齐整,种下去的种子转眼即长出一拃多高的小苗,使人心喜。

姥姥种田、放牧、做家事很在行,几乎从未失手过。我家的面点是村子里小孩子手上最好吃的，端午节的粽子也是包得最好看的，牛羊、马匹也是牧养得最肥美可爱的，甚至连我脚上的鞋子也是小孩子脚上最合脚、最端正的。

我跟着她耕田、播种、除草、查看墒情、浇水，然后收割。玉米那么高一棵，掰下成熟的玉米穗，再几日，风把青稞吹得要干了，我们拿上工具到田里将秸秆砍倒，装车，运回家。最初的时候，小孩子的手拿不下锄头，兼力气小，常常她往返一趟了，我才向前走了半趟。

而幼时的我较为淘气，又对事物充满着好奇，看到到处飞的蚂蚱蝗虫不免是要分心的，丢下锄头跑去捉；用锄头挖田里的土，挖成一个圆圆的洞的形状，将脚丫放进去。凡此种种。太阳升起来，升到头顶。

姥姥却一直在忙，从田尾至田头再至田尾。偶尔直一下腰，拿毛巾擦擦汗，很快就伏下身劳作。她干活快，而这快的秘诀，不过是多忍耐、少直身罢了。只有腰身酸困得实在不能忍受时，才将身子直起来一会儿，和我讲几句闲话，却并不嫌我慢，催促进度。

因为流了很多汗的缘故，她总是脸色苍白。我看到大滴大滴的汗顺着她的脸颊滴落下去，便使我终究不忍心，赶紧扔掉手中的蚂蚱，学着她的样子做起活来。

农忙之后有个休息日，我赶牛到学校方向的山坡。这个方向地势高且远，放牧的人家总不愿意赶着成群的牛和羊过来吃草，因而草长得便高一些，密一些。

我家耕牛往来田地频繁，实在苦辛，我便牵它寻一点好的草来吃。牛刚刚吃了几口青草，一辆农用三轮车就突突突地翻过山岗开过来。被车惊到的牛，慌张间向后退缩，一只蹄子踩到我脚上，又立即把蹄子提起来，直到我走远几步，才重新将蹄子放到草地里。

这时车子已停在不远处的大路上，有人喊我名字。是姥姥，她穿着惯常下田穿的那身蓝布衣服，站在车尾向我招手。我跑过去，俊英爸爸从车厢跳下来，扶我坐到了车上，又去帮我牵牛回家。

"我们要去哪里？"我问。

"城里。"姥姥说。

"远吗？"

"不远，就在前面。"

那是我第一次乘坐非人力驱赶的车子。上午阳光强烈，风从远处高树的树梢吹过来，立刻把乘车人的头发揉成一团。我兴高采烈地站起身，听着盛夏的风声摇涌，风里是熟悉的青草和泥土的气息。天上的云像是被扯得丝丝缕缕的棉絮，大朵大朵浮坠在蓝色的天幕下。

那天的场景，在我的记忆里从此保留下了夏日午后的风和云的色彩，明媚的阳光照得人睁不开眼。我并不知晓姥姥要将十岁的我送走或送去别的什么人家收养。虽然明白或出于自我保护的潜意识，顺理成章地以为如果没有坐上农用车，会留在原地继续牧牛，直到太阳把天空的云和所有村庄都染红，再牵着牛回家去。

然而，那日在草原小城的黄昏，姥姥带我去餐馆吃了不曾吃过的焙子和炒菜，买了人生第一件花裙子，嘱我站在路口第一棵国槐树下等她，她要去医院取药。我欢喜地抱着裙子，坐在马路边，将她放在我口袋里的糖果取出来，那样一点一点撕开糖纸，露出小小的一块透明的糖果，用舌尖小心翼翼地舔食。糖果的甜是多么甜啊！

太阳一点点斜下去，车辆路过时会有尘土在阳光里高高飞起再落下，旁边有白发的老爷爷摆摊卖杂货，还有灰色的叫不出名字的鸟拍着翅膀飞过国槐树，飞到天空去了。天空被茂密的树叶分割成许多小小的圆点，投在地面上，我怎么数都数不清圆点的数量。

我就那样抱着裙子坐在路口，把脚边的碎石子踢来踢去，把所有路过的蚂蚁都数个遍，姥姥还没有回来！路上的车少了，摆摊的爷爷收摊回家了，太阳沉到山的那边，姥姥怎么还不回来？我站起身，望呀望呀。天就黑了，人家的灯亮起来。我不敢挪动，踮起脚，望呀望呀。姥姥去了哪里呢？人家的灯又熄灭了，漫长且漆黑的夜开始了，姥姥还是没有回来！

我开始害怕起来，思绪杂乱地坐着，风变得很凉，人语声也渐渐消失，夜更深了，半个月牙挂在天边，我忽然哀从中来，忍不住眼泪涌了出来。听到远方的响动，以为是姥姥回来了，赶紧站起身向马路中间跑去。远处一只流浪的花狗扑过来，一口咬在我的腿上，我却顾不得疼，也不呼喊，望着姥姥离去的方向，担心她回来找不到我。可是她终究没有回来。

我一面落泪，一面用手捂着伤口，不舍得睡。星星在天上，一颗一颗闪着光。国槐树的边缘和叶面上集结着水汽，空气变得潮湿而寒冷，马路上有不甚分明的白，或许是月光。

不知过了多久，天亮了。我沿着记忆中的路"回家"。行至一处有水的地方，不知谁家的鹅在水波上嘹呖，我用水清洗了脸和伤口，换上花裙子，跛着脚向前走去。

　　草原的风恢复了它平淡无奇的模样，轻轻吹着。而十岁时的那个长夜，我的确有什么东西遗落在风里——大概是找不见回家路的小孩子的一整个童年吧，又或者是没有家的小孩子最后的伤心。

小春天

呼和浩特的春天,总是迟来。广州的木棉红了一条街,苏州的梅花在怒放,长沙的油菜花在郊外是望不尽的金黄,西湖边更是数不尽的春花烂漫,连北京城的玉兰都打了紫与白的花苞,而呼和浩特河里的冰和街边的积雪,还未消融。还是许多年前的老样子。按姥姥的话说"春来得晚"。

我于二十世纪九十年代中期到草原深处的小村庄时,是春三月,瞧见河面雪白雪白的样子,以为是盐。跑过去,伸手去捡拾时,还冷着,冻得赶紧缩回手。姥姥说是"一河冰"。我站在实实在在的一河冰旁,第一次感受到乌兰察布的冷。

时令虽到了春季,风却丝毫没有柔软的迹象,还是冷冽生硬,吹到人脸上、手上,像刀子。于这样的寒冷里,除了湛蓝的天空里白色的云朵,便是冰的白、积雪的白,袒露在黄褐色大地上的草枯黄衰败,树木干枯。

"这是什么地方?"我问姥姥。

"草原。"她说。

"草在哪?"我问。

"在土里。"她说。

我拿脚踢土,从一处到另一处,找了许久,皆未见着草。我心里的草是绿色的啊,这里没有,却不小心,把唯一的鞋子磨破了洞。风灌到鞋里,冷得人打哆嗦。自然,也没有南方的花可看。

除了冷,便是干燥。先是嘴唇裂开口子,好像喝再多水也不起作用,裂开的口子越来越深,随之而来的是止不住的鼻血。重重生一场病,姥姥买来梨子罐头、橘子罐头,这是当时很多地方约定俗成的治病良方,如同周作人《儿童杂事诗》里写立夏"吃健脚笋"一样,很是寄托了一些现实的企望在其中。

那时还是小孩子的我,又是初到寒冷少水的内蒙古高原,免不得病一场,不适应一段时日。大概和水果罐头有莫大的关系,不久后,便适应下来,像是长了精神一般,欢欢地从痴缠月余的病处走出来,更加蹦跳有精神了。

到了四月,积雪与冰渐渐苏醒、融化。晌午日头大时,气温升到十摄氏度左右,冰一点点裂开,路边的雪化成水,流得到处都是,地面湿漉漉的。我们上学,走路都要绕到干燥的路面来走,有时不小心一脚踩到雪水里,免不得啊的一声长叫,沾两脚泥,进退不得。别的小伙伴闻声过来,哈哈大笑。当然,鞋子上沾了泥的,经常是我。

好羞愧呀!走到学校,总捡人少的路去教室,又低着头走到座位上,把双脚藏在凳子下面,不敢向前伸。这时候,班里最坏的男生跑过来,嚷嚷着:"快看燕子,踩到水泡里了!"换作别的女生,总要站起来和他理论一番。我那时不会讲话,哑着,无声地坐着,脸红到脖颈。

坐在一旁的俊英则会站起来,追着男生"教训",有时拎着男生的后衣领,丢在我面前。我只低着头写作业,为沾满泥的脚,甚至因随着年岁增长而穿在身上显得短小的裤子,感到难为情,根本不好意思抬眼看他们。直到上课铃声响起。

冰化着化着,日头开始暖了起来。草木初生的青绿逐渐爬满山野、牧场和村落。我和俊英放学后走一个钟头的样了,就到了村口。姥姥不去放牧时,总在村口站着,手里做一些活计,有时织一件围巾,有时纳鞋底,有时帮外面的人代工穿珠子。

她接上我,接上我的书包,总要感慨一句:"书包这么重!"我心疼她腿脚不好,总是抢回书包:"才不要让你背!"一溜烟向前跑去,文具盒在书包里发出哗啦哗啦的声响。

到家和俊英两个人,从书包里拿出白天老师布置的作业,趴在炕沿龙飞凤舞地写字。俊英爸爸经常在黄昏时到别家喝酒,天黑后,带着醉意回家,偶尔提起兴致检查俊英的作业。翻开作业本,看到她的字歪歪扭扭向一边倒去,像是要飞起来一样,挤在田字格里,免不得发起火来。

每到这时候,俊英总会说:"这作业本是燕子的。"便逃过一劫。然而,没有人告诉我们要怎样拿笔才算规范,怎样写才能把字写得漂亮,我们也就继续写下去。遇到难一点的题,无人可问,就空着,也不着急。

姥姥在锅灶前烧火做饭。菜是去冬积下的土豆子,已经陪我们挨过了长长一个冬天,实在不能再吃了,我闻到土豆煮熟的味道,胃里就不舒服。却知道家里除此之外,便只剩下圈里那头小小的羊羔了,再没有其他吃食,只好忍耐着。饿到睡不着时,才跑到灶边挑起一只土豆,咬一口,很快吞下去。

那时,风在窗户外面,慢慢转向。先是东风,不知从哪天开始,吹起南风。村前的河里再寻不到冰的影子了,背阴处的积雪也没了踪影,春天便悄无声息地到来了。草从从前的地方钻出来,树上有了新叶。

姥姥放在窗下的土豆也发出绿芽。我跟在她身后,看她将发了芽的土豆拣出来,切开,埋到新土里,等它扎下根,长出幼苗,到了春耕季节,迁移到田里。年年如此,无论跟随她看过多少次,还是感到亲切与感动。

如今,姥姥径自溘去,我还前路茫茫。然而,只要空气冷冽干燥,冰雪一寸寸融化,姥姥就还在。至少在崭新的春天,我记起我们,春天啊,就不会晚。

名字与闲时书

春分之后,乌兰察布的春天渐渐到了它最好的时节,白日渐长,阳光明亮盛大,草木一寸一寸在返青,一切都明朗且寂静。不加班的周末,想着村里的桃花将要开了,便生出回去看看的念头。

一

回去时,晌午刚过。三五村人坐在南墙脚下闲话,树木已有春的姿容。家狗很懒的样子,从土堆里钻出来,沾了一身的草屑。它看看我,并没有叫,默默地向远处去了。有牛叫的声音,从看不到的地方传来,或许卧在砖墙内的牛圈里也未可知。然这叫声,于我而言,却十分亲切。

我旧时也曾饲养耕牛,夜里做作业的时候,下田干活的时候,在牛圈拌草秸喂它的时候,甚至伤心落泪的时候,它偶尔一两声叫声,如同家人一般，印在我的记忆里，伴着我的微茫路途，使我不能忘却。

惊蛰过后，乡人便开始准备春播，待几日后，春分节气来临，就要开始农忙播种，耕牛清闲的时日不多了。过不了几日，它们便要开始一年的劳作，为主家秋时的好收成，而用尽积蓄了一冬的力气。

幼年时在乡间的生活，使我对如家狗、耕牛一般的动物总有种特殊的情感，甚至对可以作为他们饮食的骨头、青草都有亲切感。我似乎永远不能把羊脊骨、炖骨头这些菜品当成纯粹而丰盛的餐饭，也不能将一片油菜花田视为单纯的自然之景。我是知晓它们的美与好的，但不会像对待高山大川，或一株开花的玉兰树一样，仅以欣赏之姿视之。

即使如今在城里生活，可当我看到一片长势茂密的青草时，还是会想起从前饲养的一头叫春耕的牛，"如果它还在该多好，可以把草割回去喂它"。看到秋深时满地的落叶，心里也会觉得可惜，"背回家，冬天可以拿来喂羊啊"。而那些掉落在地的干树枝，总使我忍不住蹲身拾捡，可以捡回去给姥姥当柴烧。

然而，看到它们在一处自生自灭，从春到夏，从秋至冬，四季流转间，青草枯黄，落叶腐烂成泥，败落的枝干则横七竖八地躺着，我只有默默望着，微微觉得可惜罢了。草、树叶和树枝还在那里，甚至四季都去了又返，而陪伴我的姥姥、耕牛、家狗和羊群早已不在身边了。

二

记得那时,春风温柔的时候,姥姥会坐在树下做针线活,太阳明亮亮地照着,我则趴在门口的凳子上练字。练到百家姓里的"李"字,就问姥姥村子里大人们的名字。知道青青家爷爷叫连朋、奶奶叫玉兰,佩佩家爷爷叫兰芝、奶奶叫月荣,还有一户我喊作姑姑辈的三姐妹分别叫梨梨、梨英、梨花。

"大人的名字真好听啊!"我感叹。

姥姥温柔地看着我,说:"老辈人都有辈分,依着家谱取名和字,不会乱了辈分。"

"家谱上有这么多名字吗?"

姥姥笑起来,风吹乱了她额前的银发。她说:"青青家爷爷是连字辈,叫连朋,青青家爸爸是高字辈,叫高粱,她的叔伯叫高山、高祥、高岭。"

"那青青是青字辈吗?"我问。

"到你们小辈就没有家谱了,赶上新社会,名字都取得洋气,都用两个叠字作名字。"

"那青青六十岁还叫青青吗?"我在心里想,六十岁的老太太还叫青青,要让人笑掉大牙了。

姥姥却点点头。我不免觉得遗憾了,如果按祖谱,青青应该和同辈的海峰、海强、海洋一样叫海青,或者和俊英、俊花、俊香一样叫俊青吧。于是,我在纸上分别写了"海青"和"俊青"两个名字拿给青青，她选了选，取出刚写完作文的本子，工工整整写了"李海青"三个字。第二天上学，她便高兴地把带有新名字的作文本交给了老师。

课间的时候，青青跑到讲台上，认真地向大家宣布："从今天开始，我大名叫李海青了，青青是我的小名，大家以后都叫我海青吧。"

调皮的男同学在下面起哄，大声喊她："李青青，李青青。"

她并不在意，略仰着头走下讲台，坐到座位上，抽出书来看。阳光穿过窗棂，静静地落到她身上。窗外垂柳如丝，一只不知道名字的鸟在不远处鸣叫。

男同学见她安静地读起书了，觉得无趣，便向我问道："燕子，你什么时候有大名？"

我红着脸告诉他们："燕子本来就是我的大名。"

"那是鸟的名字。"李小毛说。

"才不是呢。"

还未等我反驳，李小毛就唱起歌来："小燕子，穿花衣，年年春天来这里。"

那时我确实还没有正式的名字，被同学这样说，有些着急，却又无法还口。小孩子之间常常有这样那样的拌嘴逗乐，说出来的话不过是玩笑罢了，并没有实质性的伤害。我装作要找他算账的样子，从座位上站起来，李小毛却一溜烟跑开了。

青青拉住我说："要不，我给你取个名字吧。"

我没作声。青青指着纸上一个人名给我看，说："就叫这个吧。"

我低下头去看，还没看清她指的名字是什么"月"，就被她偷偷看的书吸引了。

三

"什么书？"我问。

"闲书。"她说。

哪里来的闲书呢？村子里识字的人家没有几个，能够花钱买书的人家就更少了，假使偶然有一本半本书出现，都是十分稀罕的事。我想不明白，问她："闲书？"

她眼睛里含着笑，点头说："是我小姨给的。"

"小姨从城里回来了？"

"嗯，"她点头，"昨个儿刚回来，说这是杂志。"

我们那时还不太懂得杂志为何物，只是对一切写着字的东西都格外感兴趣，就连香烟纸，都会收集起来，反复看上面的字。瘦金体的"吸烟有害健康"呈竖排写在白色的烟纸上，显得格外秀气，我和青青偷偷描过许多次。

那时候，还没有字帖，小孩子看到好看的字体，都会照着描，想象着自己有一天也能写出同样漂亮的字来。我第一次见到字帖，是许多年以后，青青的小姨从城里带回的。

她那时去新疆打工，在兵团里摘棉花，喜爱唱《达坂城的姑娘》，也喜爱在硬皮本上写长长短短的句子。过年回家的时候，她将这本字帖当作新年礼物放在了青青的床头。青青像得了珍宝一般，按日一页一页练下去。一本练完之后，夏天已经很深了，地里的玉米结满了淡黄色的须子。

她喊我一起去镇上,将练好的字寄回去给她小姨。也就在那时候,我才接触到"现代诗",才知晓世上还有这么多好听的句子。那本字帖是汪国真的诗,首篇便是歌咏春天的,我因为觉得稀罕,便默默将句子记在了心里。开头一段从夏说到秋:

夏太直露

冬又不那么温柔

秋天走来的时候

浪漫便到了头

这首诗,青青的小姨也是喜欢读的,我们在她的日记本上看到过这段话,用蓝色的墨水笔写下的,旁边还淡淡描画着几片云朵。她看到我们在偷看她的本子,没有生气,温柔地走过来,抚摸我们的头,笑着说:"我教你们简笔画吧。"

"好。"我和青青几乎异口同声。我则愈发觉得青青的小姨好看了,很愿意多和她讲话,只要她来青青家,我就赖着不舍得离开。差不多我和青青年少时看过的"闲书",都是青青的小姨拿给我们的。

最初的杂志,青青指给我要取名字的文章,是《草房子》节选,纸月和桑桑的名字使人心动,我和青青坐在教室的角落里将它囫囵读完。当桑乔背着桑桑踏过松软的稻草走进校园里,桑桑看到了站在梧桐树下的纸月。天空正下着雨,雨珠从纸月的脸上滴落。我始终记得这一幕,有好多个晚上梦到自己变成桑桑或者纸月。

仿佛受到了故事的启蒙一般,我和青青便迅速地长大起来。

四

小学毕业的暑假,青青的小姨拿一本很厚的书给我们,是《射雕英雄传》。我和青青如获至宝,迫不及待地看下去。然而,还是小孩子的我们还不懂得欣赏江湖侠客的豪情壮义,看到洪七公同郭靖坐船离开桃花岛后,便再看不下去,约略往后翻一翻,兴味索然,只好丢到一边去了。

念初中时,有一段时间,青青的妈妈生了病,要去邻近县城的医院做手术。青青的小姨从城里回来,作为家里的长辈,照顾青青的起居。她到青青家时,带了几本书、一把电子琴,还有一个录音机和七八盒磁带。书有《红楼梦》《张爱玲文集》《简爱》等。

那是我第一次接触古典文学和外国文学,知道除了课本上的冰心、鲁迅之外,原来还有许多其他作家,中国的、外国的都有。

上学的乡下孩子极少接触课本以外的读物,学校里语文老师有一本《中学生作文选》,这是我们唯一能从中窥到的外面世界,我们也因此中了作文写作的"毒",老师布置如《一件难忘的事》之类的作文作业,我们都千篇一律在写好人好事——天黑了帮邻居家收衣服,下雨了帮小明家将煤球收到屋里去,又或者捡到钱包站在原地等失主来取。其实村子里都是种田放牧的人家,哪有这么多好事让小孩子做,无非是照着作文选里的套路下笔罢了。

青青小姨带回的书,却将我带入一个全新的世界,不同于以往,使我知道这世上还有这么多书是可以读的，或者说是应该读的。我就这样闯入与好人好事不同的故事里。

《红楼梦》我还不能弄明白其中的人物关系，十分焦急，接连看了几日，从日头升起到日头落下去，煤油灯点亮了，趴在灯下也要看。

终于有一日，看到大观园里中秋开夜宴，众人击鼓吃酒，独黛玉一个人坐在一旁，有些忧伤的感觉，我大约是觉得自己也和林黛玉一样不在父母亲人身边，涌起感同身受的自怜，不小心头发撩到灯火上烧着了。自那以后好多天，姥姥都不让我在晚上看书。

张爱玲的小说几乎是白天在看，要出去放羊，悄悄将书带在书包里，一边走一边看，有时路赶得急些，书不小心掉到地上，内页留下草叶划过的青色。《倾城之恋》是使我稍稍得些安慰的一部，故事的最后白流苏和范柳原终于在一起了。而《金锁记》《十八春》都让我看得伤心难过。经历了十八个春天的两个人还是没有在一起，顾小姐在弄堂里与菜贩争青菜茭白的价钱，她过得多么艰难啊。

我坐在胡杨树根上，读到此处，一句话也说不出来。有风吹过，将幼嫩的毛毛状花序从树上吹落，掉到我脚边。夕阳的颜色一点一点消散了，寂静的青蓝色一点一点洇上来，书看完了，天也黑了。

青青小姨的书竟让人心里这样难受啊。

五

有一天放学,一个陌生的爱慕着青青小姨的男子递一封信给我,他讲:"这信帮忙交给海花。"海花是青青小姨的名字。

我那时还是乡下贪玩而无知的少年,并不确切知道"情书"是什么,只是惊讶于手里拿着的信封,和平日所见的纯白色或棕黄色不同,而是如初春般的淡淡蓝色,印着隐隐约约的星星,右下角拂动着疏疏的柳树枝条,一轮圆圆的月亮悬在枝的后面。

"真好看。"我在心里感叹。

但"情书"这两个字仿佛有着不可告人的秘密一般,不能轻易地说出口。我将信递到青青小姨的手里,她接过去,随手夹在了一本书里,没有即刻打开看。我和青青跑到院子里跳绳去了。屋子里飘出歌声,王洛宾写的西北民歌,飘荡在春日的傍晚。

天空暗蓝,被染成淡淡红色的云朵柔软地飘浮着。弯弯的下弦月。青青的小姨在灯下展开信看时,究竟是怎样的心情呢?我们没有去问。小孩子的注意力似乎总是在变,我们更关心的,是她的收音机和神奇的磁带。

我们放学回家的黄昏和晚上,她常常放歌来听,我和青青也跟着学唱。孟庭苇的歌很好学,《风中有朵雨做的云》《你究竟有几个好妹妹》我们很快就会唱了。上学下学,我们要走平日里少有人走的路,四顾无人,终于可以放声歌唱"风中有朵雨做的云,一朵雨做的云"。每每此时,我们的心就像是变成了活蹦乱跳的小兔子,扑通扑通跳得厉害，总归较平常要紧张兴奋许多。

春天一日深过一日，那个写信给青青小姨的男子再也没有来过，听说是去深圳一个叫宝安的地方打工了。不久后，青青的爸爸妈妈从医院回来，小姨也要离开。大约她也不舍得与我们分开，走之前将录音机和磁带都留给了我们。

天上的云一天一天变幻着，在云下奔跑的女孩们渐渐长成了大人，变得多愁善感起来。大概是中了"闲书"的毒，开始对异性产生好感，学会记日记，也悄悄写起了"情书"。而这些书信终究不敢递出去，更不愿意对别人提起，就如同从来没存在过一般消失在时间的长河里了。

我们开始听许美静的歌，她的歌里有着爱而不可得的情绪，那种欢愉且悲伤的情感，使我们听的时候，总感觉有什么东西在有一下没一下地叩着我们的心房。

六

今年过年，青青从斯图加特回国，我们一起去小姨家。年前下过一场大雪，除夕夜的鞭炮炸烂在雪里，红红的炮皮飞散一地。小姨正拿着扫帚清扫。

她系着长袖的围裙，粉黄相间的小格子围裙，干干净净的，胸前靠近领口的地方绣着七朵五瓣的红梅花。头发一丝不苟地盘在头后。

院子里一棵凋尽叶子的山桃树正伸着干干净净的枝子立在蓝天

下。我们都很高兴,沉浸在久别重逢的快乐里。

她已经是两个孩子的妈妈了。儿子初中毕业后去城里学厨师;女儿尚小,还未到入学的年龄,小名唤作果果,很乖,极为爱笑。饭后小姨带我们去村前的河堤边走一走,河两岸种满了桃树。

"你们如果三四月份来就好了,那时候桃花正开着。"

"青青的博士后论文还没完成,得早点回斯图。"

"燕子有空就来吧,三月正好你生日。"

我点头,并不知下次见面在什么时候。虽然我不像青青远在欧洲求学,但路途遥远,工作又不好脱开身,很难在三四月间单纯来看桃花了,彼此都很遗憾。

空气中余雾未散,地面湿漉漉的,雪将行路人的裤脚鞋子都打得湿湿冷冷的。我们沿河沿走了一会儿,果果穿得太厚,摔倒几次,蹭了一身的泥水。我们担心她冻着了,就回家去了。

小姨给我和青青每人二百元压岁钱,我们推辞不过,只好收下,临行前,又偷偷将钱放在了梳妆台的抽屉里。

我们小时候,青青的小姨就喜欢三块或五块地给我们零钱花,常常买糖果、话梅给我们吃。其实她那时在大太阳下采摘棉花打工,挣钱十分辛苦,自己生活之外还要接济家里,可用于自己花销的实则所剩无几。但她仍旧愿意花钱在自己的喜好上,书、音乐、图画,就连小孩子的我们,她都照拂得到。

姥姥向我讲过多次,长大了要孝顺小姨。而我与小姨的亲,如今竟因距离遥远而产生隔膜了。

春分时一个星期天回家,走到青青家从前的院落前,拍了照片发给小姨。她很快便回消息过来，是句诗："似曾相识燕归来。"中年后的小姨心里，还住着从前那个少女，她对自己欢喜的东西，依旧保留着如同从前一样爱慕的心情，也十分难得吧。

青青家门前的胡杨树还未返青，枝条间空空荡荡，而树下的春草已经开始萌芽，小小的柔嫩的叶子长在阳光下，让人对这春天生出无尽的眷恋。原来，并非一切都会消失在时间的长河里。

你看，春去春又来。

马铃薯之味

我少年时期关于一日三餐的记忆，除却羊肉，便是土豆了。

土豆的学名为马铃薯，是我进城读书之后才知道的。在此之前，因为过于寻常，乡人们连土豆都不喊它，而是称之为"山药"，更有甚者称为"山药疙瘩"，与字典里呼作"铁棍山药"的食物并不等同。

对于农作物一年一熟的内蒙古中部高原来讲，马铃薯是重要的农作物之一，几乎和小麦、大米等谷类一样，是餐桌上必不可少的食材，甚至当作主食。于我和姥姥而言，它更兼有饱腹的价值，陪伴我们度过漫长的冬季。

在我们乌兰察布，就像每家都会养上几头牛几只羊一样，几乎家家会种植土豆。

年年春尽夏临之时，清明节气过罢，寒冷的西北风渐渐转向，大地开始解冻，牧场上生出不易察觉的青色。

牧草返青了，俊英爸爸就要从山坡上的窑洞里，将我们两家人留作种子的土豆背回家来，选出经过漫长的冬天仍完好无损的土豆，切块，一垄一垄埋进耕好的田地里，覆好塑料薄膜。

而后经由初夏的阳光照射，气温一天天升高，土豆在土里悄无声息地发芽，长出小小的幼苗。这时，风暖起来，不知哪一天夜里刮起来的大风，吹破覆在田地上的保护膜。

第二日，放羊路过的小孩子见到，免不得要惊呼："哇，山药苗苗长出一寸高了！"

在内蒙古少雨干旱多风沙的初夏，自沙土地里生长出的植物格外珍贵。小孩子也知道这一点，便扬鞭子赶着羊群远远地绕向别处去了。

初夏的牧野繁华可爱。有花开，粉的红的白的金黄的。也有苗长，使得一年的耕种有了盼头。植物的生长总是迅疾而惊人的，仿佛才几日不见，它们便从最初的两片幼叶成长为一株真正的植物，郁郁一丛，充满生机。

我上学放学，同姥姥一起上山放牧，下山回家，路过谁家的山药田，都忍不住要问姥姥："现在结了小山药了吗？"

"开完花就结小山药了。"

"山药为什么长在土里呀？"

"为了吸收大地的养分。有营养了，吃了就会长个子，将来能长得高高的。"

"有姥姥这样高吗？"

"比姥姥还要高。"

"太好了。"我便怀着很快就能长成大人的欢喜，在像江河一样奔涌又像溪流一样细缓的时间里，看土豆在田里一天一天变化。今日长了一片新叶子。快看，开花了。啊，花被风吹落了。

从夏天到秋天，天光暗得越来越早，天气逐渐冷下来，山上的牧草开始变黄了。秋风起，秋风住。院子里白叶杨的叶子将要凋尽时，我们把山药从土里起出来堆在房前，黄皮的居多，偶尔也有红皮的，因为少见，小孩子见了便十分稀罕，总要冲过去抢两三颗，装到口袋里，宝贝似的藏着。

然而疯玩起来又很快抛在脑后，晚上上炕睡觉的时候才发现，口袋里的红皮山药只剩下一颗。另外的呢？已经想不起丢在哪里了，就这样伤心地钻到被窝里，发誓明天要好好找找。到了明天，连寻找这件事也一并忘记了。

放在桌子上的那颗红皮山药的外皮，不知什么时候破损了，露出大大小小的斑痕，根本不好看了。算了，还是拿给姥姥烧菜吃吧。原来小孩子对红皮山药的爱这么短暂。萧红说："孩子是容易忘记的，也就随遇而安了。"由此可见一斑。

我之真正体味到马铃薯的好，是到县城读书之后。

许多个深秋、隆冬和初春，严寒封锁大地的时节，每周去学校寄宿的时候，姥姥总要煮熟十几颗土豆给我带上，这十几颗土豆成了我一周的餐食。凉掉的熟土豆吃起来味道十分奇怪，天气特别寒冷的时候，我会厚着脸皮拜托学校食堂帮忙热好。重新获得温度后，土豆很快恢复原有的暖香气，捧在手里，滚烫的一只，一边哈着气，一边吃下去，北风吹在身上就不再那么寒了。

只有胃实在不舒服的时候，才觉得土豆之不可亲，决心长大了挣了钱，再也不要吃土豆了。但对于少年时期所经历的漫长而寒冷的冬天来说，马铃薯确实是温暖的陪伴，经由所爱的人煮熟的马铃薯，捧在手心，总能让人觉得日子热乎乎的，心里也热乎乎的。

考上大学之后，在城里吃到薯条、薯格、薯片这样美味的土豆系食品，才知道从前煮着吃、炒着吃、烤着吃的马铃薯，还可以这样好吃，还能是并不为果腹而存在的一种零食。

后来读到康熙年间的《松溪县志食货》一书，知晓古人早有土豆名为"马铃薯"的记载，曰其因酷似马铃铛而得名。徐光启在《农政全书》中描写土豆"蔓生叶如豆，根圆如鸡卵"，对经春而夏至秋，种植、收获土豆的人来说，亲切而形象。

于是恍然明白，小时候姥姥所讲的吸收大地的养分，原来是土豆的根茎啊。

蔡澜的《食材字典》里有几句关于马铃薯的介绍："原产于秘鲁，传到欧洲，是洋人的主食。"记载了马铃薯漂洋过海而来的历史，带着岁月的印记，也带有时光的温度，使从小吃着马铃薯长大的人，对土豆的认知更深一层，情感也更深一层。

于是，每到收获土豆的季节，我总是要回到从前耕种的田地里走一走，经过充足的光照而成熟的土豆与内蒙古中部高原一样，沉默而有力量。我的姥姥就是用这一颗一颗富有力量的土豆将我供到了自己能达到的最远的地方，去品尝更多的美味，看更多的风景。

如今，我不再种植马铃薯已十年有余，为我煮马铃薯的人也故去十载了。

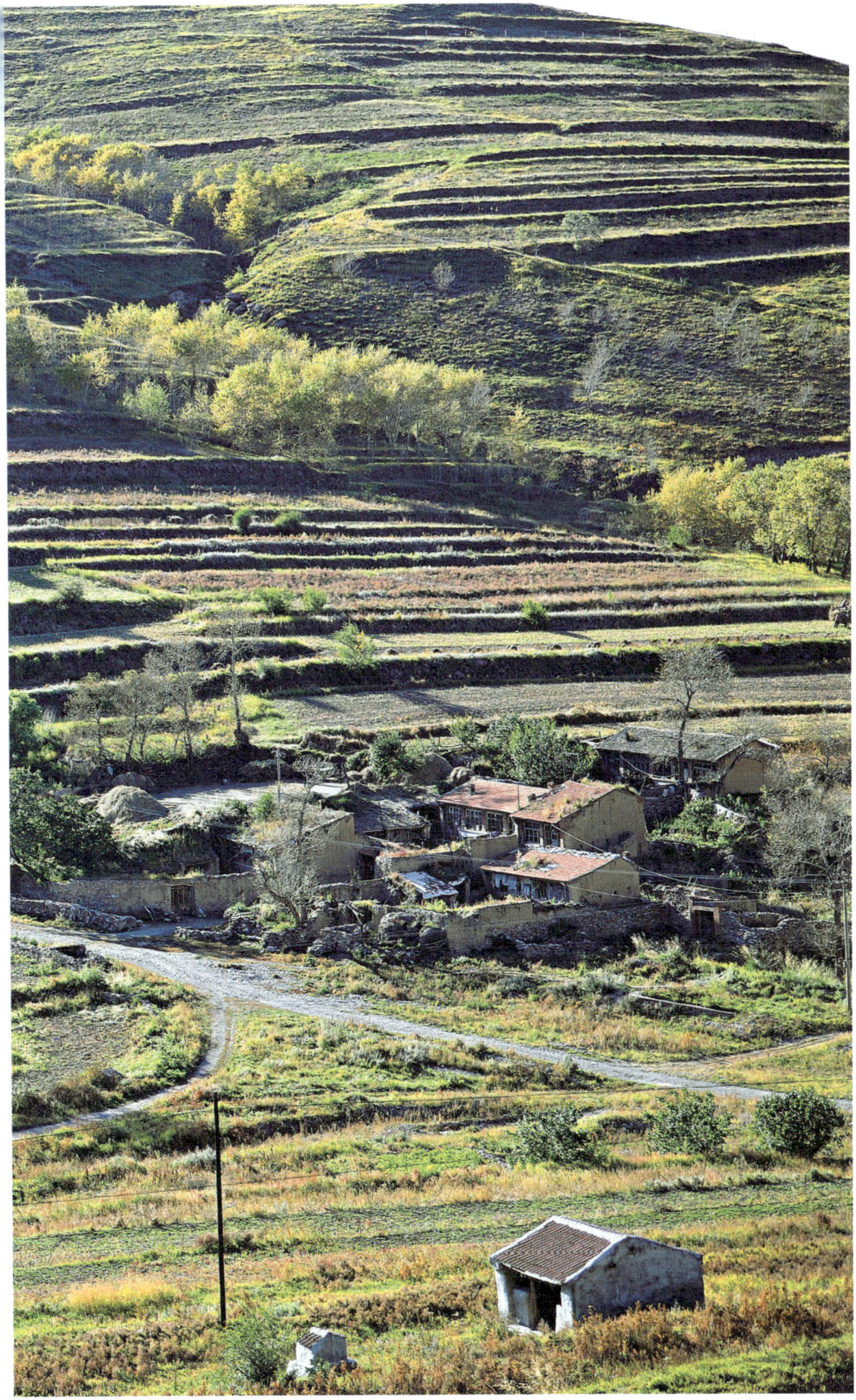

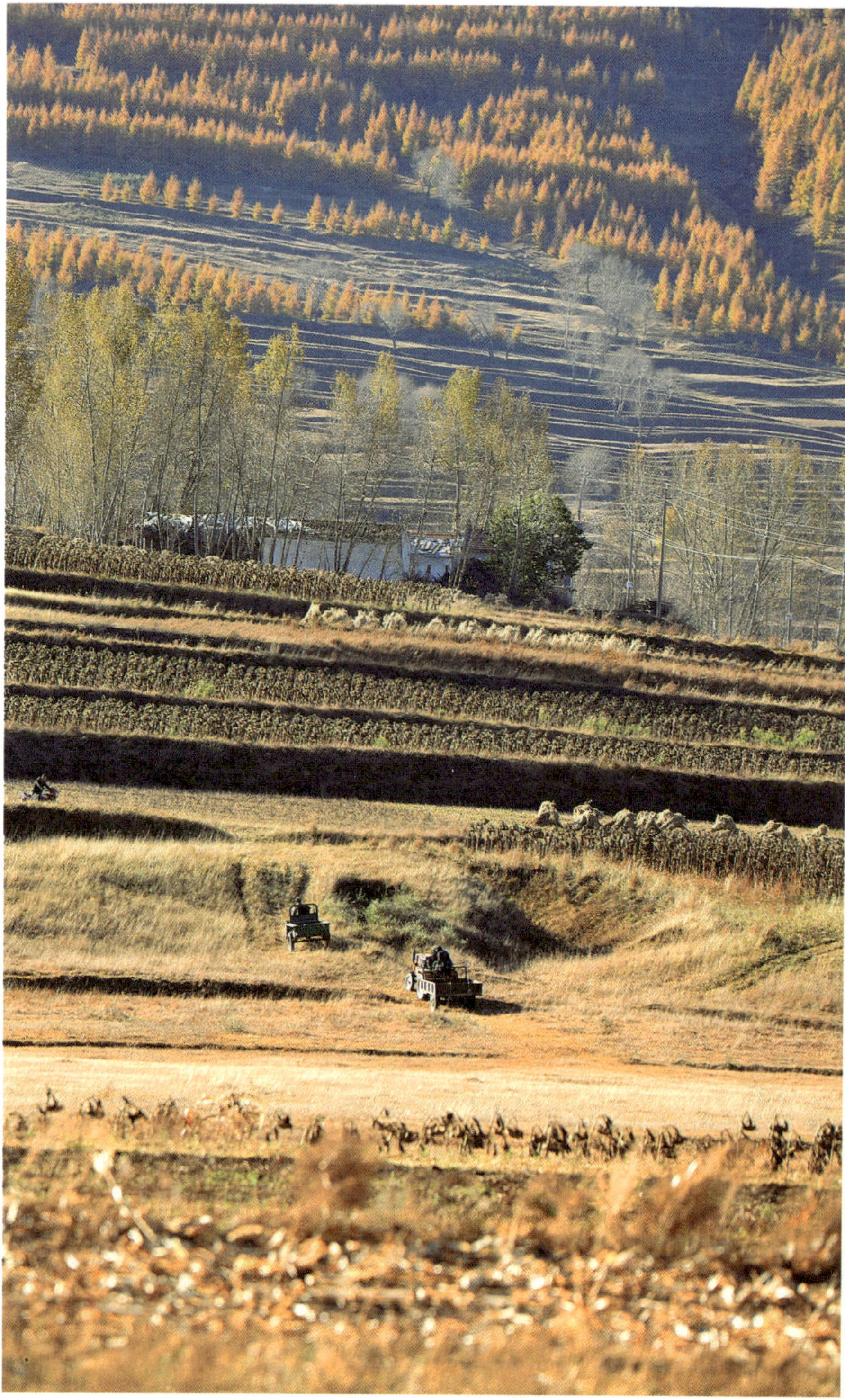

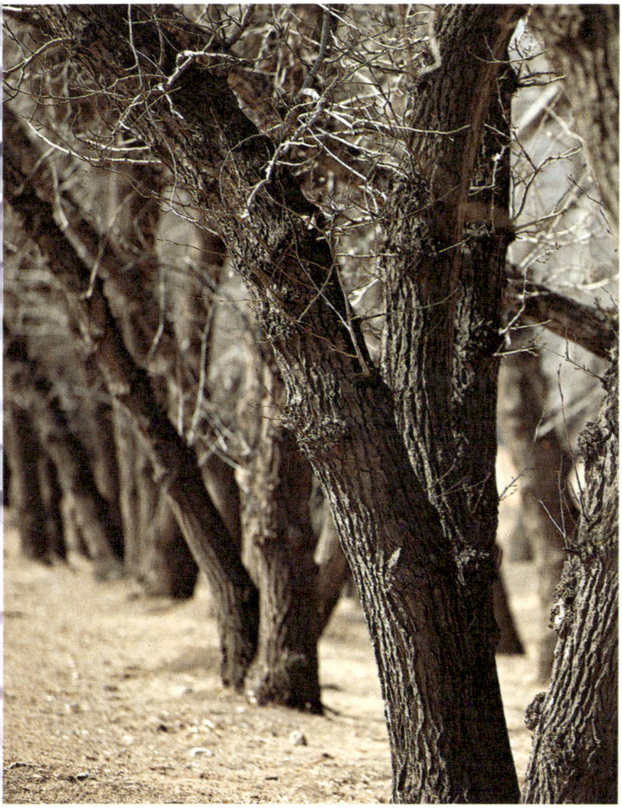

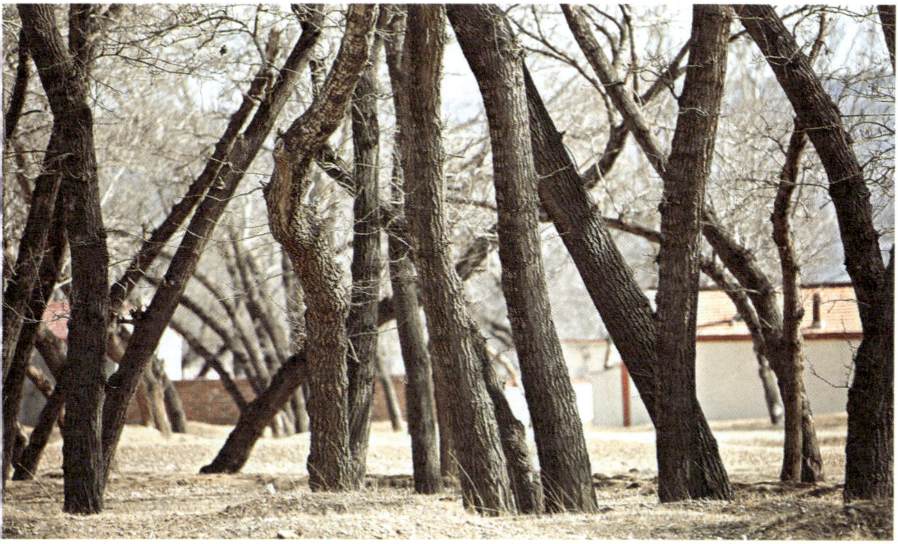

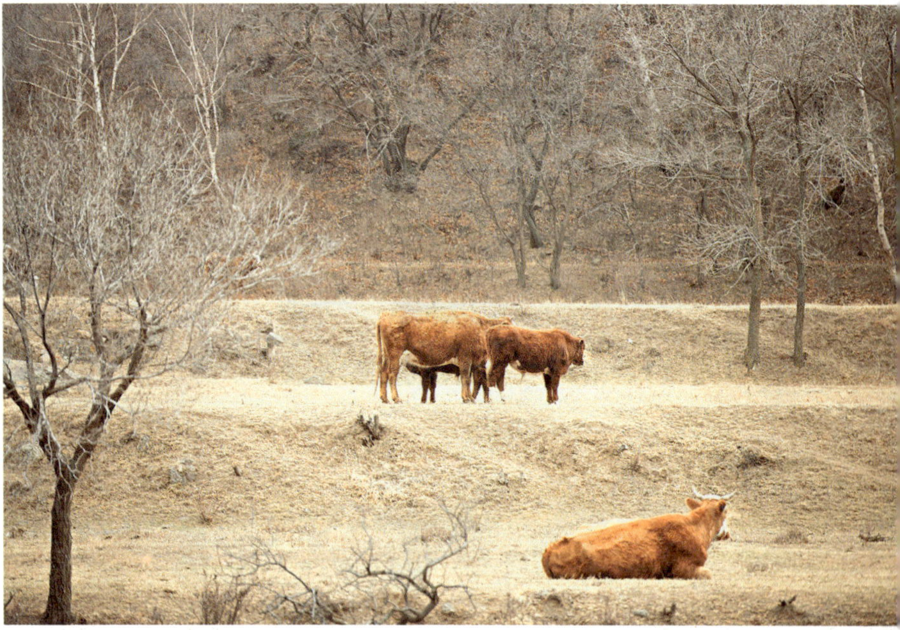

从前吃不得冷土豆的我，也慢慢吃出了它的好。比起油炸的、膨化的土豆系食品，我最爱的，还是小时候扔到灶火里烤熟的土豆吧，还是临行前被装进书包里带着热度的土豆吧，还是过年时热气腾腾的土豆馅包子吧，还是朴素的一碟土豆丝、一碗土豆泥、一盘土豆烩菜吧。

在这些叫作"土豆"或是"山药"的马铃薯里，有时间流水中说也说不尽的爱、关怀、努力和微小恒久的幸福。

真味只是淡。现在日子好了，天冷的时候，不妨烧一份马铃薯炖肉尝尝，每一口都是大自然的味道。

一件小事

有天晚上和友人在一家小馆吃饭，店家米饭已售罄，主食便换成了花卷。友人以花卷蘸菜汤来吃，这种吃法是我有限的生活经验里所缺失的。他夹了一块给我尝——啊，果然好吃！肉和菜的香味融到发酵后的熟面里，怎么这么好吃呢！

他问，小时候没吃过吗？我想都没想，回复说，小时候没吃过馒头，白面都没有。说罢，隔着光阴，想起旧时光里关于吃的一件小事。

年幼时，有一年过年，因为收成不好，家里没有其他经济来源。虽然在草原上，牛羊是那样常见，但姥姥还是将家里仅有的几只羊拉出去卖掉。也正是这一年，来牧区收羊的外地商人，甚至给了我们两张十元的假钞。

于是，大年夜吃的饺子，姥姥只能以自家地里产的土豆白菜为馅，没有放肉。到饺子端到桌上，两只红红的蜡烛点上，就可以开饭了。

我没有往年那般高兴,因为过年要穿的新衣服也没有买回来,连炮仗也没有。真是寂寞的年啊。

我默默吃第一个饺子。姥姥问,肉香不香?我拼命点头,当然香。用手比画给她看,告诉她,我这个饺子全是肉馅,我很爱吃。姥姥坐在我对面,伸手摸我的头,默默地对我笑,笑着笑着,笑落了泪。

她讲,你一个小孩子,不要这么懂事。我也笑,笑着跑过去,踮着脚,帮她擦眼泪,然后,颤颤巍巍往她盘里夹饺子。那时的我,是五六岁的光景吧。

去年冬天的早上,经常去一家蒙餐店吃酱香包子。有次不是很饿,剩下最后一口,结账的时候,已经站起身的我,还是伸手拿起那最后一块包子皮,吃掉。

馒头或包子,是很美味的食物,我幼年的记忆里却几乎没有印象,可见从前的确是吃得少。唯一一次吃白面馒头,是姥姥身体不好时,要将我送给更好的人家收养。

从家出发,经过一个又一个草场和丘陵,到县城已是晌午。她将我带到一家馆子里。店家见我们穿着打满补丁的衣服,没有要招待的意思。姥姥说要点菜,描眉画眼的女店主才让我们在靠近门口的桌子边坐下。

姥姥点了炒菜,并一只馒头,白白胖胖的,卧在瓷盘子里。她没舍得吃,给我。我还是个小孩子,馋,急急吞下一大口,呛着了,喝一大口水,一边咳一边继续吞食。咳出两行泪。

那餐饭之后,她嘱我站在店门外的一棵高树下等她,她去抓药。

虽久等她不来,但那户欲收养我的人家也没过来领我。到次日天亮时,我循着原路走了四十余公里路,天黑透了才摸回"家"。

口袋里还揣着半块姥姥买给我的馒头,已磨得起了皮,掉了许多渣屑,仍满心欢喜地递给她吃——她白日里没有舍得吃一口。

她一把将我抱在怀里。我问她,是不是在街上迷路了,找不见我了。她不说一句话,将我抱得更紧了。

但那只白面馒头真的好吃,那里面大概有我永不能忘记的永别的滋味吧。

消　失

乌兰察布这个地方，说好也好，以前姥姥领着我住在那里。年年大风从山裂口的地方吹过来，吹得黄沙满天。现在我姥姥就埋在黄沙里。说不好也不好，家里饲养的小羊，春天生出来，冬天就要被人杀掉。总有人要吃肉的。俊灵家的小婴孩，大冬天里出生，染了什么难治的病，才三天就没气息了。人们惯看着，聊天时扯上几句，就又恢复了安静，该过的日子照常过，该吃饭吃饭，该睡觉睡觉。

卖羊时，我站在冰地里拉着小羊，躲起来，不回羊圈。大人找啊喊啊，找不到，喊不到。小羊饿了，咩咩叫起来。风把声音传到大人耳朵里，人来了，羊被拉走了。我追着跑二里地，拉羊的车在山脚转了个弯，看不到了。

姥姥牵我回家，我哭。哭不出声，我是个哑子。就无声地掉眼泪，蹲在地上，不跟她回家。

风真大，刮到脸上像刀子。眼泪很快结成了冰，眉毛白了，鼻涕被冻住了。好冷啊！一抬眼望见姥姥，也在抹眼泪。她说，羊的命太轻了，小羊生下来就是被人吃的。我听得懂。擦掉眼泪，和她回家。

村里事儿少，村人整日闲散着。天气好时，三个五个，七个八个，男人男人，女人女人，聚在一起。看天，看太阳。太阳这么大，咋就这么冷冽。讲闲话，村里拢共二三十口子人，都要讲个遍。

冬后的严寒天气，让本就无事的村人，无聊更甚。俊灵家小婴孩没气的时候，俊灵震天的哭声很快吸引了男人女人围过去看。"你瞧娃娃脸都紫了。""得了什么病。""这么小不能进祖坟。"村庄一下子热闹起来。几乎不能听到呼呼的大风声了。

姥姥站在院子里，向俊灵家的方向望了又望。太阳慢慢移到山那边。天黑了。村庄复又平静下来，仿佛日里的事没有发生过一样。人们惯看着，说说笑笑离开了。不免有人叹口气，说，一个小婴孩嘛，没气就没气了吧。

姥姥在家做着活计，裁旧衣服，浆了半锅白浆，裁下的布叠摞着，一层布一层浆。穿针，怎么也穿不过去。喊我眼神好，帮着穿。线穿好，她坐在窗下纳鞋底，听着外面的声音，也不说什么话。到了夜里，从箱柜里取出铁盒，再取出手绢，手绢里包的是钱。她拿了几张大的，带我去俊灵家，看看小婴儿。

可怜见啊。姥姥别过脸哭了。姥姥说，人的命也轻，和羊没什么区别。人生下来，能长大就长大，不能长大，就叫夭折。"那我能长大吗？"我比画着问她。她狠狠拍了我的头："不许乱说话。"可是我也爱生病啊。我也哭了，被姥姥打疼了。可姥姥那么好，我不要离开她。

后来，姥姥也死了。刚过了个年，雪还没化。河水被冰封着。大风呼呼吹，吹到脸上，像刀刃。我把她埋到乌兰察布。

有一处山坡，她爱去那里放羊。到了冬天，草都枯萎了，黄沙就被风吹出来，也冻在雪水里。黄沙变成沙石，雪水变成坚冰。地下会不会也很冷？她不说话。

我就用手挖呀挖，终于挖个大坑。我跳下去，坑里这么冷！我去找苇草、茅草，铺在姥姥身下。姥姥就睡在枯草上和土里。

晚霞起来了，把天染成红色，把山染成红色，把村庄染成红色，也把姥姥染成红色。村庄亮起红灯笼，远处有人放烟花。是正月十五。

俊英爸爸撕下衣角，为我包扎手。手也是红色的，只有露出来的骨头，白花花的，像东天起来的月亮。

春满山河

居于旧家一晚，借宿在俊英家。晚饭饮了些酒，和俊英两个人，跌跌撞撞在夜晚走了近一个小时。冬夜的天空是漆黑的，地上的灯光把梵天照亮。许多明明灭灭，苍苍茫茫，在新旧交替之际。

村中老宅多数荒废坍塌，交错在新的砖瓦房之间，显得格格不入。我幼时生活的土房子，门窗以及墙体皆倒塌大半，风灌进来，呼呼作响。院里栽种的树不知哪年枯败，如今连根也找不到了，只有我凭记忆还记得它们曾扎根生长的一处地方。邻居家将十数只羊放在房间及院内过夜，给生灵以庇护——这大概是老房子最后的意义之所在吧。

村人年轻些的已经认不出我来，只有上了年岁的长者，遇上了，尚问一句："燕燕回来了？"邀我到家里吃饭。我于幼时便是这样到东家去、到西家去，吃百家饭。如今仿佛有些难为情似的，不好意思再去蹭一餐饭饱腹。

姥姥生前牵着我的手:"燕子长大了,挣大钱,再不去端别人家的碗。"我大声说:"好!好!"此后,再回乡,遇着盛情喊我去家里吃饭的乡邻,皆被我以要回城为由,拒绝了。

是这样,乌兰察布距首府呼和浩特不过一小时余车程。这些年间,我回得少了些,不是不想回,是自老人故去,我已无归处。

零下二十几摄氏度,天寒地冻,清晨只闻得远远近近的鞭炮声,大年初五,迎财神。村道上几乎不见人。俊英也要启程返回上海了。念念已经有了她妈妈的模样,很像年少时的俊英。却与去年相见时,长高又长胖些,我已经抱不动她了。同俊英讲:"光影一年又一年,庄稼一茬又一茬,孩子们也是,像我们种的庄稼。"

人世代谢,陈旧之物,如同身后的老屋一般,都将在岁月的河流中消亡。之前喊作舅舅的乡人,我看他头发白了大半,人瘦了许多,已生出老者之相了。

我考上大学那年,他领着我遍村去筹钱,以拼凑几千块钱学费。那时他步伐稳健,声音朗朗。如今却不复旧年,病情转好后咳嗽一直没能痊愈,肺部感染不知道扛到哪天能好。

我载他到医院看病,所见皆是如他这般的老人。一些"年"是春晚里的欢歌笑语,一些"年"却是医院里此起彼伏的咳嗽声。

小时候我问姥姥:"什么是年呀?"

她告诉我:"年添新岁,人添新岁,又长一岁就是年。"

"那今年这个年好吗?"

"当然好,大家有土豆收,有羊肉吃,你还有新衣服穿,有压岁钱。"

"我喜欢这个好年。"

后来长大到城里生活,再问姥姥。她告诉我"岁岁平安才是好年景"。

说来十几年的光阴,也不过一瞬。这十几年,我自顾自走着,光阴茫茫,不过是人事改、鬓毛衰。慢慢长大,慢慢向老,到可以平视周围人的生活,然后更加坚定地走好脚下的路。那么多人生不过是稀里糊涂过来的,不一定有深刻的爱恨,艰难困苦却很厚实。

俊英爸爸还是在我家老院的门头,贴了"春满山河"的小联子,这是我小时候就欢喜的词。

姥姥爱写毛笔字,年年写,年年贴在院门上。红春联贴过,在日头下,一日日经受着风吹。不多久之后大红的颜色开始褪色时,春天便来了。

我少时只期待春满山河,到如今,除却期待春满山河,亦期待——新春落满旧山河。

第三辑

远行人

世上"后会有期"这样好的词

时间如流水一般,昼夜东逝。于我就更显得是这样地不真实。然而,在时间迅速带走的一切里,没有浓烈的情感,没有深刻的记忆,更没有以爱为名的思念。

一

春天真正到来之前,落了一场大雪,正赶上清明,平添了离苦的意味。我于这雪中返乡,在连接城市与乡村的公路上,看到远的近的山影连成扁平的白色流线,雪花在车窗前奔跑着落下,天地间一片苍茫。

下车去后山扫墓,雪住了,东方天空有晴的迹象,隐隐约约可见太阳的光亮。雪已没足,我凭借记忆拣道向前。路旁却已有春的光景,迎春或连翘金黄的花朵并未被雪覆没,使雪中行路的人偶尔看到，不免觉得阶前生碧草的日子就在眼前。

自十年前开始，在城里的柳梢头一片青雾色的四月初，乌兰察布的清明，每年都是清冷的，这是我唯一能体味到祭祀亲人的日子。

说是祭祀，十年前我仿佛并不觉得肃穆，在街上见到五颜六色的花圈，总觉得精致又好看。连金色银色的元宝，都和电视里演的很像。另有二层三层的纸楼房和识不出牌子的小轿车，让人充满幻想。那时，我总是要问姥姥："这么小的楼房和车子，怎么住人呢？"

她总是笑，讲："给纸人住的。"

"纸人在哪？"我更加好奇。

"还没扎出来。"

"那我们过去看看，好不好？"我问。

姥姥便带我进了那家寿衣店，一个年轻的女人站在柜台后面烫衣服，加满热水的搪瓷缸子，悠悠冒着热气，案桌上铺了件长袍，热热的缸底走过，褶皱便变得平展展的，真是神奇。店内的货架上摆了一堆堆的黄纸、线香，以及纸钱。那时的纸钱上有油墨香，不如现在这么仿真，面额也不及现在这么大。

在店内一一看过，我似乎忘记了本来要看纸人的初衷，为立在店门边的白纸钱吸引。是乡间常见的纸钱，薄薄的白纸绞出的几条长长连线，并在其间用一条麻绳束着，挂在长条的细木枝端头。

后来，终于成人之后，才知道，这白纸钱常常被插在人家的坟头上，纸幡便在风里飘呀飘呀，不知飘到第几日，终于经不住风再吹时，便随风飘向别处。落在地面和草丛中，仍旧是白色的，在漠漠的荒野里，显得格外耀眼。

这白纸钱买来便宜，大概几角钱一束罢，去年曾在一家小店内买到过，今年连跑几家小铺皆不复见，可能是价钱不高，利润薄，又需要手工来剪，便不再出现在店家的柜台上了。红色的冥币倒是随处可见，连往日里经营日用品、五金，甚至食品的小店，在清明几日里，都卖起纸币、裱纸和假花来。

二

雪渐渐变小，风越刮越大。

在铺天盖地的雪色里，我将纸币、金元宝寄托于火光之中。十年了，以为淡了的感情又一次汹涌而至，眼泪簌簌落下。一年之中，以这样的形式相对的时刻毕竟不多，内心里那些被隐藏了许久的情绪，终究在此时得以解脱，曾经有过的相依为命和互不理解，少年时的叛逆和争执，共处时的挑剔和难过，也在岁月流逝中终结，就如膝下这白茫茫的雪地，天晴了暖了之后，一点点融化，消失，沉进大地。只有思念尚有余温，生生不息！

姥姥啊，说什么生死相依，你还是丢下我独自走了。一走，便是十年。

"冥界一定也有邮筒吧？是绿色的吗？邮筒上面也写有地区和编号吗？"我问。

不再有应答。天色暗淡，风无所顾忌地呼啸而过。

就这样，一个人就着火光，说了许多话，讲了许多事，连同给她写了一年的手写信，都付诸在火里。那些摸得着、看得见，但留不住的火焰啊，应该真的具有神奇的力量，能够将纸钱化为冥币，转到思念之人的手里。

远处传来零星的鞭炮声，祭祀的人渐渐多起来。山顶上雾气弥漫，雪又一片一片落下。

三

是春雪。

从前有一年清明，也落了春雪，我们被困在家里等天晴，等了半天，雪仍在下。无奈，我和俊英两个人便缠着姥姥讲故事。纠缠久了，姥姥只好应下来，开始讲《聊斋志异》给我们听。

讲河北一家商人的公子，叫慕蟾宫，乘船往返于燕地和楚地之间。有一天夜晚，清风明月，他闲来无事，就对着月亮吟诗。这诗句被洞庭湖里的白鳍豚精听到后，着了迷。正是吟者无心而听者有意，这位叫白秋练的美人鱼自此心生爱慕，几经周折，终于与慕公子喜结连理。

我在那时还是小孩子，不甚懂得什么是相思。大学时第一次读《白秋练》，读到"归后二三年，翁南游，数月不归。湖水既罄，久待不至。女遂病，日夜喘急"及"喘息数日，奄然遂毙。后半月，慕翁至，生急如其教，浸一时许，渐苏。自是每思南旋。后翁死，生从其意，迁于楚"几句，尤为不解。说与姥姥听，并问："她为什么想要南旋？"

姥姥则笑着说："你长大了就会明白的。"那时候正是鲜衣怒马、仗剑天涯的年纪,自然不能体味白秋练对家乡雨水及风物的思念。及至后来,去过许多地方之后,再读这些思念,心下开始有了小小的哀恸。到如今,之于想念的人和旧时的院子,我又何尝不是那个思念成疾、水土难服的白秋练呢?古人能写出这样的故事,真了不起啊。

而今,十年已过,老屋早已断壁残垣,荒草漠漠,故人也离开十年了,早已过了"亲戚或余悲,他人亦已歌"的时候了,几乎再没有人主动提起从前的人和事。留下来的我,这些年空疏无用,好像没什么长进,没抓住任何东西,两手空空如也。

时间则显得迅疾,如流水一般,昼夜东逝。于我就更是这样地不真实。然而,在时间迅速带走的一切里,没有炙热的情感,没有深刻的记忆,更没有以爱为名的思念。

四

于这思念里回望,来时路依然清晰。

有一年,也是下雪天,我在县城读中学,气温直降到零下,冷起来。同学的家长都送来厚衣服和棉被,姥姥因为上了年纪,不好到学校来,我只有默默感受着天气变化,在心里计算回家的日子。忽然有一天,雪停了,从高年级传来夜里要下流星雨的消息,学校沸腾起来。到了晚上,学生宿舍的楼顶和操场上都站满了等流星雨的人。

那时候,《流星花园》已经在小城镇里流行,晚间的自习课,总有男生女生偷偷去学校外面的小卖部追剧。教室里常常听到杉菜和道明寺的名字，男生则很快学会了里面的插曲，"陪你去看流星雨，落在这地球上，让你的泪落在我肩膀"这句歌词，他们随口就能哼唱起来，F4帅气的笑容印在各色贴纸和海报上，铺天盖地。

大概受此影响，正值青春年华的我们对流星雨生出不一样的情愫，站在寒冷的夜色里，充满期待地仰望星空。风渐渐大起来，吹得人无处躲藏。到了子时，流星雨还没落下来，便有人陆续返回宿舍去了，我则坚持多挨了一刻多钟，实在冻透了，只好折回宿舍睡觉了。然而，那天夜里，从前寂寞的天空，果然划过了繁密而闪亮的狮子座流星雨，看到的人都许下了美好的心愿，我却遗憾地错过了。

后来，只在物理或地理考试的试题里见到关于这场流星雨的选择题，我好像都没真正理解题目的含义，只机械地记下了正确答案，选B或是选C，心里的难过和失落可想而知。

从那时起，每当走在寒冷的雪后的夜晚，我总怀着微小而不可期的愿望，忍不住抬头，仰望遥远的夜空，看星空明月，流云飞度。从前那场流星雨让我知道，幸运又浪漫的事还是有的，只是没有发生在我的世界里罢了。

其实，许多年后，我才渐渐明白人们说的那句"遇见你的我，是如此幸运"，有多情深意真。

五

不多久，天气终于晴好，照在远处山腰的阳光慢慢转过来，终于看见蓝天。

我在离开之前，种好第十棵白叶杨。在太阳的照射下，不远处三五棵开着花的杏树和早樱，在白雪和裸露的灰黄色彩之间，显得分外动人。有种微微的忧伤沉在心间，这大概是我随后的一年中最后一次伤心吧。

覆盖积雪的电力塔依次掠过车窗，消失在视线里。公路上的积雪被风吹下路面，无风的地方车轮压过的痕迹清晰可辨。路上多是清明返乡的车辆，还有骑摩托车的人，戴着灰白色的头盔，后车座上别着挑纸幡的细树枝条。这就是返程的路啊。这条路上，有人出现，又有人消失。一如这个世界，有人生，有人死，有人伤心落泪，也有人幸福大笑。

风没有停歇，大风里的公路似乎永远看不到尽头。前路漫漫，我对身后的人说，不管山高路远，终还能后会有期。

是啊，"后会有期"，真是世上最好的词。

陌上花开

到天津之后，随处可见花草，公园里自不必提，车道旁、小河边，连人家窗前的空地上都生机一片。好像自春临之后，花从来没有开败过。从乍暖还寒时盛开的迎春、丁香、连翘、桃、梨、鸢尾、海棠、樱，到春色满园时的蜀葵、蔷薇、芍药、杜鹃、虞美人，及至半夏，新桃上市，栀子、扶桑、合欢、石榴、木槿都繁花如锦，连南开大学的新荷也待放了。

这在故乡是难以见到的。僻乡干旱，春来得晚，秋又去得早，数冬日最长，缺少好花好木生长的自然条件。坂间村头习见的一些野花和草木，能叫出名字的都是和"吃""用"相关的，槐花、牵牛、凤仙、美人蕉、桂、菊、蜡梅，寥寥几种。然而却深刻地留在记忆里，看到别处花开，总会自然而然地想起它们来。

和花连在一起的，还有陌上长长的光阴和光阴里深爱着的人们。

大概是因为地方小，且读书的学校较少的缘故，能认识的老师和同学并不多，多是同村或邻近村子里的人。那时我还不曾想过读大学，村子里的学生多数念完初中，就收拾行李回家了，开始作为农人的生活（我们村里称之为"务农"）。农忙时耕种，农闲时打工，然后循着前人足迹，走完一生，女学生尤其如此。

我则因为姥姥的缘故，课外时间看了许多"野"书，便生出了"进城"的心气。姥姥常说"知识改变命运"，这话现在听来真是土啊，然而在年少时的我心里，它却是一股子力量，逼着我去追求知识，试着脱离一成不变的足迹，走一条好一点的路。

也因此，我在老师和同学们眼里，多少会有一些不同，坏一点的男同学都叫我"野丫头"。嗯，那时候，我最大的野心就是能够去首府，留在美丽的青城。这梦想在彼时是没有着落的，如花木一样，缺少生长的条件。

读小学四年级时，学校开始安排我们写周记。开始的两周，语文老师布置了"我的爸爸""我的妈妈"之类的题目，由于生活欠缺，我对爸妈这样的词格外敏感，因而作文本上并没写只字片语便交了上去。

周记发下来那天，正好是星期五，放学后，语文老师把我叫到办公室。她没有责怪我，而是拿了一本《小学生作文大全》送给我，说："老师没有注意到你的感受，老师错了。"我低着头，默不作声。

这时，她读初中的女儿周末回来了，一个很好看的女孩子，白白的脸庞，圆圆的眼睛，说话声音清脆，进门便说："妈，我回来了。"看到我站在屋内，她放下书包，就又走了出去，停在窗户下的花坛边。她的身旁有一株美人蕉，夕阳下碧意沉沉，正吐着红色的花苞。

我拿着书从她身旁经过时,她看到书名,笑着说:"这书是小时候妈妈买给我的,第一页还写着我的名字呢!"我不好意思地翻到第一页,果然看到两个字"爱莲"。我说:"这是你的名字吗?真好听!"从那天起,我喜欢上了语文课,《小学生作文大全》使我对文学产生了最初的兴趣。

那年刘老师已有三十多岁,身材微微发福,眉眼间笑吟吟的,正是脾气和蔼的人应有的模样,很受同学们欢迎。后来的周记诸如"难忘的事""我的梦想""我最喜欢的人"一类的命题,我都认真地完成,表达着单薄而又执着的梦想。

刘老师究竟是怎样教导我们辨音识字、组词造句的,我已经不记得了,唯一记得的,是她用红笔批在我周记后面的评语:"写得好!""很好!""继续努力!"多是勉励的话。

刘老师的家在我们隔壁的村子里,相隔三里多路。我读初中之后,去镇子上读书,都要从她家房前经过。堂屋是村里人家都有的那种红砖瓦房,院子里栽种着槐树和沙果树。

她的女儿爱莲已经初中毕业,去了首府打工,听说是在大百货商场卖衣服。

上学路过,有时遇到刘老师,便就此站住,立在大门边,恭恭敬敬地说上几句话又匆匆离去。

初中三年级的寒假,我和姥姥到镇子上采办年货,正好和她遇上。她招呼我们进屋,抓了一把夹心糖果给我,我自然是不敢接的。她又说:"这是爱莲从呼市带回来,特意留给你的。"我心里一颤,便伸手接了过来,紧紧握在手心,生怕一个不小心,它们掉到地上摔坏了，白白辜负了这份情谊。

初中毕业之后，我也无例外地在家空闲了一段时间，为要不要再上学而忧苦。

有一天，邻居家上小学的小女孩跑过来告诉我，她在刘老师办公桌上看到了我的作文本。这件事让我十分感激，我下定决心再去读书，寻找我周记里曾写的那个梦想。后来，我如愿考上大学，取通知书那天，细雨绵绵。

路过刘老师的旧屋，看到院门紧闭，门前道旁丛生着杂草，青碧连绵，久无人居的样子。野生的牵牛花缠绕在门廊和低矮的院墙上，盛开着水蓝色的花，这蓝淡淡的，真使人心里难过。庭院寂寂，她家房前的一株沙果树上挂满了沙果，在雨雾里低垂着头，楚楚地含着水汽。"刘老师很久没有回来了吧，连果子成熟都没有摘。"我不禁怅然。

工作之后，我曾去我的小学校寻过她一回。那是春光将尽时，她办公室前面的美人蕉还在，仍瘦伶伶地立在窗边，并没有长高长大，大概是年年秋天连根剪断，年年春天又新发枝叶的缘故吧。

因为是周末，办公室的门都锁着，没有遇着一个老师。一间教室的门敞开着，我走进去，几个小学生在做卫生，凳子四脚朝天放在桌子上，教室里尘土飞扬。教室前后黑板上方的白墙壁上书写着红色大字，前面是"为中华崛起而读书"，后面是"好好学习 天天向上"，连字迹都和我上学时一模一样，加粗的黑体字。

在长大的我看来，这两句话格外醒目，然念书的时候，我们是并不在意这些的。讲台上的讲桌、放粉笔的盒子、泛白的黑板擦都无一例外地保持着旧时姿态。以前放学后,我总是拿粉笔在黑板上乱画,有时画个小人,有时画朵小花,有时恶作剧般写一个讨厌的人的名字,然后再拿黑板擦擦掉,粉笔屑飞起来,常常落得满头满脸,还迷了眼睛。

我问:"你们这有个刘老师吗?"

"哪个刘老师?"一个学生问。

"男的女的?"另一个学生问。

"女的,刘秀丽老师。"我说。

"没有。"他们互相看看,一致地摇着头。

我小心地在校园里走了一遍,依旧一无所获。值日的小学生们准备回家了,见到我,说:"去问问看门的吧,他知道。"他们把我带到大门的平房前,一个老人家走出来倒水。我认出他是学校从前敲钟的老师,却忘记了他姓什么,只好囫囵地称一声"老师"。他竟叫出了我的名字,这使我不免有些惭愧。

走进屋,看到他的小孙女在拿凤仙花染指甲,笨拙的样子,我坐过去,帮她用豌豆的叶子将花汁花瓣裹在指甲上,拿红丝线系牢。她乐得咯咯地笑,说:"系紧一点,晚上睡觉才不会掉。"

看门的老师说刘老师几年前去了女儿家,不再教书了。我还想问他不教书能够做什么呢,却又不好细问,私下想着爱莲应该也在呼市安家了,不一定哪天就能遇着。

他留我吃晚饭,我明白这虽是乡邻间的客气,却也觉得感激。我婉谢告辞,从学校大门走出来时,远山上已升起半片薄薄的月亮。

还有一位田老师,我读初中的时候,他教授我地理。那时他已六十多岁了，个子不高，瘦瘦的，脾气温和有节，经常穿着藏蓝色的中山装外套，戴一顶和衣服颜色相近的帽子。他总是拿着地球仪，站在讲台上，告诉我们纬度、经度、本初子午线、回归线、五带、天气和气候，老学究一样，一板一眼。

课后，常有男同学跑到讲台上，学着他的样子，先是咳一声，再用一种老年人的怪声调重复他讲课的内容，惹得大家大笑不止。我对地理的兴致大抵也是受田老师的影响，我喜欢看他转动蓝色的地球仪，从一个国家转到另一个国家，从一个洲转到另一个洲，从陆地转到海洋。

有一次，一个男同学偷偷在田老师地球仪的"日本"上刺了一个很大的洞。田老师并没有责备我们，他只是在黑板上写了一段当时的我们不能透彻明白的话："天地苍苍，乾坤茫茫。中华少年，顶天立地当自强。"

他要求我们抄在地理课本首页的留白处，并要求我们背诵，后来我才知道这话出自梁启超的《少年中国说》。当时我们在课上读着"少年强则国强"这样的话，语句铿锵，心底油然生起的情愫，是难以言表的。也是从那一刻起，我们都觉得田老师的"老学究"模样变得可亲可敬了。

寒冬的夜里，我站在乡间的院落里看天空中的月亮，它有时细如银钩，有时圆如玉盘。我为这月亮所吸引，又可以看到中天的星子，密布在天幕上，熠熠生光，在清冷的冬夜里令人动情。

我问田老师："星星和月亮都是用什么做的？怎么能发出这样的光呢？"他并没有笑我问题的稚气，却告诉我这月光和星光是跋涉了几十万光年才传到地球上，为我们的眼睛所承接，时间和空间的辽远使人敬畏。因而怀着敬畏的心，我从田老师那里读到许多有关宇宙星空、自然地理和人文地理的书，第一次明白知识的广袤和无边界。

准备考大学的那个春天，我住在同学家里，白天去上课，晚上回住的地方做题。有一回田老师来县城办事，我骑车路过十字街口，正好遇见。他说要去新华书店，因为同路，我们便一起走了几百米，然后他和我说再见。好像他就在这个县城里教书一样，我们碰见是再寻常不过的事情。

那天下午，我再经过书店时，他却还站在那里，手里拎着一盒熏鸡。看到我，他便将熏鸡搁到我的车筐里，说："这家店的熏鸡很有名，你一定不知道吧。"我们又相跟着走了几百米路。分别的时候，他忽然说："你要注意营养啊，太瘦了。"那时我竟不知这是我最后一次见他。

我入大学后，便没再和田老师联系，直到有一天，忽然听说他得了重病。那是 2007 年初冬，他才不过七十岁。我小心翼翼地给初中语文老师去信问询消息，心里希望是好结果，很快便得到回复，说已经住院了。我想写信给他，却又不知从何处写起，又怕信寄过去他收不到，只好搁置下来。

不久，我便在初中同学的 QQ 群里看到他去世的消息。我惶然无措，不知该向谁去证实。四处打探，终于问到他孙女的电话，回复："爷爷田玉祥已于 11 月 1 日晚离世。"我收拾了东西便赶去车站买票。天气阴沉沉的，北风呼啸，零星地飘着雪花，烟灰色的云沉沉地浮在大青山上，使人心底生起悲凉。

第二天清早辗转到他的墓地。天色尚早，雪后初霁的天空里仿佛有青冥之色。墓是传统的蒙古包的样子，立着石碑，四周插着白纸幡，风起时，纸幡在雪野里翩然飘摇。我轻轻地从纸幡上摘下一朵小白花，别在衣襟上。抬起头，看到蓝天上一大片云正远远地飘过来，衬托着北国风光的轮廓。

"云很美啊。"我这样念着，仿佛和初中时代一样，老师正在讲台上讲云变成雨雪的过程，这时，窗外飘来一大片云，同学们都侧着头偷偷地看，我和同桌也交头接耳地感叹："云很美啊。"只是恍惚，命运真切到让人不可捉摸，像武侠小说的结尾，关键人物消失了，一切都寂静地沉默到了尘土里。也应了陶潜《挽歌》里所抒的"死去何所道，托体同山阿"，这该是田老师最好的结局吧。

只是我再也不能看到敬爱的他站在讲台上转动地球仪，再也不能在仰望星空之后问他一堆不着边际的问题，再也不能在某个街角寻常地与他相遇，再也不能……终于鼻子一酸，巨大的孤独感于杳渺中猝不及防地降临。

有次自天津回乡，初春时节，清晨火车驶过大同，便到了内蒙古境内。我看着窗外漠漠的山脊，零散生长的胡杨树，摩托车驶过村道荡起的滚滚尘土以及三三两两散落在阡陌间耕种的乡邻，春草复青，初升的太阳将山野树木的形状拉长投射在大地上，空旷极了。

山隅处几株花开的槐树下，一群孩子正提着篮子，举着竹竿打槐花，他们心里馋的无非是餐桌上飘着清香的槐花饼子罢了。陌上的人,谁的小时候不是这样度过的呢?盼着花开,盼着吃,盼着长大。而这长长短短期盼的,便正是人世间不能割舍的恩情所在吧。

是啊,陌上的花,又开了。

春山好

去年春时，和二三友人一道去位于乌兰察布中北部的乌兰哈达火山草原，探班呼导和卡叔的电影《七路半》。我虽在此地生活数年，曾在那里看过茫茫草色与照眼诸花，但火山草原还是第一次前往，心中免不得有些兴奋。

刚下过一场不小的春雪，一路上，远近山色苍然，山顶覆满白雪的景致，于久居城里的人来说，格外难得。路侧的树刚刚返青，若隐若现的春意为晨光所浸透，于静谧中熠熠发光。隔着车窗倏忽望见远处人家炊烟袅袅，几树明黄的迎春和早开的山桃在野外，楚楚立于雪地，这是春来的讯息。

农历闰二月，内蒙古入春的时间被拉扯得分外漫长，季节一时不晓得往拉长的时间里安放什么，就把沙尘、雪天一并装了进去，朋友圈时见"下沙""春雪""入春失败"的感慨。只有草木如约，到了时节就要发芽，就要开花！尽管过不了多久，这花便凋零在雪的清冷或沙的粗粝之中,但仍旧一波接一波怒放,草木的颜色肉眼可见地由淡转浓,及至丰盛。

小时候也有这样的气候——花开在雪里,我总要问姥姥:"山桃不怕冷吗?"

"怕。"

"那它为什么开花?"

"是春信。"

"春天给它写了信,让它开花吗?"

"是春天的讯息。"

都是珍贵的记忆。除却山桃,柳树也在萌芽,柳枝吐黄,自高挑的黑色枝干垂泻而下,在春日常有的大风中摇荡。倘若天气好些,柳林上空常有几只拖着长尾的风筝。而枯索裸露的地面上,在人工尚未干涉的什么地方,总有瘦弱的紫花堇菜开出花来,遥遥呼应着清阔无边的深蓝天空。

车过卧佛山,即到我少年时生活的地方,蜿蜒的一条小河与高速公路同行数里,河水十多年前已逐渐干枯,从前几米宽的河面,而今只剩窄窄一束。这条河确切来说,并没有名称,吾乡之人称之为"河洼"。

我少时放牧牛羊、上学下学总要绕到河边。夏时河水清澈,我赶羊群涉水过河,常弯下腰洗一下脸和胳膊,有时捧几捧水喝,在水里玩一会儿,直到夕阳渐沉,才走完余下的半里路回家。

那时候河面常常倒映天上的云朵,偶尔会有一朵云独自飘在杨树林背后,落在水面,这情景很像彼时姥姥教的诗句,回家便说与她听。

"是哪句诗呢?"姥姥一边煮饭一边问我。

"有时空望孤云高。"我立在灶边,声音响亮。

不几日,姥姥就用储存不多的面粉做出云朵形状的馒头。小时候有喜欢的事物,遇着四时节气,凡有应景应节的吃食,在贫乏的生活条件里,姥姥都会一丝不苟地做给我吃。她手艺好,食物做出来,放在案上,真好看啊。我却不舍得吃,捧在手里,拿手指轻轻点一下,再点一下,问她:"这是面粉做的吗?"

"小麦粉。"

"真是一朵云哎。"

"好多云,都是我家燕子的,快尝尝好不好吃。"

"我不。"

食物的样子我始终记得,就像烙在年少时光里一个片刻即永恒的印记。这大概在无形中给了我影响,使成年后的我愿意在喜欢的事情上用点心,付出点力气,做得更好一点。

车子向北驶去,山野上的积雪似乎更厚了,积在路侧。我拍视频发给南方的朋友,很快得到回复:"路边一闪而过的是羊群吗?"我则告诉他:"是积雪。"这时节,南方早已繁花似锦了吧,而内蒙古中部高原的积雪还厚如羊群,气候的神奇之处正在于此。车窗外,黑色的电线塔在山与原野之间沉默伫立。只有风很大,呼呼撼窗。

这风的声音,是我幼年及少年时代就熟识的。而火山草原的风,比之我从前所经历的并没有什么大的改变,单是急促了些,但也还是原来的性子,远远地就听见它吹过后山,吹过村庄,吹过树梢,吹到人家窗外，吹到人的身上。这个季节草原的风吹来，是很冷的，使人不由得裹紧衣服。

我们从山脚去草原深处探班，路程虽不远，但狂风削骨。在这风里，几次听到不认得的人相逢时的问话："你穿得太少了！""怎么没穿羽绒服？"当时在山脚下，感慨于火山草原的苍茫和辽阔，好奇心作怪，并未觉得冷。但向拍片现场行进的过程中，才识得风的激烈，勉强在积雪里向前行，在草原的狂风中拍了几张火山的照片，想象其盛夏时节的秀丽葱茏，肯定没有暑天的酷热吧。

然而当下遍山枯黄，雪水冻结，实令人袖手战栗，此时我也终于意识到自己穿少了，无法抵御寒风，待被风吹得寸步难行时，慌忙拦了一辆剧组的车搭乘，在车上暖气里慢慢缓过些暖意来。

一路上遍地碎石，皆呈深褐色，我初以为是去秋被风吹干的马粪之类，同行的友人当即否定，曰是火山石。待下车，俯身捡了几颗，这遍体细洞的石体竟有一种独特的美感，仿佛见证了被时光侵蚀的真实痕迹。

我自上次到春时的草原来，一去已三年有余，如今置身草原腹地则恍若隔世。我自最为陡峭的山坡沿石而上，不足半个钟头，便到半山腰。人立风中，刹那间一无依傍，回身望见覆着白雪的草原，在向晚的光里有种奇异的荒凉与美，仿若望见尘途中的自身，于此处攀往彼端。听到风中传来友人的呼唤，好似少时黄昏，姥姥站在院门口唤我家来。

长长的带子一样的晚霞染上来，淡紫、柔红、粉黄，其上是湛蓝的天空，一轮圆月，不知何时忽然跳出来了，挂在远处城市的上空。

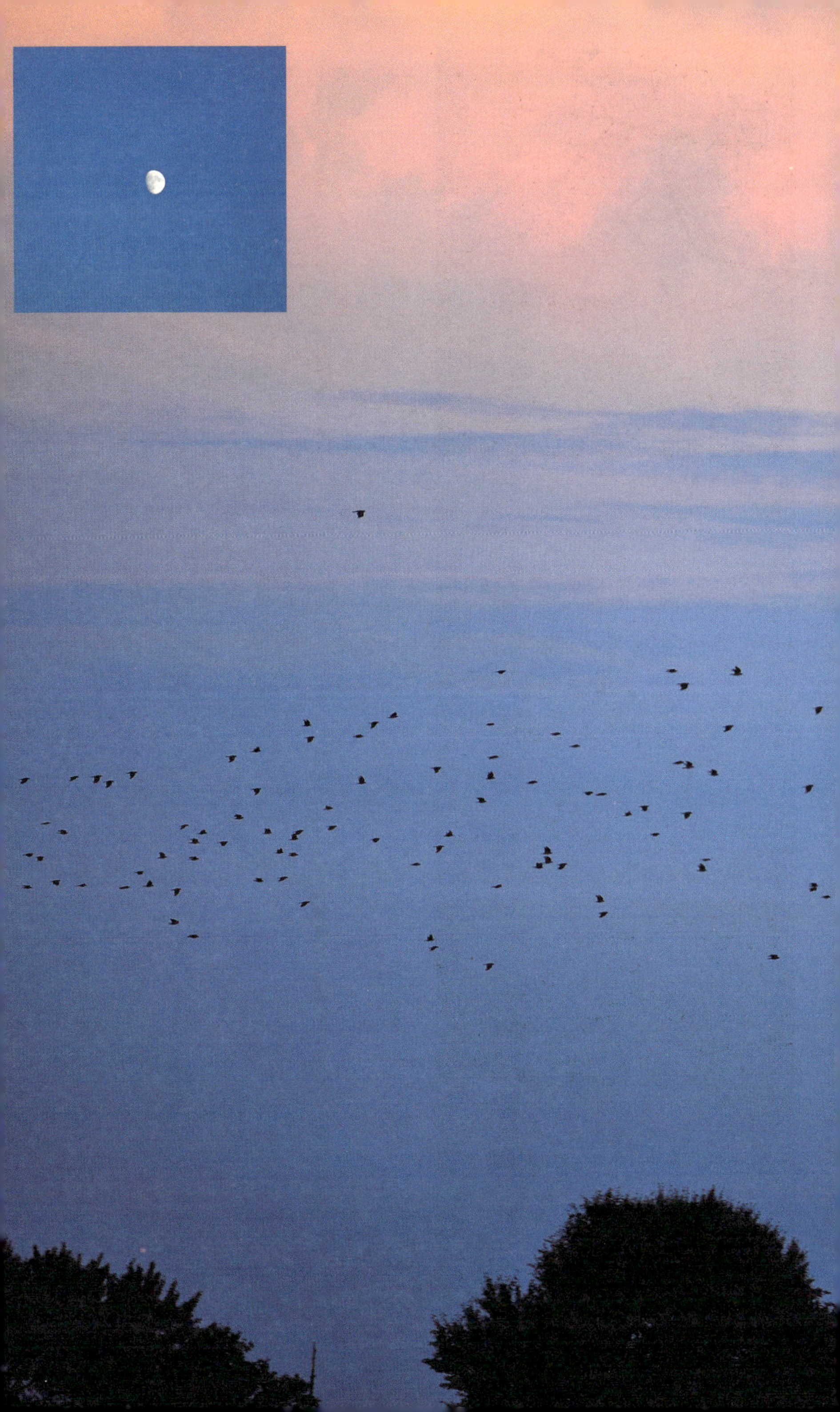

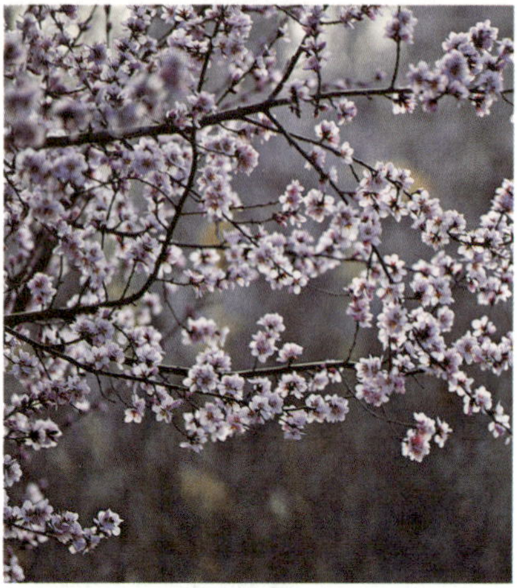
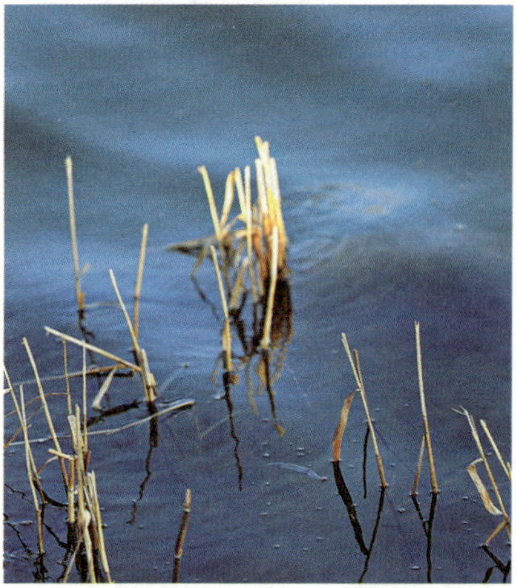
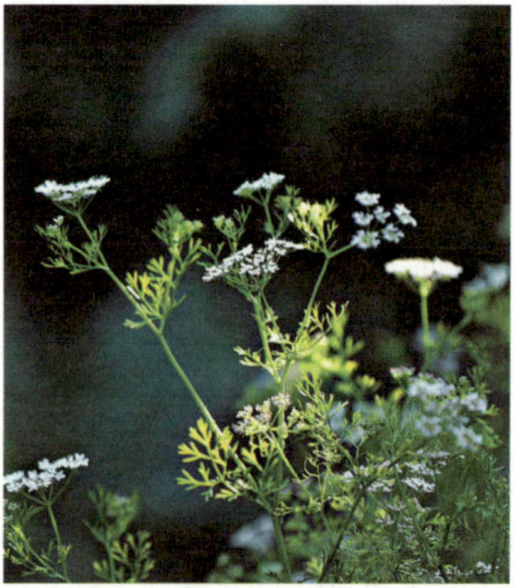

向晚的乌兰哈达火山草原辽阔无边。我握着小小一块心形火山石，想起曾读到的一句旧谚，观石可感山的坚毅。山的坚毅确实可使人立身其间，会心处不在远。一只鸟从我眼前飞过，飞到夕光里去了。千年一瞬。数千年前，也就是在这里，地壳如何变动不得而知，而一息间，已是沧海桑田。火山草原便是见证者。

出行是书桌的延伸，看到苍茫雪原穿行火山，听到风吹过的声音，由此所涌起的思念，绵长的思绪，可作书桌的另一种延续。我们在天黑前告辞，循来时之路向城市而去，迎面是无边无际的春之气息。转身望去，暮色缓缓笼罩山野，草原正在群山与城市的包围之中。

远方高楼亮起了灯，我徘徊在碎石间，闻见正在复苏的春草熟悉的气息，充满着乌兰哈达草原的广阔与生命感，再没有比这更温柔的黄昏了。我愿意相信从前的风景一直是如此，穿山越岭抵达此地的人，见到这黄昏，也会觉得山川甚美，也会生出眷恋之情。

回到城里，气温却比草原高出许多。虽仍有风，却要弱些，小些，冷也没那么激烈。小城的住户远不如呼市多，地之广阔，灯光则显得零落。在这样的夜里走着，抬头望见清湛的星空，头顶上空的星图与我少时所见，几无差别。熟悉的星子还在原来的位置，照耀着我。星空是我贫瘠的童年生活中记忆深刻的奢侈品。

小时候和姥姥在自家庭院看星图时，她教我的"斗转星移"一词，其意原指时光流逝。而人世瞬息万变，倏忽近三年，才终于懂得，原来流逝的不只是时间，还有身边的人啊！一点哀乐在心头捻来捻去，捻成一片。于是想到歌里唱的一句："让日落暮色渗满双眼，回望昨日在异乡那门前。"

这时,遥遥传来一声鸟鸣。在严寒尚未褪去的草原,在暮春的夜里,这一声鸟鸣仿佛有着一个碧绿的草长莺飞之意,但十分好——春山!

生日快乐

呼和浩特这里，春夏之交总要落几场雨。今年亦是。夜晚与朋友短聚，先生说下雨，顺路载上我。但这里的雨实在稀少，我还是忍不住撑伞走一段雨路去寻他。待坐在车上，一面向他炫耀穿在身上保暖的秋裤，一面又同他讲小时候就会念的诗"连雨不知春去，一晴方觉夏深"。

他握着我的手，说我不听话，手这么凉，还要去淋雨。我鼻子忽然一酸，想起我的姥姥也说过同样的话，也要我穿秋裤，还教我背季节更替的诗。

都说时间如流水，算起来，她离我而去已近十五载光阴。年年丁香开时，便到她的生辰日。那些年，她还在，农历三月中旬，房前的丁香花开着，她早饭要煮鸡蛋，晚饭要擀长寿面，摆在炕桌上，我俩面对面一起吃掉。最开始的几年，每到这一天，我还没起床，她就端来一只大碗，碗里卧着两颗白白的鸡蛋，对我说："祝我们燕燕生日快乐!"

"我也有生日吗?"我立即爬起来,睁大眼睛问。

"当然了,就是今天。"

"那有好吃的了!"

家里一向节俭,丁香开时,谷雨刚过,正是春耕播种的时节。经过漫长的冬天,前一年所剩的粮食并不多,倘若并非风调雨顺的年景或赶上灾情,至次年春耕前后,一日只勉强可吃一顿饭,多是去冬储藏的土豆。

我们那时要去山野放羊,常常饿得魂不守舍。然而,牛羊于春初繁殖生下幼崽,需要草料和营养,家鸡下的蛋要供我上学,给母牛母羊和幼崽采买食粮,置办种粮农药化肥备耕。

我自幼体弱,加之食不饱餐,隔不几日就要感冒发热,起先是忍着,知道姥姥没有多余的钱请郎中,勉强撑到晚上,姥姥习惯性伸手探我额头,那时几乎已经烧得失去了知觉,浑身自然滚烫。

她一边佯嗔薄怒,责我牧羊时穿了单衣,在山里吹风着了凉;一边找出白白的退烧药片,喂我服下,又加一层厚厚的棉被将我捂在怀里。而常常到了深夜,白药片没有发挥作用,烧还是不退,她费力将我背到赤脚医生家里看诊,拿家里所剩无几的粮食换些药材。

但不论生活如何苦辛,两颗鸡蛋和一碗长寿面她都早早预备好,到了每年的这一天,端上桌,先给我吃。我将第一口鸡蛋、第一口面递到她嘴边,她总笑着咽下,然后亲吻我的额头,抱着我夸赞乖巧懂事。

她身上有好闻的丁香花的味道。院子里白紫两色丁香极其繁盛,缀满树枝，香味明显而广大，在我走出门上学，坐在门边写作业，去灶房添柴的一些时刻，花香都清晰温柔地笼罩着、覆盖着我。就像姥姥的爱。

二十世纪九十年代中后期，姥姥从南方带我到内蒙古高原定居。其间记忆影影绰绰存在一些，并不十分清晰了，身边有朋友问及此段经历，我无数次追忆无果。之前姥姥在时，问过她，她零零散散讲几句，她对往事的透露仅限于我与她的日常，其余则一概不提。

譬如一九九几年的秋天，我们从安徽南部的一个小镇子出发向北，经南京、苏北、京津、冀晋诸地，一路走到内蒙古，在一处人烟稀少的半农半牧区停留。每说到"停留"二字，她都略略停顿，我后来才知晓，当时她领养我要回的地方并非乌兰察布，而是更北向的锡林郭勒草原，那是她童年及少女时代所生活的地方。

然而，那时年近八旬的她，带着仍是孩童的我，跋涉数千里回去，其艰难可想而知。鞋底磨得破了洞，为了御寒，我们折路边的茅草芦苇晒干，将破洞缝补完整。就这样，几乎一路乞行。到次年夏盛，人已疲惫不堪。还要往前走呀，我好累，走不动了！于是终究没能坚持到她的目的地，我饿晕在了乌兰察布边陲的小村庄。

她"借"（另一说是偷）来一头毛驴驮我去寻医。在卓资县城，我清晰记得自己从昏睡中醒来的情景。那大概是我人生第一次见识"输液"。我的手背上扎着针头，一根长长的透明细管由上方的玻璃瓶伸展到我的手边，姥姥目不转睛地盯着这根细管。那时输液技术还不算先进，透明细管中时不时就出现几个小小的气泡，我好奇，想问她,这是什么?她似乎立刻明白了我的好奇心,告诉我,生了病要输液,但是输液管中的气泡不能流到血管里。

她时不时用手弹输液管,将小气泡弹成更小的,小气泡震碎了之后很快消失不见了。但大气泡很难弹碎,她就喊大夫来打开输液管处理。她是如何将我送来医治的,有多久没有合眼了,我一无所知。但她真的非常疲累了吧,终于没有忍住,趴在我身边睡着了。我好动,动来动去,手背上的针头从血管跳了出来,药水混着血水流淌一地。

是个晚上,大概已经夜深了,房外是呼呼的大风。房间里没有其他人,姥姥睡熟了,我一个哑子,无法发出声音呼喊求救。拿手摇了她几次,她皆没有醒过来。我又痛又怕,默默流眼泪,明确感知到自己呼气吸气的气息一点点变弱,渐至连伸手够她的力气都消失了。不知过了多久,半睡半醒间,有个男人走到屋内,继而听到他大声惊呼,几乎跳起来,将姥姥喊醒。

我记得那个场面,她的眼泪和无助。看到我的样子,她发了疯一样按住我流血的手背,掐我的人中,一遍遍唤我,甚至带着哭腔大声喊大夫。那是我此前及以后记忆里她唯一一次在人前失态,她一直是个优雅的老人。

细碎的类似过往,大概缘于我对过程的恐惧,因此再提及的心意很懒,简直不愿意回望。记忆于是便搁浅在此处,无法向前追溯。后来我是如何好转,我们如何在有人的村庄落脚,住的房子如何四面漏风,我尝试拼凑,却无论如何都无法拼凑完整。

如今,午岁渐长,逐渐明白风雨之于人生,是再普通不过的常态。从生到老到病到死,这之间的距离大概就是个体生命本身。而想到彼时的她，想到小小的人儿逐渐虚弱的惧怕，想到响彻天地的大风和漆黑的夜，总不愿意再往深处想。

那段经历是否清晰，过程如何，是否历历在目，于亲历者来说差别并不大，好在结果是好的。大体过程总能想象得到，只是细节有所不同而已。面对已经发生的事，谁人不曾无助，不曾有过恐惧，但回过头来看，当年这一切，仿佛是生活开的一个玩笑，唯一真实可触的，是心底曾为之生出的震惊，乃至于微微的哀恸。

我们无能为力，只好用沉默表达遗忘。不再尝试拼凑反而是保存它最好的方式。给它无数可能性和想象空间，远比一个确凿无比的事实更可使人心安。

幸好没事。她后来说。

这也是许多年后，我带她外出求学并在城市定居时，脑海里无数次浮现的话。

有年春初，春节刚过去不久，呼和浩特的天气异常寒冷，我和姥姥住在京九铁路沿线的居民楼，火车长长的鸣笛日渐成为我们生活的背景，尤其是夜里。姥姥的睡眠一直不好，身体一天不如一天，到了这一年春节，她已经无法行走，甚至无法坐到椅子上。

我照例去上班，早出晚归，漫长的白天她是如何挨过去的呢？我能想到的，只有下班的夜里，骑车穿过铁路旁侧的小路，再转一个弯，进入小区，一眼便能望见家里亮着的灯，她站在灯光里，透过窗望我。

日日如此。我在家的多数时候，她都昏昏沉沉地睡着，起初我以为是止痛片的作用使她安睡，我以为她像以往生病一样，过不多久就恢复康健，又能自由自在地行走，买菜做饭，和邻居聊天。

那段时间，受冷空气影响，用电量激增，居民楼里经常深夜停电。她醒着的时候，话忽然变得多了。我就点上蜡烛。有时窗缝透来的风把火苗吹得歪向一边，我赶紧伸手去挡，火苗跳一跳，变正了。

她说，你看火苗像不像荷花骨朵。我说像。但风不断吹到烛火上，我一缩手，烛火噗的又歪了。我不再拦挡，看着它歪倒，变暗，在濒临熄灭的那一刻，风仿佛停了一下，烛火忽地缓起身，站定了。我们都松一口气。

就着这烛光，她啰啰唆唆讲一些小事情。她告诉我爱吃的夜面烩菜怎么做，西红柿炒鸡蛋是先放鸡蛋还是先放柿子，哪条街哪家店铺卖的水果新鲜又便宜，哪种料子的衣服穿着舒服，哪个牌子的饮料好喝。

有时夜里我已进入深度睡眠，她走过来帮我掖被子，躺到我身侧，和我说月亮转过来了，正在窗户外面，是弦月或是满月。我无法回应她，白天繁重的工作使我很快又沉沉睡去。她几时回到自己房间我不知道，疾病给她带来的疼痛有没有缓解我也不知道。烛火熄了，屋内和屋外都是广大的黑暗，只有楼顶和城市上空，星星还繁密无极，随时间慢慢移转。

有时清晨，早春的晴朗天气，太阳很好地投射到家里，阳台上她养的植物充满生机，黄猫卧在她脚边打哈欠。我出门上班之前，蹲在她身边陪着她说话，她像小孩子一样总显得依依不舍，两只手拉着我的手，不松开，告诉我，工作上比别人多干一些，不要计较。

她的手暖暖的，眼神也暖暖的。但她的表情里似有隐忧，和我说想回趟村里，今年雪厚，担心我们从前的房子被雪压倒。我回应着——开春，丁香开了，我们一起回去过生日。

"给我煮鸡蛋吧，现在我长大了，一顿就能吃两大颗。"

"好！今年煮红皮鸡蛋。"

但那时我没有意识到她要离开。到了元宵节，大雪纷纷扬扬一整日，我担心她在家不能吃到热乎饭，工作完全无法全情投入。临下班时间，雪更大了，自行车自是不能骑了，公共交通工具在新华大街上堵成一锅粥。我只好步行回家，用时比往常多一小时。

拐进小区，家里的灯没有亮，可是邻居家灯火通明，没有停电的事实，加重了我的担心。我滑了一跤，跌倒在雪里。强作镇定地爬起来，很短的路程却像她领我从南方走到北方那么远，那么久。

当我推开门，她没有像往常一样喊我乳名，房间安静得让人害怕。她温暖柔软的手变得冰凉坚硬。抱着她冰一般凉的身体，我无法当她是在熟睡。到这个时刻，我才终于明白，她此前的絮絮叨叨，不过是对我的放心不下。而她想回旧居的愿望，最终也没能实现。她撒开我的手，独自离开，留下这一屋子生机勃勃的植物和懒惰的黄猫。

我第一次感到寂静，尽管火车还在奔驰不息，市声自窗外传来，但房间却分外安静，再也不会有人问我工作累不累，单位食堂的饭菜今天好不好吃，也不再有人教我擀面条，煮奶茶。老人们常说的"人去如灯灭"，斯言诚哉。

虽然我很爱从窗内投出来的昏黄的光，她不声不响地站在那里，铁路和公路上车来车往，谁家的电视声音很大，唱着片头或片尾曲，一切都显得热闹而欢喜的样子。但那日之后，晚归的我再不能望见家里亮着的灯,和灯下站着的她。

楼下的邻居说起和姥姥共过的事,讲她做事桩桩件件替我打算。我在这个时候才反应过来,这个世上无条件爱着我的人永远离开了我。

我们在世间,被人爱也爱人,但无条件的爱却屈指可数。读书的时候,成绩好、性格好、长相好,就会得到更多喜欢;工作的时候,才貌双全、专业度高,就会得到赏识。但这些喜爱都是有条件的,我们都不是单纯地全心全意去爱某一个人,而只是喜欢这个人的某些特质。拥有这种特质的人,千千万,又岂止你一个。

而在我的姥姥这里,不管我是怎样的人,乖巧与否,聪明与否,都会得到她的爱。这种爱很多时候无法给我太多庇护,生活里被轻视、被针对、被伤害都无法避免。但只要她在,我就有足够的勇力,就不会觉得孤单。她给的爱,让我知道什么是好,也因此知道什么是不好;让我知道什么是真,也因此知道什么是虚伪。

后来的时光,早上八点钟和晚上八点钟并无不同,这一年和那一年也无不同。时间仿佛没有了界限,如果不是工作事件的起始,我几乎感知不到时间的开始与结束。丁香花年年盛开。我开始给自己煮鸡蛋,下长寿面,唱生日歌。但终究有所不同。

前日清晨,是我们的生辰日,我去丁香树边站了一会儿,春天的风拂过,丁香花香和从前并无二样。风偶尔激烈,虽然也只是轻风,但眼前的丁香不断地,三颗五颗,从芬芳的空气里倏地扑近人面,掉落下去,只在人的眼前划过微不可察的流线痕迹。而我却只能在花前站着,看那风将花吹落而已。

太阳渐渐升高,越过楼房,照到丁香树上。鸟声起来了,不远处一只斑鸠清晰地吞声咕咕,岑寂瞬间被打破。许多鸟在树枝上起起落落,花枝为阳光所渗透的地方熠熠有光。

生日快乐!

我说。

向着明亮那方

内蒙古高原的冬天总是寒冷且漫长,属于春天的节气一个个过去,行至清明之后,吹面不寒杨柳风的日子才稍稍有些迹象。

我小时候从过年就问姥姥:"春天什么时候来?"她有许多答案,比如燕子飞回来时,杨树长叶子时,耕牛下田时。于是,我每年的盼头都不一样,燕子飞回来了,杨树长叶子了,耕牛下田了,春天终于要来之前,总要经历几场大风和沙尘,回升的气温,下降一些,唉,秋裤又得穿起来。

也许零星开过几枝子迎春花,但灰土冷峻的天气每每使我觉得真正的春天大概很难到来了。而不知自何时起,日光明亮起来,河床里的冰开始融化,化着化着——河开了——真令人欢喜!

当然,有更令人欢喜的事,那便是好吃的。每年河开后不久,到了这一天,我正睡得迷迷糊糊,姥姥唤我起床。天亮堂堂的,我推开门,外面没有刮沙子,是个放羊的好天气。小羊不用窝在圈里吃枯草了，真好啊！跑去吃早饭，桌上多了两颗煮鸡蛋，一碗手擀面，我便知道生辰日到了，农历三月十六是姥姥的生日，也是姥姥给我的生日。

自然也有新衣穿。这一天连出去放羊都变得不一样了，带在包里的餐食，除了窝头，还多了几颗糖果。我将羊群赶到阳面的山坡上，草早已冒出幼芽，我不舍得让羊啃食，拍它们的后背："小心一点，不要太馋。"然而，即使被羊啃过的嫩草，很快便生长出新的青意。

四面八方千棵万棵树，都在变强的阳光中苏醒，酝酿着新叶，长出雌雄蕊、花丝、花苞，很快就要开花了。这是我经历了无数个草原早春形成的身体和知觉记忆，人和动物、植物都经历了一个荒寒漫长的冬日，便没有一天不望着春天到来。我与它们同步，看到它们走向春天的每一刻。

树发芽的时候不是青绿，是鹅黄。空气里有青草香。春天于我，并没有气象学的定义，在身为小孩子的我看来，春天只有一件事——树木长出叶子，山和田野青青绿绿——我和姥姥在这样的日子里过个生日，吃一顿好吃的，有两颗鸡蛋，一碗手擀面。

在春天和大自然面前，给人迎面一击的，总是时间。而我总是落后于时间，还在新的春天里追叙着从前春天发生的事。然而，那时候的小孩子无论如何也想象不到，小时候赶着羊群千辛万苦翻越的山岭，如今是另外一番景致。

扎根于乌兰察布地区的农牧民和所有生物都知道，阴山山脉在此处有多荒凉，遍野的沙石、无休止的大风、持久的日照、稀缺的降雨量。小时候我所无法理解的荒凉贫瘠以及布在脸上的高原红，在我无法重回的现在，重新获得了意义和价值。

前不久，和先生乘飞机从异地返呼，我选择了靠窗的座位。飞行平稳后，万米高空之下，大地遍布人工痕迹，被分割的条块，交错的城市、乡村、田地。我迷糊睡了一觉，及至想起来再看窗外已是四十分钟之后，飞机已飞过平原，山无声息地隆升。先生已拿手机在拍照。我再向外望时，更为苍茫的山原投入视线，"莽莽荒原"四个字浮现在我的脑海。

刚落过雪的山脊像是层层向前推进的浪涛，半掩着黑褐色山体的积雪像大海里的涟漪，而风的痕迹留在山脊线，将积雪吹至每一道山的沟壑，又恰到好处地勾勒出完整而清晰的褶皱。重峦叠嶂的山，绵延到远方的地平线，树的群落是偶发的，虽几不可见，但那大片的点状黑色，显然是树木，阴山山脉难得长成气候的寒松。

不一会儿，光线变得幽暗，线与块、黑与白、阴与阳，交错在眼前，这是我熟悉又陌生的山体啊！一刹那，我年少时眼睛所看过的铁铅凝铸般的山，此时正以另外的形状显现在眼前，孤独，雄伟，站在阳光穿过云层的裂口处，仿佛开天启地的初始时刻。岩体脊线则显得更为刚毅深刻。我既幸福又遗憾。天地间大美，人类能看到、感知到的何其有限！

先生握着我的手，他常说"宇宙浩渺，时间无涯"。再早之前，姥姥也言"已知有涯，而未知无涯"。等到此时，我才终于明白他们所说的"无涯"。窗外是我无数次问姥姥"山外面是什么"的山，是读书时千辛万苦翻越的崖面，是问先生"阴山的最高峰在哪"的探索。如今，就在视线之下，一重又一重山，被重重叠叠推向远方，那里是我生活的地方，亦是姥姥托体之处。

飞机回旋之后开始下降，可望见两条如电缆般蜿蜒于山体的长线，那是G6、G7国道。最早穿过山体的路是搓板路，颠簸起伏，每有车经过，就扬起漫天的黄尘。

姥姥坐不得那车，总是晕车。有一年为了带我去远点的地方看"哑疾"，她带我坐班车。我始终记得那昏天暗地的扬尘，姥姥咬紧牙关忍着晕车的苦楚，脸色煞白，却将我紧紧抱在怀里，以应对那无休止的颠簸。天黑时，车坏在半道。四周阒寂，群山变成深重的重叠黑影。渐渐有狼的叫声，人们不敢走下车。

夜越来越深了，我们被隔绝在山的角落里，在庞大的黑暗和山体面前，狼的叫声逐渐逼近。这一刻，我仿佛感受到了姥姥所说的渺小。然而，她搂着我，安静地坐在因恐惧而大声尖叫的人群之中，半分没有畏惧的姿态。我也并不害怕。"狼是我的好朋友。"我告诉姥姥。

有一年冬天我在山里放羊，失足掉进二三米深的坑里，大人们遍寻不见，是守在坑口的狼的叫声吸引了寻我的村邻，我才得救。村邻皆说狼群是想吃我，只有姥姥坚持说是狼群救了我。

困在黑夜的车厢里，我逐渐感受到生而为人的苍凉，大概也与这一次经历有关。那个夜晚是如何过去的我已经忘记，但我记得同行的人，那时的渺小与恐惧，以及漫天星子洒下的微光。

春天已经来了吗？这几日，呼和浩特的树大半已生出绿叶，花开开落落。阳光耀得人睁不开眼，我想起金子美玲的诗《向着明亮那方》。数十只鸟飞过头顶，向山那边奔赴，更远处的青蓝色群山浸在晨光里,这样熟悉的内蒙古的春天仿佛是永恒的——此刻、过去、更早的过去,始终如此。

时间仿佛被锁定在阳光与群山之中,像是与记忆中的无数个早春遥相呼应。太阳更加明亮之后,圆月接近地平线,我看到它的左上方,木星极为明亮地闪了一闪,然后消失在"白天"的光里。

我吃了两颗煮鸡蛋,一碗手擀面,向姥姥的方向说"生日快乐",然后像鸟群一样,奔赴在新的春日的阳光里——向着明亮那方,那终将是我长久惦记并重返的地方啊。

看　花

一

以往的每年，去和林格尔看芍药都是五月初，迟一些也会在五月中旬就去看了。今年不知为何，到了休息日仿佛总有做不完的事情。或有闲下来的时候，但心里装着事，人总提不起精神出门看花。

就这样，眼看着一整个春天的花都开遍了，上班下班路上所见，是杏花、桃花、樱花、榆叶梅、梨花、丁香、金银花，在车窗外，渐渐绽放又渐渐停歇，我都没有停一下去看，任由它们轰轰烈烈地开过。

如此，几次沙尘天气之后，呼和浩特的春天渐渐到了它最好的时节，阳光明亮而不炽热，风里带着花香，常常可见到蓝天，也有云，蝉翼一般浮在天空。飞机轰轰飞过，看得见流线般的身形。一切都明朗而沉静。杨树叶子长到孩童的巴掌大了，火炬树的叶子是新鲜的翠绿，国槐树下有了阴影，陈年的荚果还三三两两挂在枝条上。天气陡然热起来。

大概是天气热的原因，小区院子里的紫槐比去年早一周开了花。我每日晨昏自树下经过，望见紫色的花朵缀满枝头，开得成簇成团，浸透着初夏时节的气息。到处都能闻到槐花温吞吞的香。

某日查看天气预报，说是有雨。临近下班的时候，案头还有工作等待处理，踌躇许久，还是决意带着相机按点下班回去，趁着夕光，记录槐花之一二。后来夜里果然听到雨声，雨势很大，打了很响的雷，是入夏以来的第一声雷动。

我躺在床上默默听着，约莫是后半夜了，便没有起身到窗边去看。第二日走出楼门，地面落下一地厚厚的紫花瓣，浸在路面的积水里，有种"风流总被雨打风吹去"的怅惘，竟至于使人觉得于心不忍，走路的时候格外小心些。

这样好的花，一夜之间，竟谢了大半，终归是可怜的。空气里槐花的香气淡了许多，较之于前，这香气显得更为清澈了，有小时候姥姥蒸的槐花麦饭的味道。想到吃，心才算安定不少。

二

随后的几日，经常加班。我所负责的工作接二连三出现失误，不自觉更为谨慎了。做事情时时间过得飞快，常常一抬头，天色已到了黄昏，从背对着窗户的座位上起身，倒一杯水，站到窗前去看城市的这一角慢慢进入夜色。

立夏之后，呼和浩特的日落时间皆在八点半以后，而到了这个时间点，还没有回家的人都已从想回家的焦虑情绪中平静下来。写字楼的灯亮如白昼，外面的夜空像海。我们则如一尾尾鱼，一头扎进深不可测的海里，即便前方是一个接一个没顶的大浪，也要去探探它究竟是何等地深不可测。毕竟，这才是生活的常态。

于是，站在窗内望见楼下小区的院子里盛开着丁香花，先是向阳的一株开了，而后其他的像是受到感应一样大片大片盛开成花瀑，在阳光下闪闪发光。而我只是远远地看着，始终没有去靠近。我的心里是喜欢丁香花的啊。这种喜欢很有种单相思的味道，远远地望着喜欢的人，心里欢喜而寂寞。

因此，丁香花成为我一时爱而不得的东西，如渴如慕地遥望它们花开到荼蘼，及至花光渐歇。于这遥望中，长风浩荡，时间如潮水一般覆过来。只在风里，偶尔闻到花香，觉得十分珍贵。

有时，风吹过来，我会赶忙将窗户开到最大，任由它呼啸而至。四周安静极了，周围只有手指敲击键盘的声音和大风撼动门窗的声响。月亮自高楼后露出半张脸，嫦娥衣带飘摇的身影只可见到半边。云层渐渐暗了下去。

然而，这加班的时光，花香却像是神赐一般动人心魄。被风一点一点带进来，又一点一点带出去。

三

想起2013年，那时候还在天津，夏日的傍晚经常去卫津河岸散步，云影倒映在河水里，岸上的紫薇树、木槿树都开着花，合欢花仍未凋尽。想来也奇怪，即使过去了好多年，我仍能记得那河畔的小桃林、高大的白蜡树、人家门口栽种在盆里的朝天辣椒、看樱桃、鸡冠花和月季。

有一日黄昏，路过一片盛开的月季花旁边，夏天的晚风吹来，温热的气息里有月季花的香气，实在太好闻了，那么浓郁的、香到发甜的气味，我爱极了。忽然动了心，想讨要一朵养起来，于是叩响人家的门。花的主人似乎不在家，半晌没有回应。

我回身看看四周并没有人在，便大着胆子，靠近花株，折一枝有点紫色又带点粉色的月季，低着头走开了。走到一箭远的河岸，在一块石质凳子上坐下，静静地闻着香气，看着天上的云渐渐消散开来，心里竟然生出了难过的情绪，这花并不属于自己啊，明天要来跟花的主人道歉才行。这样想着，手里拿着花，坐了很久，天色慢慢黑了下去，该回家了。

每年这个季节，正是天津街道一年中月季开得最好的季节。街旁的景观带或公园的花坛里，一定有数不尽的月季在开花，深红、粉红、正白、明黄，色彩鲜艳，绵延不绝。人与花的距离近在咫尺。在这样的氛围里做事情，心会不自觉变得温柔起来。

记得前进道和外环线交口的西南角，还未修建地铁之前，有一片花坛，种满了月季，花株近一米高，开出的花多为重瓣，大如拳头，香气浓烈。黄昏时分，经常有出门遛狗的老头老太太途经此处，对热闹开着的月季饶有兴致地赞赏一番。有时,也有年轻的女孩子,弓着膝在花前自拍,人与花同娇,镜头里是不停变换的角度和姿势。都是温柔的光景。

我每日清晨路过此处,看着晨光中的繁花垂鞓,总能想起小时候姥姥新买来的被单,那被单上印着的花纹正是明艳的月季花啊。

四

五月的最后一个周末,是在清晨,跑完五公里回家。推开门,一眼看到木槿树在阳台上开花了,一朵,胭脂一样的红色。阳光照耀在刚刚开放的花朵上,异常明亮。我一时惊讶,如获至宝。

这盆木槿是去冬从老家带回的,那时大约是水土不服,叶子一天天凋落,几乎要变秃了似的,我便将它移在阳台的角落里,只在每周例行浇水的时候洒一些水给它,并没有特殊照料。不承想,开春之后,它兀自长出新叶,竟至茂盛,几个月之后,开出这样一朵花来。

从前读书时读到"采采荣木,结根于兹。晨耀其华,夕已丧之",是陶潜的句子,写木槿,当下想起,对着眼前的花,忽然尤为喜欢这句形容。晨光里新开的木槿花,在明媚的光线下透着丝质手绢一般润滑的光感,靠近花蕊的花瓣略带鹅黄的色泽,模样周正,这是我养花以来最不能忘记的一幕。

到了黄昏,我从书房出来,木槿花已将它的花碗收起来了,如同一个出去玩耍累的小女孩,乖巧地围起裙子睡着了,裙角裹得整整齐齐，变作一枝花管的样子。我并不知道木槿花的花期只有一个晨昏，第二天起床来看，开过的花已在夜里悄悄落下，跌落在花盆里。卷起的花瓣上带着微微的褶皱，原本的胭脂红已经淡成发白发旧的红色。

我想起姥姥，她与我一起的半生岁月，也正如这夏日的落花，了然无痕了。她离开十年之后，我终于像一棵生长着的植物一样，成为自然而然的人。从前，我总是觉得时间那么长又那么慢，就像暑假赶着羊群上山，光阴在草尖上一寸一寸往前挪。我总要问她："山外面是什么样子？我什么时候才能长大？"而现下，时间飞逝，仿佛一转眼，已人到中年，从前熟悉的一切，在这时光里，慢慢斑驳衰老，直到剥落。如同一朵花。

五

于是在六月初，我终于启程去和林格尔看芍药花。阳光强烈，以为迟到半月余来看，芍药一定已经开过了。到了南山，穿过妙音阁，见到一带长长的芍药园，花仍然开着，且开得热烈。这使我振奋。端着相机走进去，花香馥郁，有些呛人的味道。然花却开得动人。

有一种白色的荷花形芍药，大如荷碗，透明的白色花瓣中带有几不可见的粉色，于风中伸展的姿态，像月宫里嫦娥的裙带，使人见了挪不开步子。另有一种玫粉色芍药，婉约的样子，花瓣如手指内扣，却并未扣紧，露出明黄俏丽的花心，宛如青春模样的少年，亦使人流连忘返。

几丈地的松林之外，设有数间木屋，是园子里供人休憩的地方。高声播放着老调《忠烈千秋》里的包公唱段，隐约听得几句戏词："心藏怒火冷眼观，在途中收留焦梦二小将，又截获重案事关天，前后桩桩与件件，不由我心血如潮浪滚翻。"讲着忠臣良将的事，听的人却很少，显得格外冷清。

有花的地方，游人渐渐多起来。一对中年夫妻在花丛里拍照，女人蹲坐在花株旁，男人猫着身子，对着镜头喊"一、二、三"。几个穿裙子的少女，一边走，一边讲："这几朵花刚才还好好的，转一圈回来，花瓣就掉了一地。"露出惋惜的神情。

看花的人多数带有比平时柔软一些的神情，脾气也要好许多。这样的情形与看花的盛况，在内蒙古中部高原，实在是很难得的。也只有每年芍药开时，才得以见到吧。

日头升到高处，晒得人热起来。我只好躲到松树下等同伴。远山是深深浅浅的绿，似有淡蓝色的雾气缭绕，松涛阵阵。不远处，一大片粉白的"金带围"在树荫下开着，四周铺满了陈年的松针和松塔，花开得清丽，怒放的花朵像刚挤好奶油的草莓冰激凌，在阴凉发暗的树荫里，显得格外洁静而有精神。

抬起头，正好看到颇为有爱的一幕：年轻的爸爸妈妈，带着一个二三岁的小男孩，一家人在另一处看花。小男孩穿着印有动画图案的短袖T恤，有一双乌黑漂亮的眼睛，被爸爸抱在怀里。妈妈指着花丛，道："看这朵花漂亮吗？"爸爸和男孩的视线都落在花上。不一会儿，小男孩却转过头，向路上找寻："要玩狗狗，狗狗去哪儿了？"

我望向他们，心间溢满喜悦。

六

回程的路上不小心睡着了，恍惚听到一种特别的鸟鸣，声音悠长调皮，两个字或三个字一节，活像一个调皮的小女孩拖着老家的乡音喊我的乳名。似乎还隐约听到了姥姥的声音，喊我家来吃饭。燕子相将归巢。我在心里想，锅子里应该煮着我最爱吃的槐花馅饺子吧，推开院门，姥姥正站在灶房前那株沙果树下，枝头上刚开过花，结出青青的果子。真好啊。

于是才终于懂得，吴越王写给夫人的那句"陌上花开，可缓缓归矣"是多么地情深意重。光阴如逝水，梦与现实的分界线，混沌如季节更替。走在春夏之交的阳光里，真像是在金色的梦中。而梦里的人，我只好在心里默默爱着了。

七 月

一

草原的盛夏尚未真正来临之前，七月初，有次开车去郊外，天近黑时，不小心迷了路。心有惴惴地穿过长满杨树的村道和村落，路没有尽头，天色越来越暗。恍惚间，车灯照见路旁高立的白色路牌，写着红色的"围子村"三个字。

啊，围子村。连字都一模一样，我忍不住停下来，安静地站了一会儿。知道北方有很多重名的村庄，也知道离乡这么久，即使真的回来，可以深夜去打扰的人家恐怕也只剩那么几家了，不免觉得遗憾。

去天津的两年间，回过乡里两次，一次在清明，一次在春节。每次回去，路途周折，到村时，已日落西山。先是去后山扫墓，留宿的晚上，住过村长家一次，住过舅母家一次，却都不能逗留太久。

行色匆匆，遇上火车晚点，晚归半日，还得用短信小心翼翼地向单位领导告假，少了回乡的乐趣。

离乡时都在清晨，天刚蒙蒙亮，执意不让人来送，走到村口，不忍再回头，倔强地朝前走。冬春的中部高原，实在是很荒凉的地方，赤黄裸露的土地，有着流风形状的枯树，没有遮挡的大风，黄土路，和我少年时代的记忆并无二样。

已经过去二十年了，村里供了电、修了水渠，生活在这里的人，却仍旧过着相同的生活，年年日日，放牧、农耕。生得病了，仍是找赤脚医生来看，头疼脑热的小病，吃几片白药丸，发过汗，过几天就好了。厉害的病只能熬着。

二

重回呼和浩特工作之后，回乡渐多，因不走动而和乡人生出的隔膜慢慢减褪。今年开春，回去在从前的山地里种树，俊英的爸爸妈妈过来帮忙。近晌午时分，听到他们的对话。

"下半晌，念念要来，你去接吧。"

"这次英子不一起来吗？"

"她不来，春田的病还没好，电话里说还在发烧。"

"到底什么病？吃半个多月药了，还不见好！"

男人的声音严厉一些，女人不再说话，低着头给树浇水。

我走过去，问："念念要来吗？"

俊英妈妈抬起头，眼睛红红的，说："下午来，让她姥爷去接。"

"谁病了，俊英吗？"

"不是，俊英家的，春田病了，半个多月了，不见好。"

"怎么不去医院检查一下？"

"太远了，又花钱。他年纪轻轻的，该不会有啥子大毛病的。"

"那我去接念念吧，顺便看看俊英。"

"你别去了，我等下电话里告诉她你今天回来了，她应该一会儿也来。"

山野空旷静谧，胡杨树正在抽芽，有放牧的老者自远处长长一声吆喝，林间传来鹧鸪的叫声，想起白居易诗："啼到晓，唯能愁北人，南人惯闻如不闻。"北地乡间地薄木稀，春山鹧鸪、梁间燕子皆不为弃，年年春日归来，是为厚爱。

记起幼时仲春，和俊英伏在案头做作业，听到鹧鸪叫声，两个小人儿便不约而同要出门去寻，总是寻不到。有一回看到麻雀在树影里跳动，误以为是鹧鸪，隐约感到失望："原来长得这么丑啊！"两人这样感叹着回家了。此后再没有生出好奇心，却仍旧爱那一声一声空山啼鸣。

三

日子过得真快，好像才一转眼，和俊英已有十余年没见了。童年及少女时代，我们每天在一起，上学下学，放羊放牛，种田拔草，洗衣煮饭，一起读书，也一起逃学，穿过同一件衣服，甚至喜欢过同一个男生。经历过乡下女孩子所经历的一切。西北风一年一年从草原上刮过,坐在石头上放羊的小孩子,飞快地长大起来。读书的继续读书,不读书的便早早成家,忙碌生计。

我想起读大一那年,接到俊英的信,说是要结婚了,男方叫春田,是村里谁家的远房表弟,家境殷实,他们见过一面,春田长得还算讲究。她形容春田的眼睛说:"和牛眼睛一样大。"看到这句,我忍不住笑了,知道她心里对他是满意的。果然不久之后的另一封信寄来的地址,已经变更为婆家所在的地方。

我心里若有所失,先前忘记问她具体的结婚日期,那是她一生中最好的事,我都没有去参加。那之后,俊英寄来的信少了很多,内容也不如以前丰富了,她轻描淡写地说着差强人意的婚后生活,农活繁重,丈夫身体不好,她既黑且瘦,再也不爱美了。后来,在2009年,我毕业参加工作,杂务缠身,也再没有收到过她的来信。我曾试着寄几封信过去,皆没有回音。

2011年盛夏,我在深圳参加培训,忽然接到她的电话,说:"燕子,我来呼市了,你还在这吗?"

我没问是谁,听到声音便知道是她,很惊喜,大声对她讲:"我在外地出差,过几天就回去了。"又问她:"要在呼市多久?"

她笑着说:"我怀孕了,春田带我买衣服,今天晚上就回去。"

"啊,什么时候还来?"我问。

"我想让你给孩子取个名字。"她说。

"男孩,女孩?"

"我们没查,还不知道。"

"叫念念吧。"我说。

"好，长大了让她像你一样好好念书。"

"是想念你的意思。"

我们在电话两端哈哈大笑，好像时光倒流，我们还是没有长大的少年。我听见春田说："笑慢点，当心孩子。"

四

栽完树，俊英还没来。我像小时候等大人从田里下活回家一样，先是在村口望一会儿，仍不见人影，就骑上俊英妈妈的自行车，沿着路去迎。骑到三里外的大树下时，远远看见一辆电动三轮车向这边驶过来，于是在树下站定，紧张且不安。

及至近时，我已经认不出她了，心里揣测，或许是其他的过路人吧。就这样擦肩而过。我擦擦手心的汗，预备再往前骑一段路去迎，忽然听到有人问："燕子，是你吗？"

有一瞬，我略略迟疑，不敢回头。刚才那个骑三轮车的女人，脸庞又黑又红，真的是俊英吗？可她分明已经走到我面前，白发隐约，黑，身形瘦削。

"嗯，是我啊。"预备的话，一句也说不出了。看着她和从前一样清澈的眼神和笑容，竟莫名心酸起来。我们终究是走了不一样的路。

"妈妈，妈妈。"念念在三轮车厢里喊。

俊英说："那是我女儿，念念，三岁多了。"

也是一转眼，念念已经长成了一个可爱的小孩子，有和他爸爸一样的大眼睛,性格也好,安安静静地坐着,不哭不闹。我们走过去,俊英让她喊我小姨,她便脆声声地喊了句:"小姨。"神情和俊英小时候,大略无差。记得童年春节,看到大人们恭敬、不苟、郑重的举止,俊英就会流露出这样安定的带一些喜悦的神情,是能感觉到亲人佑护的安定和喜悦。

"你又在想小时候了吧。"俊英一边启动三轮车,一边笑我,"快三十岁了,还没有长进。"车子启动了,腾起的灰尘松松散散落在路旁新开的紫云英上,远山云气蒙蒙。

我跨上自行车,在爬一个长长的桥身时,一面用劲骑了上去,一面大声唱:"静静的村庄飘着白的雪,阴霾的天空下鸽子飞翔,白桦树刻着那两个名字,他们发誓相爱用尽这一生。"

没有风,阳光明亮,俊英的三轮车慢了下来,她唱:"天空依然阴霾,依然有鸽子在飞翔,谁来证明那些,没有墓碑的爱情和生命。"

中学的时候,我们共同喜欢的男孩子弹一手好吉他,也在五月,我们听他唱这首《白桦林》,歌声惊飞了黄昏里归巢的山雀,少女的心事也同山雀一样惊慌失措。

五

还未到家,俊英妈妈已经等在院门外了,神色慌张,对我们说:"春田在家里忽然晕倒了,赶紧回去。"

俊英一下子慌了,让我把念念抱下车,自己掉转车头,一阵风似的走远了。念念看着妈妈匆忙离开的背影,好像被吓到了,哇哇大哭起来。我紧紧地把她抱在怀里,问俊英妈妈:"春田到底怎么了?"

她摇摇头,说:"前段时间去过县里检查,没查出病,就是发烧退不下来。"

"咱们去俊英家看看吧,如果严重,我带他去呼市检查一下。"

我不太识得去俊英家的路,路况太差,车开一会儿,念念就开始吐。她晕车了,缩在姥姥怀里,很难受的样子。我只好慢慢开,心里万分焦急。

这是第一次去俊英家,她家周正简朴,一如她的心性。院子里有一棵桃树,开了一树花,羊圈外面留有一小片菜园子,还空置着,没有收拾播种。正房是并排的三间砖泥混合瓦房,坐北朝南,堂屋居正中,东边是公婆的房间,西边是俊英住的地方和灶屋。春田平躺在炕上,不省人事,瘦得吓人。俊英的婆婆坐在炕尾,一言不发。我问:"找医生来没?"

她答:"她爹和英子去了。"

"远不?"

她拄着拐杖站起来,往外面瞧了瞧说:"也该来了。"

念念从姥姥怀里挣脱下来,爬到床上,抱着爸爸的脖子拼命地哭。她还不是很懂得生老病死,大概是看到爸爸的样子感到害怕吧。

当医生拎着医箱过来后,念念很懂事地安静下来,眼泪汪汪地看医生探了探爸爸的鼻息和动脉,又摸摸爸爸的额头。俊英正准备问情况,医生已经先说道:"赶紧送县里医院吧,再烧下去,人就不行了。"

六

我们把春田抬到车上，俊英坐在后座，把他的头枕放在自己腿上。我本想说几句话安慰她，却觉得似乎不该再多话，没有营养的、重复的语言，苍白而无趣，便渐渐失去了表达的欲望。看着俊英默默坐着，大滴的眼泪滚跌在衣襟上，我终于忍不住，也默默流起泪来。

到了医院，春田仿佛有了清醒的意识，因为长病痴缠，体力尽耗，几乎不能说话了。见到俊英在哭，他很爱怜地摇摇头。俊英公公挂好急诊回来，说："今天人不多，医生应该来得快。"住进急诊病房，候了很久，穿白大褂的医生才慢步走过来，用听诊器在病人心脏位置听一下，问道："病人什么病？"

"发烧。"

"什么引起的发烧？"

我接道："原因不正让你们查的吗？"

医生看了我一眼，扶了扶眼镜框，说："得全面检查，你们做好住院的准备。"

"都做什么检查？"我问。

他并未回答，反而说："来个人跟我拿单子，你们钱带够了吗？"

俊英公公恭敬地摸了摸口袋说："带折子来了，可以取。"

接下来，交费、化验、检查、取药，然后等住院床位。拿化验单给医生，问："究竟得了什么病？"

"不好说，"他开口，"还不确定。"

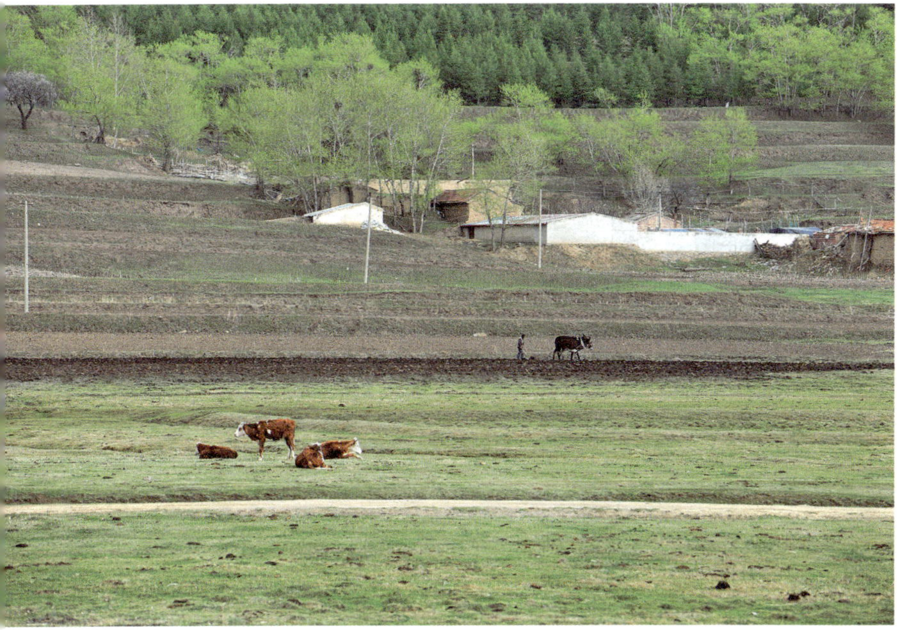

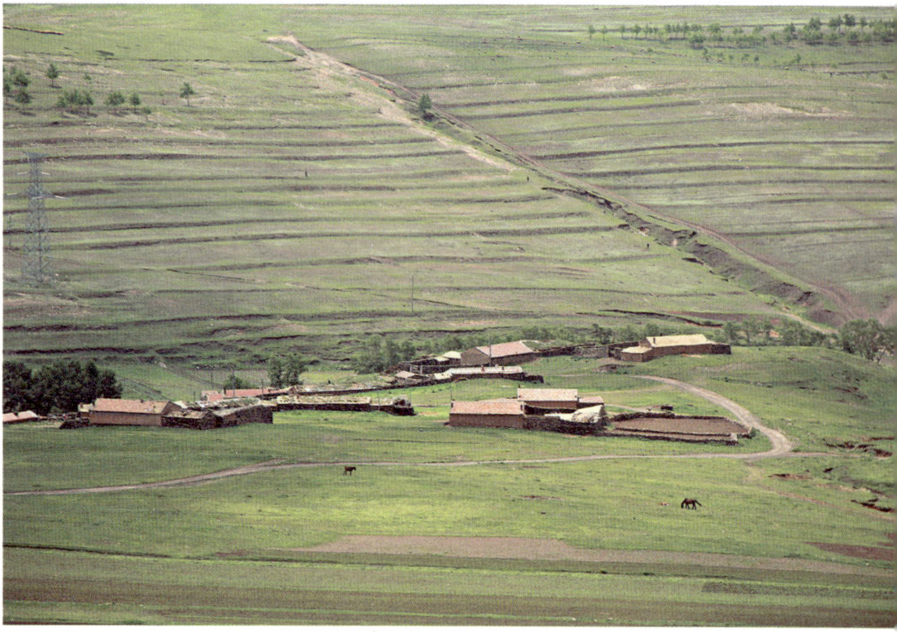

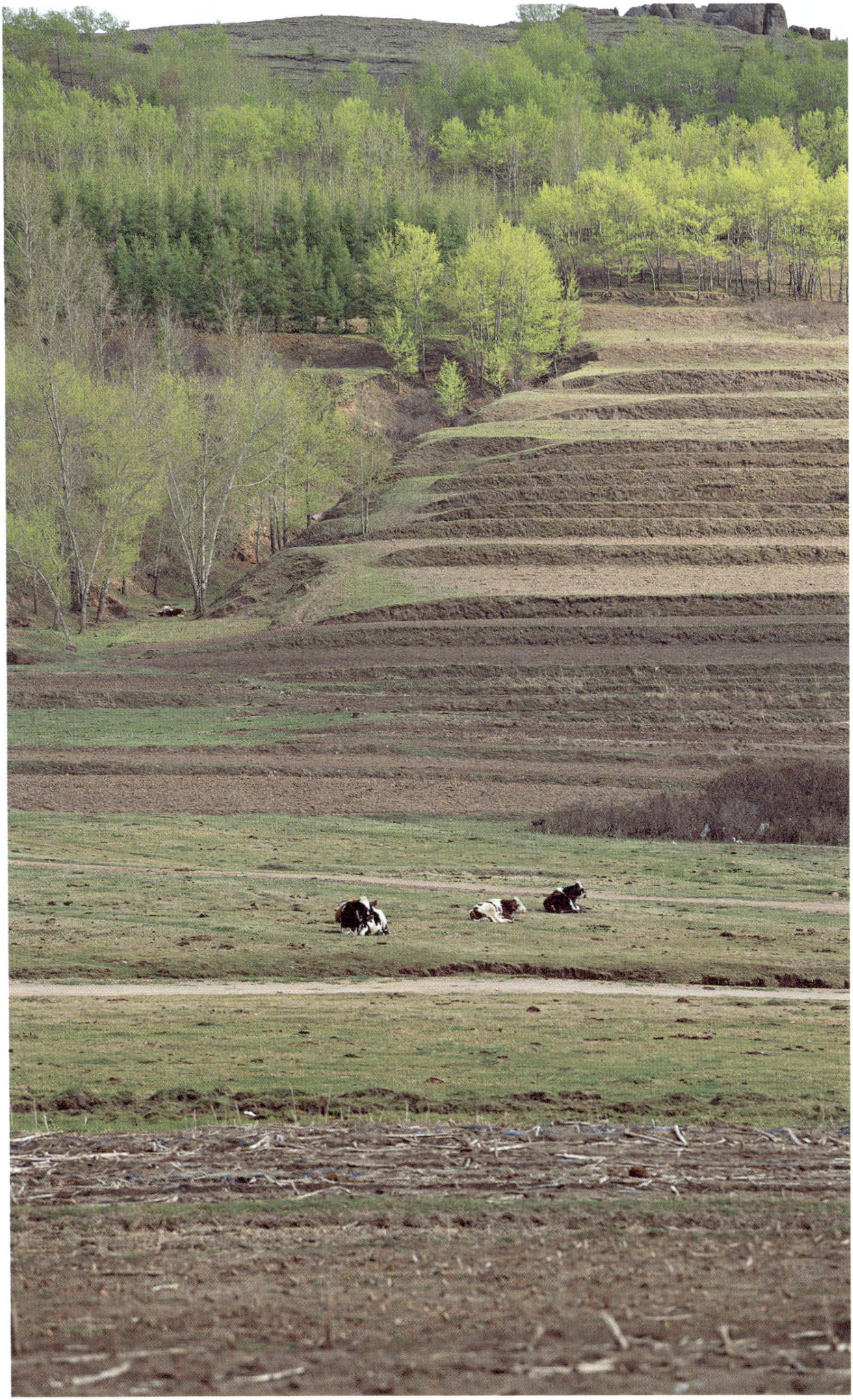

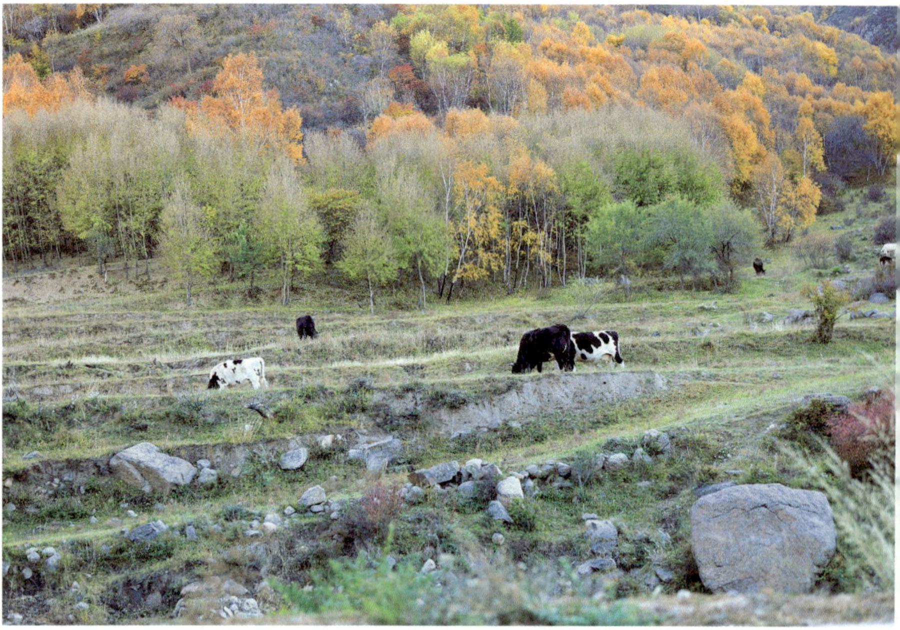

我一时怒了:"你不好确定,干吗还让做这么多检查!"

医生又扶了扶镜框,说:"大概是发烧太久,病毒侵到身体什么要紧的地方去了。"说完,他好像感觉这样敷衍说不过去,又补充一句:"没什么大碍,先住七天院,观察观察,让病人好好休息就是。"

我交好住院费和药费,安顿他们住好,因为还要上班,就先赶回呼市了。

第二天一早打电话给俊英。俊英说,春田后半夜醒了,还抱了下她。我们都以为春田快好了,悬着的心终于放了下来。

七天之后,春田勉强可以坐起来,征询了医生同意,开了些药,暂时出院回家了。

七

时间好像一直在赶,一转眼天就热了,进入盛夏。内蒙古中部高原很少能听到蝉鸣,只有日头一天比一天烈,气温一天比一天高。夜里睡不着,打电话给俊英。刚拨出去,她就接了起来,呜咽着说:"春田走了。"她的话,让我有些措手不及。只听到窗外风起得很大,满是树叶相拂的声响。

她说,小暑那天傍晚,春田觉得热,想下地走走。俊英扶着他在院子里转了一圈。他觉得累了,要在门口的藤椅上歇一歇。俊英进屋取水出来,人已经咽了气。因为是小辈,不能在家放太久,第三天清早便草草办了丧事。照乡里习俗,春田的墓没有墓碑。她说起春田对她的好，又惋惜人走了连个像样的碑牌都没有，恸心的悲苦霎时迸发出来，哀哀痛哭。

我只有悄悄地擦拭眼泪，不忍再听。

周末回去时，俊英已经瘦成纸人。带念念去墓地，她很乖巧地跪着烧纸，认真地将冥纸一张一张往火里送，土黄的草纸中间很快燃出一个黑的圆点来，然后噌一下亮起火光。纸灰轻轻扬满坟前一碟供品。

俊英回娘家住了一天，执意回去照料年迈的公公婆婆。生活里哀伤的、沉重的过往，被我们小心翼翼地掩盖了起来，好像坠落在深水的沉滓，而我们正随流水向前。

八

有时加班到凌晨，收到俊英发来的微信，说，地里的青稞长得一人多高，山杏熟了，水塘里有蛙声，紫槐树上缀满了繁花。好像微微可闻某处有阿弥陀经的大咒，诵经声里有神圣高贵的气氛。也说，前几天，在老宅子里找到了我们读过的《唐诗三百首》，如今，念念也开始读唐诗了。

她问我，夜里鹧鸪在叫，还是小时候那一只吗？

我说是，和小时候那一只是一家。

生活里一些羁绊与过往都已经被消解，有什么新的东西正在徐徐展开，在七月，这热情的、浓烈的盛夏里。

盛夏之味

在呼和浩特工作后不久,到了七月份,要忙年中诸事,有个周末的下午,五六点钟的样子,太阳还大着,挂在天上。迎着太阳自单位驱车回家,滨河路上的铁栏杆大概是不堪连日降雨,褪成灰土土的色彩,一群女性工人蹲在两边刷白漆,浓重刺鼻的油漆味,停滞在空气里。已经热起来,时入盛夏。

尽管蚊虫渐多,夜晚过去脸上总要留下被叮咬的痕迹,早起照镜子,须得惊叹一声:"哎哟,变得更丑了啊!"但我依旧像小时候一样喜欢夏天,大地上哪里都是绿油油的,而天呈现出的蓝色,像海。对小孩子时代的我来说,有暑假可以挥霍,获得短暂的自由,是十分期待的事情。可以尽情玩到天黑透,漫天的星光,银河系近在眼前。为着大风偶尔吹翻裙角,害羞地跑开,太阳光明晃晃的,在风里奔跑的小女孩咯咯的笑声,被风带得很远。

都是乡里的旧时光,仿佛并没有走远。那个时候,只要放暑假,姥姥总会把我的头发剪短，还要拿剃刀剃去一层。好丑啊，我又哭又闹却无济于事。伙伴们看到，笑嘻嘻地讲："快瞧，燕子剪了个西瓜头。"姥姥拿镜子来照，夸赞道："好看嘞。"我看到镜子中的自己，一点都不入眼，想起贺年卡上郑伊健那样的长头发，难过极了，默默地流眼泪，不好意思再出门。譬如要出去买盐打酱油，都是低着头，生怕被人瞧见，快速地跑到小卖店，又快速地跑回家。

或许为了安慰我因剪发而受挫的心情，有天中午，听到大路上传来女人叫卖冰棒的声音，姥姥给我两角钱让我去买。我竟没有迟疑，飞快地接过钱，飞快地跑了出去，心里隐隐担忧卖冰棒的女人车子因骑得太快而错过去。

这担忧是多余的，甫出家门，远远看见村里的孩子们已经围在卖冰棒的女人周围。多是看的，问东问西，并没有钱来买。作为小孩子的我们，衣服的口袋里根本连一分钱都没有，冰棒是一角或二角钱一根呢，哪里能够买来消暑？

那时候，冰箱在乡里还闻所未闻，更不要提如今的雪糕、冰激凌、冰镇啤酒、冷饮这类需要制冷的消夏良品了。晌午烈日炎炎，在田里做活的人嗓子眼都要冒起烟了，冰棒却仍然是奢侈的享受。生活在乡间的人，行事都要从生活的实际出发，不愿意花掉半袋盐的价钱额外享受或做于生计无益的事。

卖冰棒的女人见没有人买，便预备要离开了。她骑一辆黑颜色的老式自行车，大且高，看起来又笨又重，后车座上捆着装冰棒的白泡沫箱子，四四方方一只，里面围着一层油布并一层棉被。我是要买的，顾不得"西瓜头"的难看了，见她要走，便远远地大声喊她:"不要走,我要买冰棒。"

"别走,别走,燕子要买冰棒,燕子要买冰棒。"俊强第一个抓住卖冰棒女人的自行车后杠。

俊英跑过来拉我:"快点,燕子快点。"

"要几个?"卖冰棒的女人笑起来,掀开箱盖问我。

"多少钱一根?"

"一毛的两毛的都有。"

"那要一毛的吧,我要一根绿色的,一根水红色的。"我递钱过去。

卖冰棒的女人揭开棉被,从冒着白色水汽的箱子里取出两支冰棒交到我手里。冰棒是小小的一条长方形,外面裹着一层透明的蜡质一样的油纸,正中印着"冰棒"的蒙汉两种红色字体。我拿在手里,却不敢吃了。

俊英俊强和其他的小孩子,都是一个村里玩得不错的人,我怎么好意思一个人拿着冰棒回家去吃?无论如何也要让大家一人舔一口的,于是剥开绿冰棒的油纸,递给俊英,她只是轻轻地舔了一下,便使劲眯起眼睛,夸张地大声喊:"哇,真凉!"引起其他人的好奇,嚷嚷道:"我先吃,我先吃。"

俊英将冰棒递到俊强那里,一面用手掩护,一面喊:"少吃一些哟。"

俊强嘻嘻笑着,讲:"就咬一小口,就咬一小口。"果然啊,就是一小口。俊英拍着俊强的肩膀笑起来:"像个哥哥!"

然而,不知传到谁的手里,"啊呜"一口,冰棒少了一大截。

我有个我们 / 171

"啊，你怎么能这样，燕子还没吃呢！"为着这一口，俊英比我还生气，两个人吵起架来。俊英还未来得及将冰棒送到我手里，便追起跑开的男生，一不小心，冰棒掉进了土里，不能吃了。另一支水红色的，他们都知道是留给姥姥的。俊英站在原地哭了起来。我默默地走过去，将脏掉的冰棒捡起，劝慰她："等长大了，我们买一大箱冰棒，夏天吃，冬天也吃，好不好？"

她扑哧又笑了，说："冬天吃会冷死呀，我才不要冬天吃。"

"咦，狗脸人，哭了笑，笑了哭。"淘气的男生嘲笑起俊英来。

那支绿色冰棒是我小时候买的第一支冰棒，我终究没有吃到。那支水红色的拿回家，姥姥放在了白色的瓷碗里，天实在太热，等和家来的邻人闲话几句家常，冰棒还没来得及吃，就遗憾地化作成淡红的小半碗冰水了。而我的"西瓜头"，则在年年盛夏之初准时出现，只是小伙伴们好像都已经习惯似的，再也没有玩笑过。

一转眼，许多年过去了。当年在乡里笑一时哭一时的小女孩，忽然就长成了大人。冰箱流行起来，印有蒙文和汉字的伊利家、蒙牛家的冰棒、雪糕开始盛行，销到了全国各地。

小孩子时，我劝慰俊英"夏天吃，冬天也吃"的宏伟愿望终于实现了，只可惜我没有很好的胃，对冰棒的兴趣渐渐薄淡起来。姥姥已经不在身边，我亦慢慢蓄起长头发，可是心里面却还是觉得，最好看的还是旧时光的"西瓜头"啊。而那个年年盛夏时节为我剪头发的人，不知道去哪里了。

这几天晌午，呼市的气温升到三十摄氏度，热起来。同事出去悦跑，捎带回一支酸奶味的雪糕，这也是我少女时代最爱吃的雪糕了。记得大学毕业那年七月,家在重庆的同学准备回乡了,我们在图书馆门前遇上,闲谈至本地的奶食品,我开始高谈小孩子时冰棒的旧事。他听后,就跑去学校的超市把几支酸奶味的雪糕全买了来。我们并排坐在图书馆前的柳树下面一支接一支地吃。四围鸟雀呼鸣,鸭跖草淡蓝色的小花开在路边。间有蜻蜓飞过,他安静地唱起小虎队的《红蜻蜓》:

我们都已经长大,好多梦还要飞,就像现在心目中,红色的蜻蜓。

忧愁的因子一下子从心里蹿出来,原来离别是这么难过的事。大概就是在那时候,我开始又像小时候一样喜欢着夏天,喜欢着飞在夏日的蜻蜓。只是,此后再也没有一次吃那么多支雪糕,没有听到谁再唱起那首叫《红蜻蜓》的老歌了。

年年七月,盛夏不期而至,而那些属于盛夏的味道是什么样的呢?我想,相较于离别的苦,更多的则是相聚的甜吧。曾经在我身边的他们,纵使时光匆匆,岁月无情,却仍依旧如新,不曾远离过。

夏天的声音

不记得自哪日开始进入夏天,对于大风从未停歇的内蒙古中部高原来说,一天中的早晨和晚上总还是冷的。然而,夏天还是真切地到来了,辉腾梁上牧草的长势比往年还要好,黄花沟的小黄花也早早打出花苞。只是风大,从牧场呼啸而过,吹得电力风车如白色大羽般的叶扇迅速转动,发出机械所特有的响声。这是夏天的声音,在每年端午我返乡的路途中。

回草原前,呼和浩特正是芍药盛放的时节,花开得荼蘼而凌乱,只不过一周的时间,便落得遍地都是,枝头所剩无几。同在花期的,还有蔷薇,开紫红色小花朵,内蒙古人称之为"北方玫瑰",家里的老辈人常捡拾一些花瓣,洗净晾干制作玫瑰酱,在端午吃粽子时充作蘸料。

大概是气候原因,芍药、蔷薇以及此前开过的丁香、榆叶梅,每次盛开都像是要将生命完全燃烧的样子,花期短暂而浓烈。小时候,看到花开总能听到姥姥感慨:"这些花啊,能在少水多风的地方开不容易,要好好爱惜它们!"于是,如我一般放牧牛羊的小孩子总是绕着它们走。时间久了,连牧马牛羊都仿佛生出了敬畏之心,任花朵们在天气渐渐暖和的季节,轰轰烈烈地开一场,一年又一年。

中午时分到家,天阴得厉害,俊英妈妈看看天,说:"将要下雨了吧。"我从手机上查天气预报,今日雨,明日也有雨。她听了高兴起来,对我讲:"田里的庄稼将将发芽,正需要浇水。"风却渐渐变小了,温柔地从人面上拂过。俊英妈妈显得有些不安,将信将疑地问我:"这次的天气预报准吗?"

"嗯。"我坚定地点点头。

"预报说昨天也有雨,等了一天,结果一滴也没落下来。"她说。

"雨在夜里下了。"

"我怎么没有听到?"

"我听到了,还起身去阳台上关窗户。风很大。"我说。

"不过下了一会儿就停了,早晨看到雨打湿的地面也被风吹干了。"我补充道。

"那天气预报是准的了?"俊英妈妈又问。

"准的。你看,雨马上就来了。"我坚定地说。

不久便听到久违的打雷的声音,先是轻软地从东天上滚落,传过微弱的轰隆隆的声响,紧接着是闪电,一道白光闪过,又是几声响雷,轰隆隆隆,豆大的雨点滴落下来。我们连忙向屋里去。

家狗站在院子里叫,对着天空汪汪汪。雨点滴到它脸上,它显得有些惊慌,一面向屋檐下跑,一边回头继续狂叫。俊英妈妈高兴地说:"燕子把雨带回来了,不用再浇地了。"

雨断续下着,我们站在门内看雨。急雨落在瓦檐上,溅起水花。槐花还在开,花朵和叶片上沾着雨水,家狗懒懒地卧在脚边。俊英妈妈说:"等雨停了,咱打槐花回来蒸着吃。"我说:"好啊,很久没有爬树了。"俊英妈妈笑起来,从门后的墙上取下镰刀,说:"等下绑在竹竿子上,钩几下就够吃了。你都这么大了,还是不要爬树了。"

我们笑起来。

雨脚变小时,刮起大风。黄昏时天终于放晴,太阳出来了,带着明亮而舒适的光芒,从还挂着雨滴的高大的洋槐树叶间斜射而下,照着砌着红砖的矮墙和立在菜园里等待黄瓜和豆角秧攀爬的干树枝。

空气新鲜而甘醇,连同远山、白云、房屋以及树木,都在夕阳中带上一种逐渐走向成熟的橙蓝色彩。呼呼有力的大风从阳光中穿过,有一种初夏的温凉与惆怅。

俊英妈妈在灶台前做饭,我无所事事地坐在炕沿翻一本中学时读过的课本。

雨停后,黄昏显得格外热闹。院墙外有人在说话,隐约听到一个男人讲要去田里看看墒情。麻雀啁啾叫个不停,小孩子在追逐打闹,偶尔一两声犬吠,谁家女人喊孩子回家的尖声,不间断地交错在一起。总有燕子叽叽喳喳飞进屋里,在屋内悬着的电线上停留一脚,又匆忙飞出去。

"燕子又飞回来了。"俊英妈妈说。

我站起身去堂屋看:"燕子窝还在梁上吧?"

"没有动过,去年有只燕子又在檐阶上筑了只窝。"俊英妈妈指给我看。

"刚才这只大概是老燕子飞回来找窝了。"我说。

"老燕子去年没走掉,小燕子一个一个都飞走了,天已经冷了,老燕子飞进飞出几天,再也没回来,恐怕是冻死了。"俊英妈妈讲。

"那今年还让这窝燕子住在咱家吧。"

"好。这几天就都回来了。"

这时,风从外面吹过来,拂得木板门前后扇动,磕在门槛上,发出咣当、咣当的声响。于这声音中,不知从哪里传出歌声:"你总是心太软,心太软,独自一个人流泪到天亮,你无怨无悔地爱着那个人,我知道你根本没那么坚强……"啊,任贤齐的歌。我跑到院子里去听。

俊英妈妈在屋子里讲:"隔壁的李志强去外面打工几年,回来就跟媳妇离婚了。这两天又领回一个小姑娘,天天放歌给她听。"

我默默听着,想起在县城读中学的最后一年夏天,学校里流行任贤齐的歌,晚自习放学的路上,总有胆子大的男生推着自行车,站在路边唱:"对面的女孩看过来,看过来,这里的表演很精彩,请不要假装不理不睬。"后来,街上的商店里开始流行播放音乐,以此来吸引顾客,像《伤心太平洋》《心太软》这样的歌,总是响到夏天的深夜,直到我们放晚学后,也久久不停息。

那时候,我总是想,如果哪一天和偷偷喜欢着的男生一起走在这样的街上,会是什么样子呢?然而,这样的事情终究没有发生,我只是怀着珍而重之的心情,在夏天的夜里默默地听这些歌。而那个藏在心底的秘密,最终也没有向当年偷偷喜欢的那个他讲出来。

于是,天黑关窗的时候,我特意留一条缝,以为这样歌声就能飘进来。到了夜里,却听见窗户笃笃笃笃的响动,心里吓了一跳,起身小心翼翼去看,月光透进来。啊,叩窗的原来是路过的风。

蝉鸣之夏

一

当菜场上的黄瓜卖块把钱一斤时,在五月末,初夏的阳光轻手轻脚落下来,火红的石榴花点缀在墨绿色的枝叶里,蝉鸣极轻,远近鸟啼声声。小区路边先前空旷的砖地上,多出了支着马扎、摇着蒲扇消夏的人。

临近的银河广场,不知何时兴起了广场舞,在日暮至子夜的时光里,"你是我的小呀小苹果",这样的旋律一刻都未间断过,使人远远地便可以听得一点热闹。我往来单位路过,也偶尔去凑热闹,站在成排的法国梧桐树下听歌,看跳舞的人。

一天黄昏,有只银狐犬跑了过来,围着我打转。它浑身雪一般白,两只耳朵被染成淡淡的粉红色。我为此吸引,蹲身去抚摸。它并不生分,很享受一般四脚朝天躺到地上。它的主人则站在另一棵树下,喊:"宝宝,快回来。"它望了望主人,却没有动。

不一会儿,喊它的阿姨便走了过来,对我说:"宝宝太贪玩了。"我点头,说:"它挺可爱的,我也准备养一只呢。"见我说要养狗,她变得热情起来,大概是养狗这一共同爱好,让我们产生了奇妙的亲切感。

她事无巨细地讲了狗的生活习性、饮食特征、注意事项。我玩笑道:"像养个孩子一样。"她郑重地看着我,极为认真地讲:"和养孩子一个样。"她姓于,让我喊她"于姨",住在不远处的白云里。

"啊,白云里,真是好听的名字。"我默默说。

二

在天津,稍旧一些的小区,都有以"里"字结尾的名字,譬如"四化里""绮云里""惠阳里",和北京的"胡同"、上海的"弄堂"一样,都是使人生出文化厚重感的字眼。我租住房子,首要考虑的也是带有这个"里"字的小区。

单位附近旧时民居诸多,邻人皆为像我父辈或祖辈年岁的老人家,带有地道的津味,又热心好客。因而,我常在休息时间,走去他们之间。

小区门口修自行车的吴老伯夫妇、白蜡树荫里下棋的陈姓张姓两位老先生,都与我交往甚多。他们用天津话称呼我"李儿",三音的李字,加上儿化音,快速连读,听起来十分有趣。我初听到,乐不可支。对他们讲,这样的称呼,在内蒙古是听不到的。

他们哈哈大笑,开始好奇内蒙古一地的方言。我深为自己蒙语差劲而大汗淋漓,红着脸说一两句,皆是再简单不过的短词句,倒也可把他们逗乐,悬着的心才稍稍放下。兀自感慨,语言果真博大精深。

三

某日傍晚,风大得惊人,把道路两旁的白蜡树枝叶向一个方向猛烈地吹过去,又甩回来。我出门去接同事送来的博美犬。吴老伯夫妇见我出门去,一边收摊,一边说:"变天儿了,要带雨具出去。"我说:"去广场接一只小狗,很快就回来。"

一只蝉在近旁的紫薇树上鸣叫,急切短促,颇似南朝颜延之"夜蝉当夏急"之诗所形容。不远处的高楼顶上卧着大雨之前独有的、如同天鹅湖少女裙裾般的乌色云朵。我走在这样的大风里,去抱一只才如手掌一般大小、柔软又胆怯的博美犬。

归途遇见白云里的于姨。她看到小犬,无比怜爱,慌忙接过去,抱在怀里亲了又亲,很是担心地问我:"它这么小,你能养得活吗?"

"会。我小时候也养过。"我答得很没底气。

她好像怎么也不能放心,接着问:"它多大了。"

"上个月二十一号出生,刚满月。"

"这么小,还不会吃狗粮,买牛奶了吗?"

"没,我一会儿就去买。"

"牛奶要温好,拿手指蘸着喂它。"不待我回答,她又交代了许多,

"夜里让它睡在棉布上,舒服。狗要遛才拉粑粑。四十五天时要打疫苗。疫苗要去畜牧站打,市面上常有假药,以次充好,不见效果……"

"好。"我用心记着。

"你给它取好名字了吗?"

"取好了,叫四九,真是很'侉'啊。"我说。("侉"这个字,是我在天津新学来的)

"四九"这名字实在不算雅驯,听起来又好像取得过于随意,惹人发笑。于姨听了,果然笑起来,对我说:"你看它黑黑的,小小的,不如叫黑豆吧,四九哪是女狗的名字。"我还未点头同意,她便"黑豆黑豆"地唤它。

黑豆完全是个不谙世事的小女孩,它还不适应这个称呼,叫不应声,且十分胆怯地缩在于姨怀里,不愿出来。我伸手去抱时,它缩得更小了,仿佛在生"四九"这个名字的气,又仿佛知道跟着我会过苦日子。然而,它终是要和我回去的。

四

大约是别处先下了雨,夜色忽然明亮起来。梧桐叶在风里幡然作响,《小苹果》还很热烈,高树下的蝉鸣似乎比黄昏时更热闹了。我抱着黑豆,穿过这些声音回到住处,将它的居所安置在阳台上。白天已经用废弃的水果箱为它搭建了房子,房顶挂一块写有"四九之窝"的硬纸片。

现在想到它已经不叫"四九"了,遂新找大小相当的纸,拿毛笔写"黑豆之窝"替换掉。心里总不免遗憾：不叫"四九"就没有办法和田螺兄养的一只叫"三六"的小白猫相配了啊。

黑豆大约还不能适应离开大狗独自来生活，喉咙呜呜作响，像是在哭泣。它小心翼翼地在窝里爬了一圈后，就抬爪搭在箱子边沿，瞪起眼睛望我。我尝试用简短的词跟它沟通，告诉它"回家、吃饭、睡觉、开始、停止"这些基本的口令和动作，以达成共识。喂牛奶时，对它说："来，吃饭。"它先伸出鼻子嗅嗅，扭开头。再嗅，再扭开头。如是者三，终于试探着伸出舌头舔起来。

那时，窗外的雨，正噼里啪啦跃进夜色里。

五

生活多出了乐趣，我开始学习炒菜做饭，照顾我们俩。我担心它白天独自在家太过无趣，就和白云里的于姨商量，寄宿过去。于姨家还养着一只金毛犬，雄性，两岁零五个月，身材高大，脸又瘦又长，却没有一点凶相，性格格外温顺，很听话。

我抱黑豆进门，主人对它说："毛毛，它是妹妹，你是哥哥。"它好像很能领会话里的深意，立刻对黑豆报以友好的态度，竖起身，扑到我跟前，舔我手里的黑豆。我被高大的犬类近身而来吓了一跳，不由得头皮一紧，黑豆也吓得呜呜叫。主人呵斥"退回去"，它便听话地放下前爪，且十分不情愿地退了回去，鼻子里发出哼的声响，低下头，去叼我的鞋。

待到晚上，我下班过去时，两只狗已经相交甚欢，毛毛像个真正的哥哥一样，教习黑豆吃喝东西。只有银狐犬，仍旧如大户人家的小姐一般，专心致志地扮演一座白色雕像，仰着头，一动不动地坐在客厅的小凳子上，远远地看。

我带它们到楼下遛。黑豆还需要抱着。金毛则跑得欢实，遇见别人家的狗，交头接尾一番，便相互追逐厮闹，简直要疯了一样。却仍很听话，不敢偏离我的视线。小区里种了枫杨和洋白蜡等一些高木，枝叶繁茂，晚间郁郁森森。我站在树下喊："毛毛，不要跑远。"

毛毛欢得紧，大喘着气，远一刻，近一刻，来来回回地跑。黑豆已经学会了狗的叫声，微弱地发出汪汪的声音，挣脱着到地上去撒欢。狗们已经玩在了一块，打得风生水起，遛狗的人都站在远处看着，相互示意打个招呼聊几句。

萨摩犬的主人对我说："你真应该拴住它，不能乱跑。天热了，过几天打狗的人就过来了。"

"怎么还有人打狗？"我问。

"是让给狗办证，一个证一年交一千五百块钱。没有证，狗就牵不回来了。"

"牵不回来谁给养呢？"我问他。

"先是去救济站，把流浪狗、流浪猫关进笼子里，不给吃食，都饿得趴在笼底子上，眼睛发直。到奄奄一息了，就卖到狗市上去……"他叹息一声，没有将话讲完。

我将信将疑，笑他："不要杞人忧天了，狗狗不都好好的嘛。"

六

不久之后，接连晴了许多天，草木疯长，连空气里都浸着绿意，蝉开始日夜鸣叫，夏天的气息更浓了。小区里许多只流浪狗被带笼子的车拉走了。修自行车的吴老伯和下棋的老先生都对我说萨摩犬被打到了，说是主人牵着它在菜场买菜的时候，被执法的人拿网子套到，丢下话"居民不可以养巨型犬"。

此后，我果真再没见过那只雪白的萨摩犬，它和它的主人好像隐没在一张画里一样消失了。花丛里供流浪狗吃食的小盆还在，谁丢在里面的饭早已变冷，将要发霉了。我不敢打听那些被带走的狗去了哪里，还能不能回来，也不愿相信萨摩犬主人的话。只是对黑豆和毛毛格外小心翼翼，不敢再造次。

每天下班回去，等天完全黑透了，我才敢牵着它们出门。在楼道里遇着人，就让毛毛停在角落处，坐好，不要动。等人走过，才敢喊它起来。路过的人回头，看到站起身的毛毛，会吃一惊，说："怎么还养这么大的狗！"黑豆则不足为惧，它还小，不在禁养之列，却也是让人担心的。

我带它们出了楼道，只在小区里路灯稀少的地方走上一圈，便要回家去了，人和狗都不能尽兴。我们走在老式楼房暗淡的光线里，砖格的窗户外，传来雨一样密的蝉鸣声。有时某一只蝉鸣，声音特别响亮悠长，我们进门时，它还在叫，声音划破寂寂长夜传过来，很让人吃惊。黑豆和我会循声向窗外望过去，路灯的光，在苍茫的夜色里，显得分外荒凉。我们看不见那只蝉。

七

几日后，于姨家的门被穿制服的人敲开，说有住户反映养狗扰民，楼道里有气味，狗要尽快处理。我问："是怎么个处理法？"

一个穿制服的人说："你们先自行处理。"

另一个穿制服的人说："处理不好，我们就找人来处理了。"

穿制服的人说完就走了。我和于姨有点不知所措。入夏以来，三只狗活动最多的地方就是阳台，此外，便是小区路灯昏暗的僻静处。狗们很听话，从不乱叫，也不在家上厕所，每周洗澡，比人都要干净了啊。我于是终于相信萨摩犬主人所说的"天热打狗"这样的话了。于姨说："要尽快去办证了。"

第二日，带着三只狗去派出所办证。我因为是外地户口，没有养狗的资格，于姨家又只能养一只，黑豆和毛毛去向未知。我们坐在一处商量，家里是不能养了，于姨家女儿便开车过来将金毛接到梅江家里。送毛毛走之后，黑豆孤零零地站在阳台上，显得格外瘦且小。我忍不住流了一点眼泪，为不能在天津给它一个安身之所难过，决意带它回内蒙古老家。

八

飞机和火车都明令禁止携带动物搭乘，我只好守在高速路口等西去的大巴车。站在一排枫杨树下,夜色均匀地暗淡下来,有星星亮起,风从树梢落下,一同落下的还有铺天盖地的蝉鸣。黑豆听话地窝在鞋盒里,不发一声。

拦了许多趟车,月亮一点一点升到了中天上,才终于有一辆停下来。半路黑豆开始晕车,发出细小微弱的哼叫声。然而这叫声,在夜行的车厢里显得格外响亮,乘客怨声四起,司机只好将我们安置在靠门的台阶上。天未亮时,车下了呼市高速,天空变得深邃高远,白云一朵一朵飘着,我们就快到家了。

田螺兄养的三六已经长成一只沉稳的猫青年,它对远道而来的黑豆充满敌意,机灵地将盆里先前剩下的食物和水,舔得干干净净。当我带黑豆熟悉环境时,它竖起尾巴,警惕地在客厅里迈步子。我说:"还是把黑豆送回村里吧。"

田螺兄很诧异,说:"就放这里好,我给养着。"

"你哪里有时间陪它们,天天不在家,三六现在都饿瘦了。"

"总会有时间的。"

"不。"我说,"还是回到村里自由,不用放在笼子里活着。"

"难道你想让它像你一样,吃百家饭长大吗?"

"对啊,吃百家饭怎么了,一样长得很好。"

"我只是不想它太漂泊了。"田螺兄说,"等我们生活在一起,还是把它接回家里吧。"

"好。"

九

送黑豆回村的路上,想起多年以前跟随姥姥回乡的旧事。前后不过二十年的光景,现在想来竟有恍若隔世之感。这期间,我记得格外分明的,是在脚下的路上放养过的一只狗、一头耕牛和一群羊。这些被驯养的动物在我的生命里出现时,羁绊就从天而降,像树根一样慢慢生长,渐至深厚。然而,要斩断时,就只需一把斧子、一点力气而已,如同拔除一棵杂草一般轻而易举。于它们而言,这露水的世啊,真是无情。

我抱着黑豆,缓缓迈着步子。看青稞在田里长出天星,野沙果树结满青色渐红的果子,丝瓜秧爬到了树干上。蜂箱在土豆田埂上放着,没有蜂,也没有养蜂人。一群羊在山脊上吃草。山顶的云被风扯得长长的,身姿单薄。我对黑豆说:"你看,那个村子,就是姐姐以前生活的地方。"

有炊烟升起,天将薄暮。山间将圆之月,皎洁无可形容,照拂得万物清明。黑豆要跳到地上去。我跟着它,想着此后它将代替我,在这样好的地方生活下去,也是一件高兴的事。它所看到的风景,是在城里生活的同类所不能看到的。乡野即使没有大厦高楼、锦衣玉食,趣味也未尝会短少呢。于是我大声对它讲:"这每日的晨昏、云气,大自然的气息、四时的植物、田园的劳作、远近的蝉鸣,都交与你吧,黑豆!"

星空和萤火虫

那光芒，真使人心头一快，在四平八稳的柴米油盐之上，还有一枝盛开的花，还有光亮，使我觉得，生活还热气腾腾，充满了希望。

一

还记得第一次注意到星空，是在夏天的夜晚。

那时我年纪还小，坐在乘凉的人群里听陈家爷爷说书——

"梅超风练九阴白骨爪，抓来一个上山打猎的人。她腾身一个轻功，将手向那人头上抓去，只听得一声惨叫，那人眼前金光四射，霎时，头上多出五个血窟窿。梅超风随手一扔，将人丢在一堆白骨上。山高到云影里，四面都是悬崖。"

村里纳凉的空地上，围了好多人。陈家爷爷说得生动，天渐渐暗了下来，我和俊英默默听完，惊得魂飞魄散，慌忙握紧彼此的手，大气不敢出一声。这个时候，不知道谁喊了一声："快看，有流星！"

人们的视线转过去，我也于震惊中抬起眼，望见漫天的星光，繁密如织，却仿佛都带有快意恩仇的刀光剑影，使得小孩子的心里不免生出更多的畏惧。天色均匀地暗淡下去，远山和树的影子也暗暗的，起风了，吹得树梢微微晃动，树叶簌簌响起。只有月亮气定神闲，在天边弯作细细的一牙。

正是一年中暑气最盛的时节。进入伏天，小学校放了暑假。吃过晚饭，太阳落到西边绵延的山里，人们从自家院子里走出来乘凉，散坐在村东陈小玲奶奶家大门外的空地上。那里靠近院门的一侧是种花种菜的园子，另一侧则是一片杨树林，皆是耐风抗旱的白叶杨。树身长到屋顶高了，树前空阔着一大片空地，白天日头晒不到，因而得到些阴凉，到了夜里比别处凉一些。

乘凉的人便摇着蒲扇，说着闲话，聚在这里。竹席、蒲席、长条凳子三三两两摆开，人们懒坐于上面，陈家爷爷就立在乘凉的人群中间说书。小孩子唱着歌谣，一伙跑到东，一伙跑到西，不得闲。终于四处玩累了，折返回来听故事，或听大人聊家常，再晚一些，实在困得不行了，胡乱躺到谁家的席子上，头枕着大人的腿，一边听陈家爷爷说故事，一边望向星空。天上的星星真多啊，映在眼睛里，把眼睛装得满满的。

二

俊英对我说："快看，天上的星星像不像芝麻。"

"像，也像河里的白石子。"我说。

我们村后的小河里，初夏冰雪融化之后，露出雪白的鹅卵石。有一处地方白石子尤其多，大概是因为水比较深，少有人过去吧。河水清澈见底，那些石子安静地躺在水流下面，如同活的碧玉，远远看过去，像《西游记》里东海龙宫的夜明珠。

我们偶尔路过，总要踮起脚，伸着脑袋去望。阳光一条一条射向水面，反射出不可捉摸的明亮的光芒。我们止不住发出赞叹——太好看了！然而，这么好看的一片鹅卵石，我们却从来没有勇气下水去捡。

大人们自小便告诫我们，沉在水底的东西，是落水而死却不能投胎之人，专门用来勾引小孩子的，若是下水去捞，就会被困住手脚，拖着不得上岸。因而，那片好看的石子便成了我少年记忆里爱而不得的事物之一，一直至今天，隔着遥远的记忆，想起它们，仿佛想念着久别的人一样，心里仍怀有隐隐的怅惘。

陈小玲跑过来，说："也像白米粒。"

"还像秋天落在瓦上的霜花。"

"像窗户上结的冰凌。"

银河在深蓝色的天幕上浮现出来，长长一带。小孩子的声音渐渐弱下去，夜深了，我们不知不觉睡着了。陈家爷爷还在说着武侠风流，我依稀在梦里听到，梅超风在牛家村大战全真七子受了伤。然而，那些夏天，关于她的记忆已然混淆不清，她最后是生是死，我已经记不得了，讲故事的人也去了另一个世界。只有和那些侠客不相干的夏天，我还隐约记得。

从小学到中学，许多个炎热的夏天的晚上，电风扇还没有普及的乡下，我们都是在那片空地上看着星空度过的。我们指认牵牛星和织女星，寻找牵牛星两侧的两颗小星星，姥姥说那是牛郎担子里挑着的两个小孩子。牛郎织女的故事，连我们自己都会讲了，大人们还在一遍一遍津津乐道。

我们仰望北斗星，是北天上最亮的一颗。我们甚至一直不曾明白，头顶的天空上勺子形状的一群星星，怎么在经常变换方向。

到了后半夜，不知道什么时辰，从混沌中醒来。四周安静极了，眼前更加清晰的星空，仿佛离地面更近了。月亮垂挂在西山一角，洒着明亮的一弯孤光。大人们都回家去了，俊英和陈小玲也被大人抱回家了，只剩下我一个人，在暗夜的风里。

树影幢幢，我忽然想起梅超风练九阴白骨爪的情状，不免害怕起来，恐惧感瞬间蔓延，赶紧爬起身，抱着被单往家跑。待第二天一早去取夜里丢下的竹席时，上面已经落了薄薄的一层露水。

三

到天津工作之后，夏天的晚上，有萤火虫可见。

那时住的四化里小区，靠近卫津河的楼前，有一片空地，有人家开垦出来，种了丝瓜、葡萄、四季豆诸物，四围繁杂地生长着金银木、海棠、山楂树，牵牛的藤蔓则缠缠绕绕，攀爬在篱笆和金银木上。另有一棵高大的合欢树，经常落青黄色的毛毛虫子，使人不敢靠近。

六月尽头，天渐渐热起来时，蝉声也起来了。蝉在大多数人的生活场景里，是看不见的，多以声音的形式存在。于我也一样。我在清晨走去上班的路上，或者黄昏时拎着菜走出菜场，又或者周末宅在房间里做事情，于楼里不知何时起、何时止的叮叮当当的装修声里，总能听到蝉尖锐的鸣叫声，毫无征兆地响起来，有时很长一段时间不见停歇，有时却迅疾到戛然而止。

我无法摹状它们的声音，只是在身形高大的悬铃木下，可能是一株暗绿的白蜡树，可能是一株枝叶舒展的梧桐树，又可能是一株结满果子的苦楝树下，听见蝉鸣的声音自高处泻下，心里便觉得亲切，知道盛夏天真真切切到来了。而盛夏的暗夜里，能够遇见发光的萤火虫呢。

年年七月是忙年中的时间。有一日夜间下班回住处，路过那片园子，无意中看到几粒星星点点的荧光："啊，是萤火虫！"我几乎要叫出声来。那光芒，真使人心头一快，在四平八稳的柴米油盐之上，还有一枝盛开的花，还有光亮，使我觉得，生活还热气腾腾，充满了希望。

四

小时候,夏日行夜路的晚上,大概是姥姥差我去邻村送东西,被雨耽误了回家的时间。待雨终于住了,天也黑了下来,只好赶夜路回家。走到村外的河流旁边,心里难免生出些害怕,萤火虫就在这黑暗里忽明忽灭地飞到眼前。小小的黄米粒一样大小的微光,在漆黑的夜色里绕出一条条荧光线条,起起伏伏却悄无声息。

我欢喜极了,跑过去追,一直追到小河边,鞋子踩到水里湿透了也未察觉。追一会儿,萤火虫仿佛飞累了,停落在草尖上,屁股上小小的荧光仍旧一闪一闪亮着。我立刻张开手去拢,轻轻一下,便将它捂到了手心。于是小心翼翼地捧着,一面担心手握得太松,它要飞走了;一面又担心手握得太紧,将它捂死了。左右为难。终于返回大路时,迫不及待地将眼睛贴到指缝间去看,它还在手掌心自在地发着亮光,惴惴的心终于放下了。赶快回家养起来吧。

即使在乡下,萤火虫也并不多见。内蒙古中部高原干旱少雨,水和植被都不足以让萤火虫长期生存,它们喜爱植被丰盛、空气潮湿的地方。因而第二日,我将装在酒瓶里的萤火虫拿给俊英、陈小玲她们看时,她们也如获宝物一般,小心地拿到被窝里,看那蓝荧荧的一点亮光。两个人躲在被窝里说:

"真的哎,是萤火虫。"

"会发光哎。"

只可惜萤火虫在瓶里待太久,光渐渐弱下去,很快便看不见了。

它跌落到瓶底，已然失去了活力，不再动弹。我心疼极了，跑到河边把它从瓶内磕出来，看它慢慢恢复神气，缓缓飞入草丛去了。

五

今日还是在忙年中，去单位加班，忽然停电了。格子间黑压压一片，只有电脑屏幕闪着蓝光，在阴天而背光的房间里，显得沉静而鲜明。蓝光照得加班人的脸，也是蓝幽幽的，像萤火虫之光。出门，风从树梢一路落下来，楼前的国槐树正铺天盖地地落花，黄色米粒一样的花瓣落了一地。

刚下过雨，蜀葵还开着，暗红色的花瓣边缘，缀满清晰的雨珠。而乌云又从远处压过来，滚滚红尘一般，容不得人流连迟疑。

大雨过后，应该会有萤火虫出现吧。打电话给在察哈尔右翼中旗的俊英："呼市预报有雨，是大雨，晚上可以去河边看萤火虫。"她在电话里说："念念刚刚在看《边城》，看完翠翠的故事，哭了起来。"

我记起少年时，夜里读到翠翠的爷爷在雷雨将息时死去，正值夏日雷雨天气，天地漆黑一片，闪电的光刚刚从眼前掠过，屋顶上便滚起惊天的炸雷，大雨倾盆而下，仿佛随时要把屋脊冲断似的。

我躲在床角默默哭泣，然而却并非因为害怕，而是惊讶于雷声压迫和书中命运无常的悲伤。我那时并不知道，每一个成长着的人一生要承受的爱与苦，远远不止于别离，亲人的离世只是其中之一罢了。

我对俊英说,念念已经到了懂得为欢喜的人和事歌哭欢笑的年纪了。俊英说,今日是晴天,晚上带她出外看星空。那片星空还在。在星空下唱过的歌谣都还记得:

　　天河东西,穿棉衣。天河南北,种荞麦。天河调角,吃倭瓜葫芦豆角。

我们都暗暗庆幸,许多年后,还怀有同样的欢喜,珍爱着暗夜里的这一星光芒。

草木一秋

一场雨后，秋天就来了。对习惯于草原生活的我来说，津城的秋已很漫长，尽管这里的人时常在耳边讲"天津的春秋两季好短啊"，然而，哪里的秋天是长的呢？这时节的南方才是刚刚起了秋意，更北的地方已经开始霜冻。只有这里，还碧云天黄叶地，层林尽染。桂花、木芙蓉、月季都还香着，脆枣、红柿、毛栗子也上市了，草木正繁盛着。

我从这样的秋天回到十月的呼市，清晨走下火车，被汹涌的凉意吓了一跳，赶紧钻进车里，跟人感叹："已经这样冷了呀！"就好像从来没有在此生活过一样。但不久便适应了。家里久未开火，冷锅冷灶，四处落了一层灰，却整齐得很。

细算起来，我离开已经有八个多月了，走时正在看的书还摊在桌子上，砚台压着书角，字间用铅笔做的标记如前一天刚写上的一样，还在记忆里。网断了，我实在不喜爱看电视，刚到家的心还没有收回来，宅着又无趣，决心出门走走。

街上没有许多树，间隔很远才见一株叶片将枯的梧桐或花荚凋败的国槐，孤零零地生长在路边。临街几座楼房的外立面正做保温层，近乎黄的橙红色涂料，在阳光下有着浮光跃金的温柔质感。微风，天蓝得匀静。

市场上人来人往，老板们各自做着生意，忙碌如常，我熟识的半价书店、东北菜铺和川味小厨都还在。书店早早开了门，菜铺和小厨一天生意的盛时要晚一些，门户还落着锁。我于是向书店走去。

进门时，书店的程姓老板，正低头记账。货架边几个穿校服的学生在叽叽喳喳挑复习材料，互相争辩："这个好，这个好。"老板娘抱着一沓书从内间走出来，对立在门口抽烟的男人喊："都找到了，找到了。"男人将烟扔在地上，用脚轻轻踩灭，走进店接书，说："记在账上吧。"遂转身离开。

我立在门边的书架旁，他经过时，飘过很呛的烟草味，这气味是我所熟悉的"大青山"的味道，是内蒙古相对廉价的一种香烟。从前和村里的陈家爷爷一起放牧牛羊，他的"大青山"总在右手食指和中指间夹着，点燃的烟头明明灭灭，冒着细长的灰白烟线。那时，我总是装作被呛到了，弯下腰干咳。

程老板缓缓地咳一声："记账，已经欠了……"话还未完，男人已经走远了。

老板娘走过去问："他欠了多少了？"

"近五百块了。"

"这次又借了几本，有《了不起的盖茨比》《苏格拉底最后的日

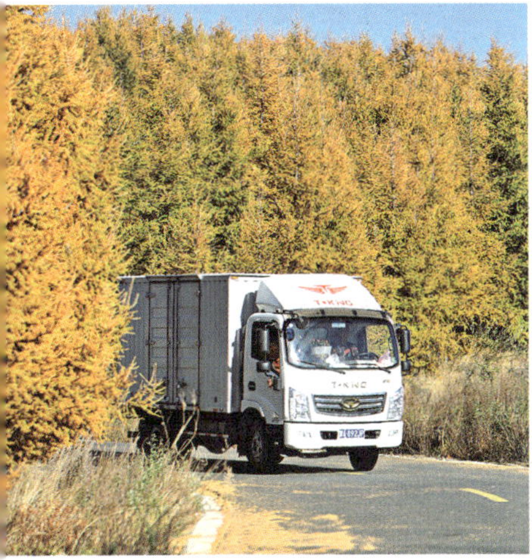

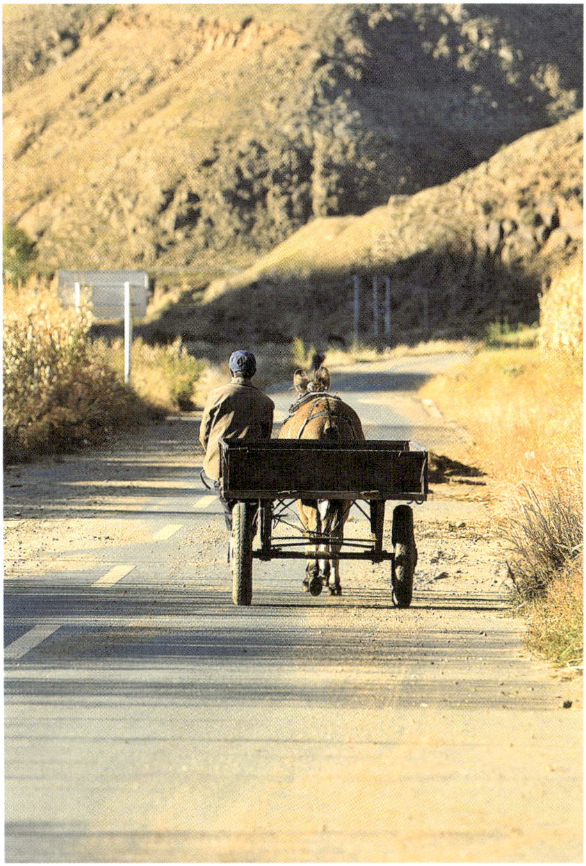

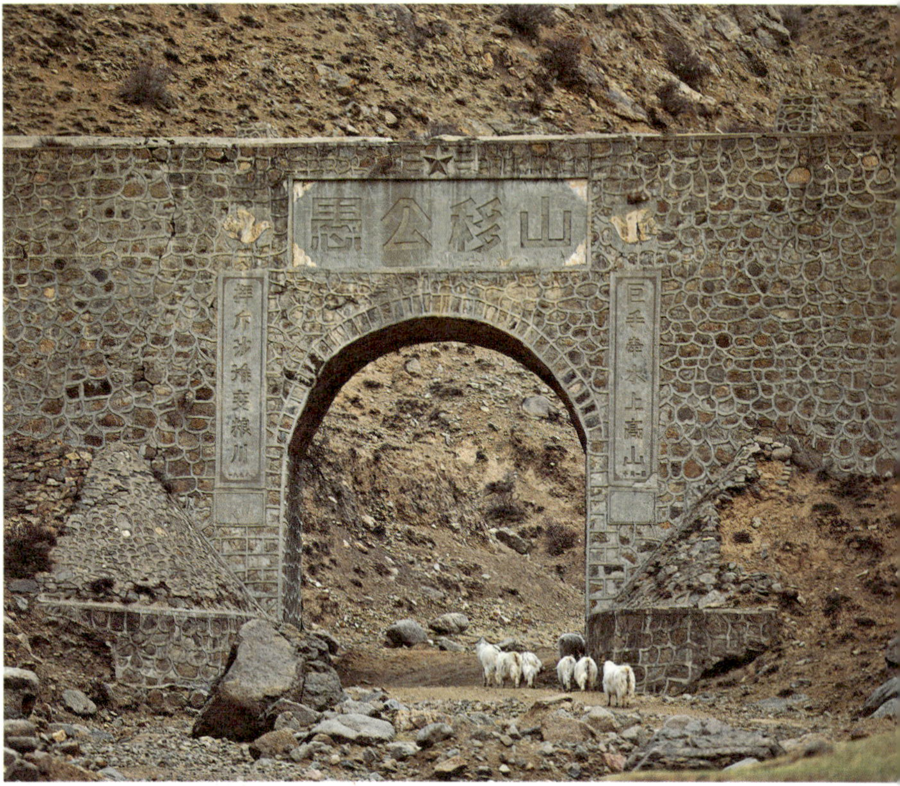
愚公移山
巨手举木上高山
挥斥沙滩变粮川

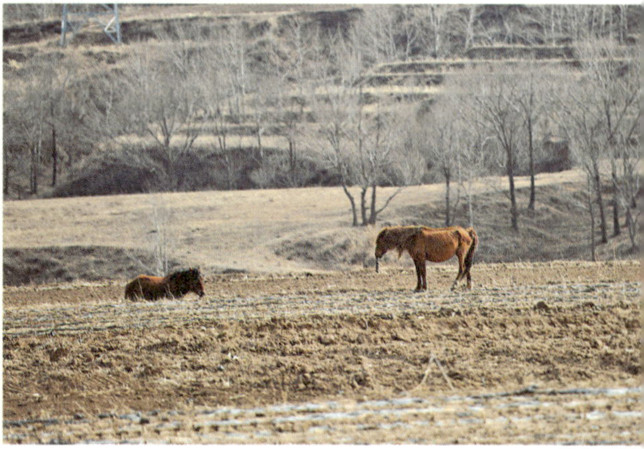

子》《置身于苦难与阳光之间》……喏,这是书单。"

听到《了不起的盖茨比》,我想起书中黛西伤心的话:"单独谈我也不能说我从来没爱过汤姆,那不会是真话。"略略走神。这时,老板抬头看到我,有些惊讶:"燕子来了啊,好几个月没见你,工作很忙吗?"

"是呀,好几个月了,店里还是这样。"

"带书单了没,我帮你找?"老板娘走过来问。

"菲兹杰拉德的书还有吗?卡莱尔的呢?"

"你也要看,这书刚借走。"

"没多余的吗?"

"都是零几年剩下的,积压在库里,没有人买的,又借不出去,韩老师说看,我才翻出来。"老板娘拍拍身上的土,接着说,"折腾了半天,总算找到了,书页都发黄了。"

"哦……刚才那个人……"我伸手指向他出门离开的方向问。

"他是韩老师,你看到了,书刚被他抱走了。"老板娘说。

这时,程老板站了起来,拉我到近处,说:"韩老师的事,我要跟你说一说。"

"他怎么了?"我问,却并无好奇心。

"你不是经常写东西吗?他可是好材料。"程老板眼神坚定。未离开呼市之前,我曾将写出的几篇有关邻居的粗浅文字拿给他修正。他经营这家书店,读过店中半数以上的书,这让我对他信任有加。

小卖铺的老张、修车铺的大刘、诊所的医生,都是我们共同熟识的人,我写出来,他认真对待,每每称好。因而他笃信我对韩老师的故事也会产生兴趣。然而，我或许已经变了，他并不知晓。人终究是会变的。

"韩老师以前是艺校的老师，教画画的，爱好写点诗、拍点照什么的，听说有一次在办公室里画女学生的私照，被当场逮到了，唉，不被理解，被学校辞退了。歇了几个月，估计攒的钱也花完了，老婆天天跟他闹，丈母娘也来了，他只好出来做营生，在路边给人画肖像、设计签名。咱这儿的人粗犷，哪懂这个呀，他是见天的没有生意，挣不到什么钱，还要提心吊胆躲着城管。"

穿校服的学生选好了书，挨个结过账。书店里忽然寂静下来，外面起了风，吹着白色垃圾在地上打转。老板叹了一口气，又说："之后，他去跟人开出租车，当夜班司机。他长得斯文，是读书人的性子，文文弱弱的，碰到硬茬，根本要不得钱，还倒贴了不少，好几次被打得鼻青脸肿的，也不似以前精神了，颓废不少。"

"前年冬天咱们这儿的雪很大，你还记得吗？"老板瞪大眼睛问我，仿佛要立刻得到肯定的答案。

"记得。"我点头。

"他在那年大雪天的夜里交完车回去，看看媳妇不在家，以为回了娘家。待到天亮，打电话给媳妇，关机了，又打给外父，外父说没有见人啊。他四处寻遍，找了好多天，才知道女人跟别的男人跑到外地去了。确认了这件事，他既着急又气愤，且有些羞愧，变了个人似的，少言寡语，再不和人多话。天天去一把手（'一喝酒把手'是街上川味小厨的老板，因少了一只手，便得了这样的称呼）店里，真担心他就此垮掉了。"老板犹豫了一下，感慨道，"他那么有才华！"

"他家不在呼市吗？"

"不在，他是牧区考出来的孩子，爹妈还守着牧场和牲口。叫他回去，他又讲究脸面，觉着自己是供出来的大学生，非衣锦还乡不行。"

我反反复复翻手边的诗集，想着方才见到的韩老师，瘦瘦高高的，有蒙古族男子特有的英气，全然未见一蹶不振的倦态。只是抽烟像个"瘾君子"，他刚刚站过的地方，被踩得扭曲的烟蒂，散落一地，有些还微微冒着白烟。

老板娘默默倚在门边，拂起袖子擦眼睛。老板竟哧哧笑了两声，走到书架旁，一边整理被翻乱的书籍，一边说："他倒是经常来借书，第一次到店里来，我可高兴坏了，替他高兴，他有志气。有时候三天不见他来，我们还担心他生病了。"

"他现下在做什么？"

"听说在给杂志社写专栏、画画，勉强养活自己。"

"他欠你这多少钱？"

"怎么，你想替他还？"老板笑着看着我，"我本来也没打算收他借书的钱，现在能看得进书的年轻人，少。"

"程叔人好！"

"你知道，现在外面许多人脑子里、肚子里除了一点既得利益的欢痛，手上是再也翻不动一页书，眼里是再也看不见一片云，心里也就装不下一个梦了。他可不一样，他不光是想衣锦还乡那么简单。"

"你看过他画的画吗？"

"你瞧，"老板指着账台边的相框说，"他画的，像不像？"

"像，我以为是照片呢！"

"上个月他拿来抵账的。我开始也以为是他拿手机偷偷给我拍了照，在哪洗出来的。用手一摸，是画的，用铅笔画的，铅还沾到手指上了。"

"你都配上相框了，很珍视啊。"

"他是个有理想的年轻人，和你一样，你可不要小瞧他。"

我吃了一惊，"理想"是多么遥远、陌生却又亲切的两个字啊。我何尝不是"知识改变命运"的人，何尝不明白生活之艰难，何尝不懂得牧民家孩子要走的是怎样一条路，又哪里敢小瞧一个有理想的"韩老师"呢？

老板终于回过神来，问我："燕子，你刚才要找什么书啊？"

"书？哦，那本《置身于苦难与阳光之间》，还有吗？"

"刚刚被他借走了。"老板娘转回身，眼睛红得厉害，说，"两三天他就还回来，到时我帮你留着。"

"不用了，那本书多少钱，我买下来送给他了。"

我匆忙走出店门，迫不及待要呼吸外面的空气，甚至来不及告别。我说不出话来，我能为韩老师做什么呢？我的笔勾勒不出韩老师生活的万分之一，仅这万分之一也将是读者寥寥吧。

中午的太阳升得高了，光亮亮的，空气很暖，中年邻居站在存车棚前说话。铁栅栏上牵绊缠绕着牵牛花，花脚处摆着一只旧沙发，是被丢弃又经风沐雨很久的褐黄色。一位瘦小的老人家坐在上面，默不作声，痴痴呆呆的目光与我相视时，我心里一惊。

他的脸灰黄灰黄的，是庄稼人经年与土地打交道留下的印记，然而那灰又仿佛不需要任何修饰，自然而然地和他身上的衣服、沙发、土地融为一体。

我慢慢经过，心底起了叹息，为自己仿佛从那灰暗的脸色上，看到他微不足道的残生。我不由自主想起了陈家爷爷。

陈家爷爷是我小时候最喜欢的老人家，他脾气和善，又爱干净。他的眉毛很长，像年画里捧着鲜红大桃子的寿星的"寿眉"，也像抗战故事里周总理俊朗的长眉。他只有一个女儿，我喊作秀英姑姑，远嫁到他村去了。

我的记忆里，陈家爷爷一直是一个人住在村北的三间土瓦房里。在他身体还很强壮的时候，除了耕种山上的田地，还承担了给乡邻牧羊的活。夏天的傍晚，我们端着饭碗坐在村口吃饭的时候，他正赶羊群回村。羊蹄从土路上踏过荡起的尘土，黄雾一般飞扬，我们只要听到遥遥传来的他挥舞鞭子的声音，就慌忙往家跑，生怕碗里的饭沾着了土，再不能吃。

有时，他回来得晚一些，已经过了饭点，还有几个人吃罢了饭在村口聊闲话，他停下来和大家招呼几句，便跟随羊群回村了。他的步子迈得很大，走起路来，像风一样。

我八九岁的时候，也加入了牧羊的队伍，每年暑假要和陈家爷爷一起，清早赶羊群进山，傍晚归来。有时路远，我实在不能跟上前进的速度，或是不小心扭伤了脚，陈家爷爷总会弯腰蹲下，说："来吧，我背你。"他的背真宽，我常常就放心地伏在他背上睡着了，被他一路背到山里，又一路背回村里。那时的他，身强体健，脸色红红的，总有使不尽的力气。

我第一次意识到陈家爷爷老了，是前年冬天。大年三十，我去后山上坟，路过他的三间土房子，进门去看他。正是晌午，天寒地冻，太阳却亮堂，陈家爷爷躺在东屋窗下的床上，白白的太阳光照着他的脸。他已经瘦得皮包骨头了，手上夹着一根没有点燃的烟，屋子里乱而且冷，没有生炉火，炕也没有烧，寒气逼人。

我见到他，还未说话，两行泪几乎立刻要落下来。我仿佛很自然地拿掉他手上的烟，扶他坐起来，握住他的手。我问他有没有饭吃，有没有水喝。他说村长每天差人送饭过来，又指着桌子上的水杯说有水。我拿起杯子，那里面的水分明已结成了硬实的冰疙瘩。

不知为什么，放下杯子，我便伏在他的身上失声痛哭。我年轻时康健善良的陈家爷爷啊，这样寒冷漫长的冬天，你是怎样一分一秒熬过的。没有人说话，没有电视看，甚至没有热水喝。

他轻轻地拍着我的头，说："是燕子啊，你回来了，回来了。"他的眼睛不再如年轻时明亮，听到哭声才确信是我回来，于是异常激动，紧紧抓住我的手。

除夕的鞭炮声绵延不绝，烟气弥漫如同大雾。我从四邻借来木柴炭火、米面肉蛋，和陈家爷爷一起生火煮饭，烧了满满一锅热水，帮他洗脸洗脚，清洗无人为他刷洗的衣服被面，一起怀念漫山遍野放牧的日子，一起迎接新年。我壮着胆子，在大年夜的爆竹声声中燃放了生平第一挂贺岁的鞭炮。

秀英姑姑初二回来，陈家爷爷对她说："去买一瓶敌敌畏来给我喝吧！"

敌敌畏是我们乡下用来为庄稼驱虫的农药，这是他在年节上对女儿最后的恳求。我站在阳光下听着我的陈家爷爷近乎绝望的话语，他瘦得脱了样，眉毛显得更长了，只是已经全白，手指甲又长又灰。

我像小时候一样，用手指轻轻碰一下他的眉毛，说："这样的眉毛是长寿眉呢！"却又不自觉想到他此后要独自面对年老的孤独和生活的艰难，心嗒然而落。在我的心里，他实在还是我小时候那个健壮俊朗、说话大声、浑身力气的爷爷啊。

离开时，他不舍得放开我的手，哀伤地说："燕子，别走啊，燕子，你到城里可怎么办好？"在他心里，我或许还是年少时的模样吧，因而对我的远行挂念着，怕我被欺负、被骗、被伤害。

这些年，我们对彼此仍有着朴素的依赖和牵念。那年秋尽，他于病中辞世。工作的缘故，我没能回去参加他的葬礼，晚上下班去花店定做花圈，悄悄念着"慈竹当风空有影，晚萱经雨似留芳"的挽联，我仿佛看到他站在高高的石头上点燃一支"大青山"，绿色的草地上，羊群在低着头啃草。

蓝天高远，白云悠悠，时光在慢慢流淌。我下学经过，他远远地看到，放大声音喊："燕子啊，燕子回来了？"

然而，光阴流转，内蒙古高原又一年秋尽，还有谁会在乎一个有理想的年轻人的"梦"呢？又有谁会在意一个孤苦老人最后的生命是怎样潦草结束的呢？我怎会不明白奋斗之路总免不了孤独，怎会不懂得生老病死是人之常情？只是这过程凄凉，不免仍教人哀苦。可是我身边的你们啊，我深爱着的人们，我们彼此只能在心里默默地祝福着对方,越来越好,越来越好!

有大风吹过,柳树成片的黄叶子在不远处飞舞。北方的树,春生秋凋,一岁一荣枯,有着清晰的年轮。它们的叶子总是一边黄一边落,待到冬至,西北风接连呼啸几个长夜,叶子凋零干净,树的身量、轮廓、姿态便干干净净地裸露在大地上,向着天空伸展。吴承恩在《西游记》里说"人生一世,草木一秋",我想,这是很有情的话罢,人生一世长如客,何必今朝怅别离。

暮秋之味

有段时间，我养成了傍晚散步的习惯。在小区里，从人家的窗前走过，经常听到炒菜的声音——油下锅了，葱姜爆出香味，哦，是不是开始炒肉了？一阵带有香味的滋滋声之后，做饭的人开始加调料，倒的是酱油，撒了香菜，然后是铲子和锅相触的金属声。咽了咽口水，听到盘子落在大理石台面上的声响，便知道菜出锅了。饭菜的香气像浪头一样打过来，打得人魂不守舍。

人真是一种奇怪的物候性动物。此前，还是仲秋，天气还未彻底冷下来，想吃的都是带有新鲜凉气的冰镇食品，每一样都恨不得是刚从冰箱里拿出来的，冰镇的西瓜、可乐，好吃好喝。然而北风才刚刚吹起来，长袖衣服外要加一件薄外套了，人就已经不由自主地想吃热乎乎的东西了。及至秋深，更是非常迅速地怀念街角糖炒栗子与烤红薯那诱人的暖香气。

炒栗子和烤红薯，是姥姥最中意的食物。

幼年在安徽生活过一段时间，五六年的光景。那时于我，姥姥还只是个有点和蔼的、卖货的老人家。她常年在我所生活的福利院外摆小摊，售卖日用品、小食品及其他。她有一个沉重的手推车，四季之间，车上所售卖之物各有不同。夏时白白的雪糕箱子，秋后热乎的炒栗子和烤红薯，冬天的冰糖葫芦，都是作为小孩子的我的痴馋之所在。

"热乎乎的糖炒栗子、烤红薯来！"在细雨绵绵的深秋，西风劲健，送来烤货的甘香和诱人的叫卖声，让坐在冷风里的小孩子，舌下很快流出口水来。然而，哪里敢跑去问大人要钱买呢，只好痴痴坐着，任由馋虫在肚子里打转。

"来半斤栗子，两只烤红薯，红薯挑俩个儿大的。"远远听到有人买东西，然后是自行车链条咯吱咯吱骑远的声响。真是馋呀！终于忍不住，跑到大门边，门已落锁，只好站在门内向外望。老人家忙过一阵，转身看到我，大概被雨淋得湿透了吧，她总是一遍遍挥手让我回去。我哪里肯回，依旧那样站着。

待她天黑收摊时，便递我几只烫栗子或一只滚热的红薯。板栗圆滚滚的，红薯则瘦瘦长长，都带有炉火的气息。我捧在手里，像是获得了莫大的安慰一般，连冷雨的秋天都觉得温暖。我赶紧欢快地跑回屋，同人分食。因为少，这样的栗子和红薯让我们觉得十分珍惜，每个人吃上一小口，其绵长的甘香，就像春天的光照在身上。我很爱这样的时刻。

许多年后，这位卖货的老人成了我的姥姥。我们在乌兰察布生活的村子，在草原一处半山腰的位置，地势相对较高，前后都是山和牧草,沿着山道出村绕出,所见皆是牧草和沙石,树木稀少,更不用说高大的板栗树等树木了。

我们国家地域辽阔,那时年纪尚幼的我,并不知晓自安徽至此地已逾一千五百公里,农作物和经济作物的种类自然并不相同。即使是在南方吃到不想吃的红薯,到了内蒙古中部高原,因受季风、气候和产量的影响,也很少栽种。

姥姥带我离开那天,也是暮秋。收拾好行李,我们在居所的门前栽种了一棵小小的栗子树。是个阴雨天,雨不大,沾衣欲湿。我站在一旁,看她费力地用铁锹挖出树坑,把幼树放进去,再将挖出的土一锹一锹填回去。她去门外的池塘边打水,命我站在土上去踩。

那是我第一次认真投入于一件事。因为知道就要离开了,忍着不要掉眼泪,围着栗子树,一脚一脚,踩实。姥姥将水拎回来,又轻轻踩一踩树四围的土,让树立得端正。我一瓢一瓢给幼树浇水。一桶水浇完,这棵栗子树就算种好了。我们就要离开了。

这样一个简陋的坑和一桶水,是我们给它的唯一的照顾。种在南方土地上的植物,好像可以不用怎么管,它们就能好好地活下去,三五年之后,就能独自长成一棵大树了,枝繁叶茂。

"今年,板栗树长大了吗?"我问姥姥。

"等我们燕子长大了,小树就长大了。"

"那我什么时候能长大?"

"明天。"

"真的吗?"

"当然是真的,姥姥什么时候骗过燕子。"

就在这样一个明天接另一个明天里,我上了小学,升到中学,也读了大学。秋来了,秋深了。一晃许多年过去了,我再也没见过我们的栗子树。那树应该长大了吧,结没结板栗?淘气的小孩子会不会爬到树上去摘栗子?我都不知道。但是每年深秋,我都会问姥姥要炒栗子和烤红薯吃。

姥姥总是说:"栗子和红薯里面都是淀粉,土豆里也都是淀粉,它们味道一样,不信你尝尝。"于是递一只刚烤熟的土豆过来。我别过脸去:"才不要吃,你骗人。"然而,到了晚上肚子饿的时候,还是跑过去将放在炉边的那只烤土豆捡起来,坐在火炉旁,掰开来,一口一口滚烫地吃完了。

我至今仍记得小时候对于炒栗子和烤红薯的热爱,因获得的艰难与稀少,已趋近于向往。等到我在呼和浩特工作,已是二十多岁的年纪,开始明白"好好吃饭"是一件重要的事。从前那种对零食的馋念差不多断绝了,对超市里大部分零食都失去了少时的兴致。

但是,当秋风起来的时候,我还是想念糖炒栗子和烤红薯的味道,甚至连烤土豆的味道都十分怀念。然而姥姥已经不在了,我不能站在秋风秋雨里望向她,不能伸手去接她递过来的几颗栗子、一只烤红薯或者烤土豆,更不能问她那棵板栗树有没有长大。

有时候到区外的某个城市出差或旅游,于街角看到一棵板栗树,总是忍不住惊叹,真好啊,想不到在这里遇见你!也是为此,离开前都要跑过去再看它一看,像是去看我自己,在一个陌生的地方,是如何地生长,如何地和过往告别。

更前一段时间,降了一次温,如常的冷风里,我对先生说想吃糖炒栗子。他说要买,苦于一直没遇上好吃的栗子。后来我们因为一点小事闹脾气,他便就近买了冰冻的栗子给我,以示无所亏欠。我剥开来吃,那样冰凉的栗子的味道使我陌生。这是栗子吗?这样的栗子,只能尝一口作罢。一些经历,已如逝川不再。

但自何时起,这些季节中流转之物,承载了我许多记忆,而我也在不知不觉中,成为于时间无涯的荒野中流转的人?我所想念的暮秋之味是什么呢?大概是一个陌生的老人,收拾完货摊,向我递出的,称之为"家"的味道吧。

种　花

时间进入九月份，内蒙古中部高原的秋天便一日深似一日。生活在这里的人，对于秋天是什么时候来的，都几乎记不清了，大概从立秋日开始，又或者是前段时间下的一场大雨之后，天气渐渐地凉起来，风在晌午还是温热的，到了晚间逐渐转凉，及至冷。忽然在某天夜里，踢开被子的人不小心被冻醒，才知道"真到了秋天了啊"，冷了！

而使我明确知道秋天到来的时刻，是小区一楼种菜种花的园子，红透的西红柿、弯弯曲曲向长生长的黄瓜、老了的紫茄子和四季豆，以及邻人木栅栏上熟透的葡萄。倘在夏时，那家人常常坐在葡萄藤下吃晚饭，男人讲话的声音很响，女人温柔地笑，小孩子格外淘气，不能乖乖坐下吃饭，总要跑来跑去，吵着和栏外的同岁人去玩滑板车。他家的栅栏外种有许多株格桑、蜀葵和紫茉莉，又野生有三两片牵牛花丛。我上班下班路过，倘若时间富足，总是要停下来看一小会儿。

格桑的花期较长，一朵花往往从早晨开至晚间，到第二天、第三天才渐渐败下去。蜀葵花则开得迟几日，过了端午，才开出小小的绢纸一样的花朵来，紫红色居多，偶有几朵白色和粉色的，显得十分清丽。紫茉莉只有两株，开在每日傍晚时分，我们小时候称它为"五点半"或"晚饭花"。大概是在五点半将吃晚饭时刻盛开的缘故，太阳就要落山了，它静静地开出如裙裾般漂亮的花朵，且带有香粉一样的少女气息，在夏日的黄昏，使人心间忽然涌起一种略带惆怅的快乐。牵牛花则开在清晨，点缀在四处攀爬的藤蔓之中，有一种特别热闹向上的感觉。

牵牛花是在乡间长大的孩子对于花的最初记忆。我小时候喊作"喇叭花"，与其形状有关。工作之后，每回说起"喇叭花"这个名字，总对它有隐约的愧疚，这称谓带有乡间人家取名的粗糙随意，就像秋天出生的孩子取名"秋生"一样，随随便便取了个名儿，只要可以区别于其他名字便好，因而，实在称不上雅训。即便知道了它的诸多名称，我却仍不愿用"朝颜花"一类的学名来称呼它，毕竟它盛容着我对童年夏天清晨的全部记忆——虽然只在一个早晨的时间，牵牛开出的花便萎谢了。

就在这一两个小时花开的光景里，放牛的小孩子已经牵着牛从后山上回来，牛喂饱了，可以开始一天的活计，小孩子则背起书包赶到学校去。喇叭花很快就谢了，在小孩子心里，有着淡淡的可惜，却未必有着长大之后的惆怅和忧愁。这是年少的好。

长大后，读书时看到日本作家志贺直哉在《牵牛花》里说："牵牛花的生命不过一二小时，看它那娇嫩的神情，不由得想起自己的少年时代。后来想想，在少年时大概已知道娇嫩的美，可是感受还不深，一到老年，才真正觉得美。"不由得想到多年前在老家的日子。

小学五年级前后的几年，我和俊英两个人都特别喜欢养花。那时候，村子里年龄相仿的小孩子还很多，不知道什么原因，种花养花这种风气便盛行起来，尤其是在女孩子间，像是一种美的感染。有一年夏天，家家门前或菜园边上，忽然长出许多花来。这些花大抵相同，都是最普通的指甲花、五点半、喇叭花、格桑。讲究一些的人家门前，则种有几株月季，还有芍药。

村东陈小玲的奶奶家门前种着一大片芍药，另有一丛红花月季。自春入夏之后，月季先开出许多玫瑰样的红色花朵，我和俊英羡慕极了，怀着摘一朵花的私心，两个人厚着脸皮去找陈小玲玩。平日里并不怎么往来，我们忽然喊她一起跳橡皮筋，她十分意外，却还是玩在了一起。皮筋没跳几个来回，她就败下阵来，悻悻地讲"不要玩了"。我和俊英只好让着她，挑她擅长的游戏玩，譬如踢毽子，或抓羊骨。然而她却仍旧不能赢我们，在接连输了好多场之后，陈小玲终于忍不住哭起来，告诉她奶奶："燕子欺负我。"

"不是，是小玲踢毽子踢不过燕子。"

"我没有输，她俩合伙欺负我。"

"哼，你耍赖，赢不过就哭。"

"我才不哭哩，接着玩，一定要把你们打败。"

陈家奶奶知道是小孩子间做游戏的玩笑事，并不当真对待。坐在门前一面纳鞋底，一面笑着讲："小玲去和燕子一起写作业，燕子学习好。"

"我才不和她们一起写作业。她们是想要咱家的月季花,别以为我不晓得。"

一下子说得我羞愧极了,我确实是想要一朵花的,只好红着脸,讲:"我是看着花好看,想要一朵回家养着。"

陈家奶奶笑着站起来,拿剪刀在月季的枝头上剪了两枝,分别给了我和俊英。我们仍旧红着脸接下,连谢谢都没来得及说,就珍重地捧着花跑了。回到家,我们把花枝靠下部分的叶子摘去,只留下靠近花朵的几行叶子,使花枝看上去干净疏朗。找出俊英爸爸喝酒剩下的空瓶子,灌上清水,将花插进去,放在床边的木柜子上。每天换水,直到花被风干了,都没舍得丢掉。那花便在床头放了一个夏天。

夏天的气息渐浓时,芍药花开了。紫红色的花瓣,盛大且繁密,乡邻们都将它和画里的牡丹混为一谈,言谈之间奉之为花神。对于我们小孩子来说真是好看啊,每天总要找理由从陈家奶奶门前路过,偷偷看一眼。早饭后,微风缓缓吹过花枝,麻雀叽叽喳喳落在芍药花旁的空地上,我远远地站在树下,喊陈小玲上学。

陈家奶奶端着碗站在门前吃饭,看到下田的人从花前面路过,就和人家打招呼。邻里间这样的日常在盛开着的芍药花的点缀下显得如此不同,但又和平常没有什么不一样。我在心里想,如果是在雨后,在微凉的雾蒙蒙的湿气里,风从芍药枝头拂过,大概另有一番景致吧。然而,那年夏天雨水稀少,我们还没有见到雨后芍药的景致,花瓣就簌簌落了一地。

次年六月,这片芍药又热闹地开出紫红色花朵,可爱鲜明。我知道这花"名贵",只在心里默默地爱着,连想要摘一朵的想法都没有。远远地看它们于盛夏雨水降临时,花头垂落下去,圆鼓鼓的花缘边沾满水珠。天晴后,水珠被温软的风吹干,花瓣渐渐失去原有的光泽,紫红的颜色一点一点暗下去。过了一天,圆鼓鼓的花碗不见了,花瓣都落到花根旁潮湿的泥土里去了。匆匆,又一年。

前几天下雨,在一楼种花人家门前看到指甲花和晚饭花黑色的种子掉落在地上,蹲下身去捡。花枝湿气楚楚,枝叶缀着雨水,大风吹过,积水忽忽倾落一身。一旁缠绕在篱笆上的喇叭花,藤叶渐黄,入秋后,只剩得寥落几枚花苞,不复有夏日之繁茂,叶蔓间结着蒴果,映衬着雨后深蓝的天空和秋日丰富的白云,颇具深秋的姿态。

那个周末回乡,在从前种芍药的地方遇到陈小玲的妈妈,她正在场基上晒玉米。我张口喊这个已经头发花白的妇人"陈家妈妈"。小时候在村子里的人只有我这样称呼她,她仿佛已经忘记了,若有所思片刻后,终于缓缓地应声说了句:"燕子回来了。"

从前种芍药的地方被改成了道路,芍药花已不知去处。那时一起看花的陈小玲、俊英和我,也都嫁到另外的地方,经历着各自的悲欢离合。不知道她们生活的地方,还有没有芍药花开?她们爱着的男人,会不会像小孩子爱花一样爱着她们?也不知道在离开家以后,她们会不会和我一样,常常想起陈家奶奶门前的那片芍药,想到盛夏将临时,红花开满枝头?

然而,那门前的小花园、被风干的红月季和默默爱着的芍药花,却是我们年少时体味到的最初的美好与孤独,是在乡间生长的小孩子无意中敲开的成长的大门。

时光久远,仿佛一转身,秋又渐渐向深了。无端想起一句:"人影窗纱,是谁来折花?折则从他折去,知折去、向谁家?"而从前折得的那些花,还有一起种花的她们,都去了哪里啊?

直到秋天到来

日历上显示，再过五天，就是立秋日。

夜里听到沉重的雷声，自窗前滚过。继而大雨哗啦啦落下，使呼和浩特本就不算热的仲夏，更多了凉意。我披衣去楼外看雨，天边扯着火闪，一道一道刺破夜的底色，此起彼伏。疾风骤雨，人好像走在瀑布里。

清晨雨住，雨后的天是灰扑扑的青色，在太阳未升起的时刻，四周飘着薄如纱帐的雾气。我照例去晨跑，瞧见城外的山腰缓缓升起薄雾，想到一整个七月，田螺兄都在山里。忽然觉得古人的诗好，比如韦应物的两句，"今朝郡斋冷，忽念山中客"。再一句，"欲持一瓢酒，远慰风雨夕"。表达的正是当下的心绪。

敕勒川公园的树林里有鸟儿在叫，是我所不熟识的声音，那叫声不是布谷和百灵，像人类短促的吹口哨的声音，却是初学者的口哨声，不流畅，咕噜咕噜在嗓子里打转，使人听了有一种哽咽感。

道侧的金银花在落,落在绿化带里、共享单车的车座上。从前姥姥爱种花,金银木也种过,不过是小小一株,在院前搭好的一架葡萄棚旁边。金银木的花瓣可入药,姥姥在花开时收集好,晒干,秋冬沙尘与风雪来袭的日子,再取出泡茶给我喝。

受姥姥影响,我习惯用植物的状态作为时间的刻度。说起来我们内蒙古中部高原,多草场,多田野,多山头,却不大有树,除了经冬的积雪在夏时融化冲出的河道两侧稀疏的杨树外,就没有什么高立于地面的植物了。

我长大后到城里读书,看到别人家乡高大的乔木,江南漠漠水田间一棵开花的树,心里简直惊呼,羡慕那样一棵高树。但村里人家的院落,也散种一两棵大一点的树,多是果子树,瘦弱。只有不结果子的杨树、榆树长得高大些,生长于路口屋拐。我小时候下学总要爬上去写作业,去掏鸟窝。也从树上摔下过,拐着腿月余才见好。

幼年最喜欢的,却是山桃树。有一年春时,俊英爸爸在我们两家院子相邻的空地上种了一棵树。我和俊英起初以为只是一棵普通的树,等到次年三月,深褐的树枝上开始蓄累花苞,四月花苞逐渐鼓胀,端头露出一点粉紫。

有一天清晨我早起放牧,刚出房门,豁然看见这株山桃白了。姥姥和村里的另一个老人,正站在树侧,也不说话。这场景使我眼前一亮。多年后读《桃花源记》,想到此时光景便觉得像豁然洞开的渔人。

再过几日,整棵树都开满了白花,如积玉堆雪,映在土坯房前,比照分明。乡间风疾,不多时,花瓣便逐渐零落,掉在树下的空地上,积出粉白的一层。太阳晒着，落花很快萎蔫失去水分。留在枝头紫色的花蕊也逐渐干枯，在花蕊下面，绿色的子房慢慢变大。

又过些时日，结出了很小很小的毛桃。那时正是春夏之交，在六月，我到县城参加高考。七月桃子成熟时，我们分到九颗，姥姥将桃子放在装鸡蛋的篮子里，拿去街上换我读大学的学费，留下磕碰得破了皮的一颗给我吃。

"山桃这么好闻啊。"灯下，我递过去给她。

"燕子尝一口看好不好吃。"

"姥姥先吃才行。"

"姥姥吃过了，不爱吃。"她转身要走。

"那我也不爱吃。"我咽下口水，将桃放在炕桌上。

煤油灯静静地照在桃身上，微微泛红的果肉如浮光跃金。桃子的香气，仿佛隔了一二十年的光阴，自带了温柔绵长的滤镜，是那么香甜！那颗桃子最后究竟是怎么分食的，我已记不清楚，但姥姥以桃所给予我的关爱，她伸出的手、望向我的眼睛、嘴角的笑，我都记得分明。

此后，山桃花开了，我便知道是春天。毛桃熟了，便到了夏天。金银花落时就是初秋，桂花繁盛便到了一年的秋中，而寥落的深秋，就是胡杨黄叶可爱的季节。植物有信，皆未曾辜负于我。但是在秋天以外，无论是金银木、桂树，还是胡杨，都不引人注目。

人类加诸植物的标签，均与"美"有关。有些树属于街道，有些树属于园林，有些树属于庭院。没有好看的花，或者花朵过于朴素，它们也只能生长在街边或园林偏僻之处，不消人如何管，就可茂盛一季，生出真切自在的野趣，亦使人很是宽慰。

当风吹落金银木第一朵花，白色纤长的花瓣轻轻飘落，不扰人心，正是由夏至秋该有的配色。逝水就这样悄无声息地流淌着，七月过去了，呼和浩特的夏天便到了尾声。

秋日、粥食和菊

对于怀念的人来说,秋天不过是一碗粥罢了。

一

今年呼和浩特的秋天是哪一天到来的呢,我已经记不确切了。

原先成片盛开在路边的格桑花渐渐败落,国槐树结出青色略带透明光泽的豆状果实。风里有了凉意,早晚更甚,站在路边等公车的人穿上了厚外套。天空变得如同水洗过一般,纯粹地蓝着。云也起来了,有时候几朵,有时候连成片。

树叶在变黄吧,我都不晓得,好像忘记季节变换似的,埋头工作生活,早出晚归,没有抬头看一眼。直到某天走夜路,踩着沙沙的落叶归家,空气真凉呀,穿单衫的我竟被风吹得瑟瑟发抖,才忽觉确实是秋日了。

之后，初秋迁延了半月余。上班的人仍旧披星戴月，在背向窗户的写字楼里，开关窗户的时候，或是起身打水的时候，偶尔望一眼窗外，总能看见洁白的、丰盛的云朵卧在天空，对面的楼太高了，把云切割成一块一块不完整的形状。

但有时候透过高楼的间隙，视线尽头是更远处的大青山（属阴山山脉），青蓝色的山顶飘着一条长长的云带，和少年时记忆里的模样所差无几，心里觉得亲近而喜悦，忍不住多看几眼。在这样一日一日的遥望中，云影变幻着，秋日便一天天加深着。

二

时过九月，天忽然黑得早了，白日变得短暂，也更使人珍惜。只不过六点多钟，太阳便沉到西边的建筑群里，一副暮色沉沉的模样。气温还未降到零下，还算是秋季，大约在初秋向深秋过渡的时节。

这时节的傍晚是呼和浩特一年中最好的时候，白天的云朵染着金边渐渐漫入无尽的暗蓝之中。灯亮起来，一点两点连成一片。马路上的车流仿佛也慢了下来，卖菜的女人一边同客人对话一边玩手机，老爷爷背着手在行道树下散步，年轻的爸爸驮着幼儿过马路，一对情侣站在路旁讲悄悄话，只有外卖小哥车铃叮当飞驰而过。

风从树梢落下，抚过人脸，有微微的凉意，这时候应该坐在路边喝一罐啤酒，或吃几签羊肉串，才不辜负秋光。然而，终究是天凉了，秋风刚刚吹起时，摆在呼和浩特大小街区的路边烧烤便迅速缩到店铺里去了，这一年露天吃肉喝酒的日子，就这样随着夏天的结束而结束了。

从傍晚进入夜幕，也只有短短一刻钟时间，天色就从暖色系变幻到冷色系，夜空渐渐像深海。路侧几辆共享单车安静地停着。饭馆朱红的大门前卧着一只大狗，乐意睁眼睛时，就睁眼看一眼路过的人；不乐意时，索性闭眼不见，十分悠然自得。我走近去拿手机给它拍照，它也不理会，兀自卧着，连眼都不愿睁一下。

几个穿校服的少年，骑车呼啸而过，笑声传得远远的。我便想起从前读书时，也是这个时节，晚自习放学回家，一个人骑车飞快地穿过空寂的街区，好像要把什么甩在身后一般。那时候已经算长成大人了，逐渐体味到很努力但能力不足的人生活的哀伤，身体的无力感很强，脑子却无比清醒，内心也无比坚定，隐约知道另一个自己还在用力活着、用力奔跑，不愿意就此放弃。不由得有一丝伤感，老话里"伤春悲秋"的意味便是如此吧。

光线更加暗淡了。一群鸟从远处飞来，又飞过去，最后一点夕光打在飞翔的群鸟身上，在夜色里起起落落，闪烁着奇异的亮光。

三

很快便到了中秋。

每年中秋，人们是要吃羊肉的，杀羊自然成为中秋前夕的习俗。小时候，村里的几十只羊都在我们的羊圈里养，多是村里大户家寄养的，属于我和姥姥的只有一只母羊并三两只小羊。

每到农历八月半，就会有商贩开着带斗的卡车走村串巷收购老羊和羊羔。商贩讲"城里人爱吃羔羊肉",因而羊羔的价钱要高一些,我和姥姥则舍不得将出生不足半年的小羊卖出去。

"它还这么小,实在太可怜了。"我对姥姥讲。

姥姥温柔地抚摸着小羊的头,说:"等它长大一些吧。"

"明年也才一岁。"

"那就等明年看吧。"

有一年,新闻里说牧区的牛得瘟病,牛肉只能贱价卖出,而收羊的价钱忽然高了许多。于是之前养牛的人家纷纷"转行",也就从那年开始,牧区的羊多起来,我家羊圈不得不扩建,随之而来的是放牧的时间变得长起来,姥姥担心羊吃不饱,总要等一等。常常要到天黑了才能回家,匆匆吃完晚饭,安顿好羊群之后,便再出门去。趁着雪还未落下来,到山上割草,背回家摊在院子里晒干,用作夜间和冬天的羊饲料。

姥姥说:"羊吃干草长得快,肉实。"

"是不是能卖好价钱?"

"能,能多卖些。"

"多卖多少?"

"很多。"

"有一百块那么多吗?"

姥姥不作声。我怀着对一百块的幻想,放下书包,跟着姥姥上山,拼命割草。山上的风真大啊,吹得脸和手都皴了,裂出了口子。月亮明亮亮地照着,霜一点一点落下来,沾湿了草叶。

大风吹过山、草、树和我们,吹得人鼻涕流下来。

"燕子,冷了吧?"姥姥问。

我一面吸鼻涕,一面说:"不冷。"

"饿不饿?"

"不太饿的。"

在秋夜寒冷的空气里,走完十多里地山路,已经饿得魂不守舍了。然而,心下还是决意再坚持一下。蒿草在风里叶叶相拂,发出窸窸窣窣的声响。远处传来猫猫(我家小狗的名字)的吠声。夜渐渐深了,月亮升到了头顶,该回家了。那时家里一日仅做两餐饭,少油水,我们在冷风里坚持到终于不能忍受时,便开始打草卷,预备回家。我背一小捆,姥姥背一大捆,再走完十多里山路回家去。

炉子上坐着晚饭时留下的米粥,姥姥端到炕上。在抖落风霜,气喘吁吁地脱下沾满草籽的外衣之后,两个人坐在油灯下,认真吃完。滚烫的食物给人心上带来巨大的慰藉,对于饥寒交迫的胃来说,没有什么是比热粥更有滋有味的食物了。

四

年复一年的大风吹过,一个秋天连着一个秋天过去了。

时间终日呜咽,奔流向前。

五

十五年不过一瞬间的事。

十五年前的那年秋天，我带姥姥从牧区到呼和浩特，改变原有的生活习惯，努力适应城里的节奏；十一年前的秋天，我参加工作，为她挣小时候觉得很多的"一百块钱"，留下她日日守在出租房的窗边，望向我下班回来的路；十年前的秋天，我带着她的骨灰回到乌兰察布，从此在两个世界里互相思念。

在她缺席的三千多个日子里，我依然要走比十里地更多的路，依然要藏起生命的缺失，依然要在人生的重复平淡中迎接劈头浇下的冷水和一些突如其来的痛苦，依然没有她、没有坐在炉火上等我的粥。我才终于知晓，这个世界上最香甜的食物不过是那碗粥啊。

我对爱最初的认知也在那碗粥里，那碗姥姥递过来的、米粒稠一些的大半份粥食里。

姥姥就是这样，养狗就对狗好，养猫就对猫好，养羊就对羊好。她一生善待所有她遇见的人、养过的动物、种过的植物，甚至吃过的食物，她都珍之重之，不轻易舍弃。她教我写下的字、读过的书，她带我走过的路、看过的风景，都是她所希望我能拥有的，她不过是希望她的燕子能识得乾坤之大，也怜得草木青青。

六

进入十月中旬，从西伯利亚来的冷空气，把呼和浩特的气温逼到零摄氏度左右，仿佛深秋还未到来，就迅速到了冬天。天冷得使人措手不及。前几天下班回家，天已经黑了，风很大，落叶被吹得无处安身。站在停车场接电话，住在高楼的人家窗子里透出光亮，一束两束三束，折叠着，打在黑夜和过路人的身上，很温暖的样子。然而，风却加重了寒冷的意味，我握着电话，第一次感觉到冻手。

此前的周日，参加完同事婚礼回家，去阳台晾晒衣服，望见一处人家的院子里菊花开着，紫色的、金黄色的、白色的，在秋日的阳光下，明晃晃一片，十分动人。从前姥姥称菊花为"九花"，后来读书，在傅芸子《春明杂记》里看到"北平人士，喜养九花。九花者，平人菊花之谓也"之句，才敢以"九花"作称。

菊花是秋天的花，从前在乌兰察布旧家，每到秋天，姥姥便在花盆里养上几株，多是黄色的蟹爪菊，明黄色，带有阳光的质感。晚间气温降下来，则移到房间的窗台上，借着窗格透来的一点月光，静静地开着花。

有一日，刮起大风，风脚呼呼拍打窗户，姥姥担心菊花被风吹掉到地上，便点燃油灯，将花自窗台移下。我记得那个夜晚，在凛冽的寒风中，月光从窗格透进来，照着姥姥和九花的侧影，真好看啊，像在画里一般。那一幕，成为我年少时关于秋冬的暖色记忆之一，一直到今天，都能清晰地记起。

然而，那个周日，还是因为爱惜周末时光可贵，一心赶着要紧的事情做，便没有走下楼去看菊花，只远远地望了望。阳光好得晃眼睛，天也蓝得纯粹，谁家养的一只公鸡在啼叫，像回到了年少时光。于是站在暗夜的风中接电话时，忽然想起阳光下摇曳的那片菊，兴致勃勃地绕过去看，花的主人正围坐在客厅吃饭，暖黄的灯光下花影灼灼。

"真是好看的花啊，"对着电话里的人讲，"你明日出门记得寻花看。"

"马上下雪了,哪还有花开?"

"有。此花开尽更无花。"

"这里菊花都谢了,天冷了,快回家吃口热饭。"

"好。"

"你吃什么呀?"

"早上预约了粥。"

七

冷空气吹过,前天黄昏,呼和浩特落下今年冬天的第一场雪,秋天真的过完了。想念的人啊,希望来世重逢,我们还能在深秋寒冷的夜晚,分一碗粥,把米粒最多的那半碗递给另一个人,互相说着:"我不饿,快趁热吃了。"

秋天是什么呢?对于怀念的人来说,秋天不过是一碗粥罢了。

秋时菊

一

霜降之后，便到了旧历十月，呼和浩特的秋天也近了尾声。依旧历，自然有"十月一，送冬衣"的习俗，除却"冬衣"，人们去扫墓，还会捎带上几枝或一束菊花，颜色多为黄白两种，街角随便一家花店皆可买到。这是我对菊花最初的认知。

菊花算得上我认识的很晚的花了，大概是到呼和浩特读大学之后，才于中秋时节的校园里见到，繁茂一片，多为盆栽，置放在景观带里，供往来路过的人观赏。内蒙古中部高原干旱寒冷的气候，实在不适合随便养什么花，故而，乡野之间很少见到野生菊花的踪迹，最多不过是"菊科"植物，瘦瘦弱弱的，生长、开放在草原某处，总是不小心被马蹄踩折了枝茎，或是被湿漉漉的牛粪掩埋起来。

另有一种蒿草，开出的花是小小的菊花样子，姑且算作一种菊

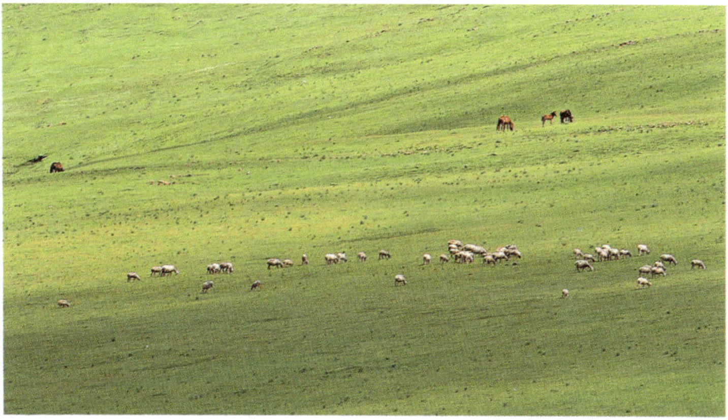

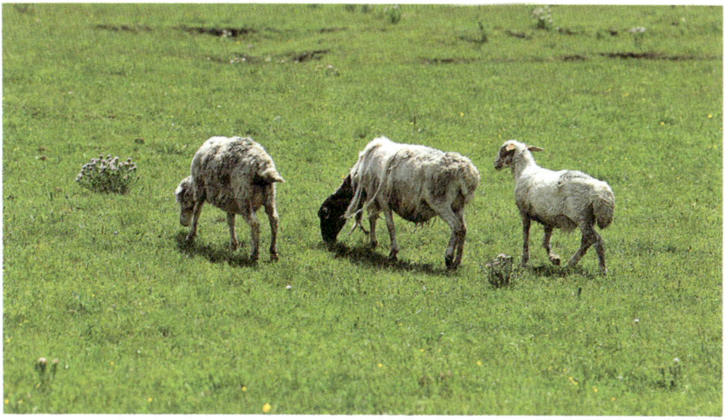

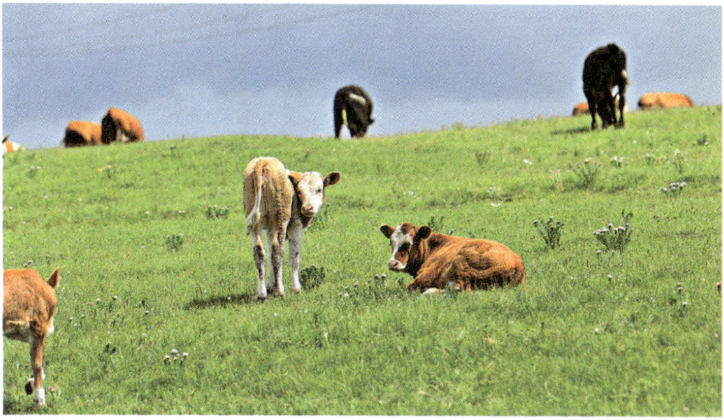

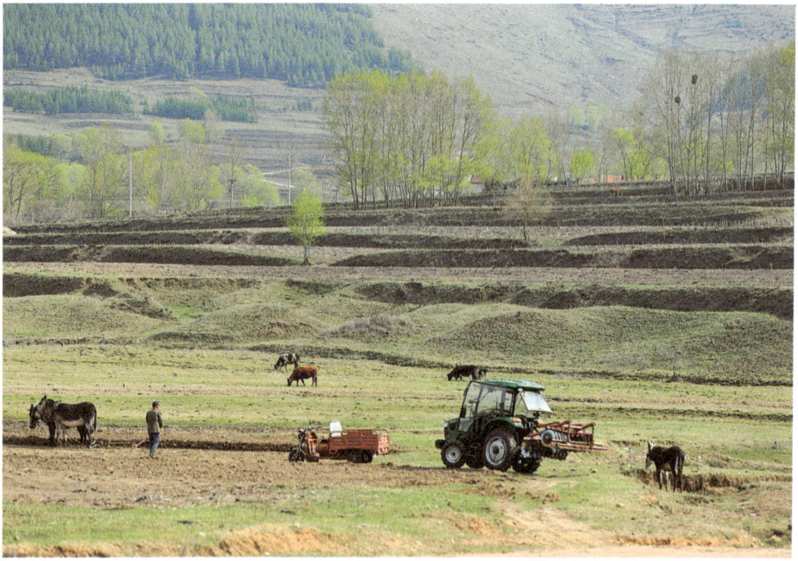

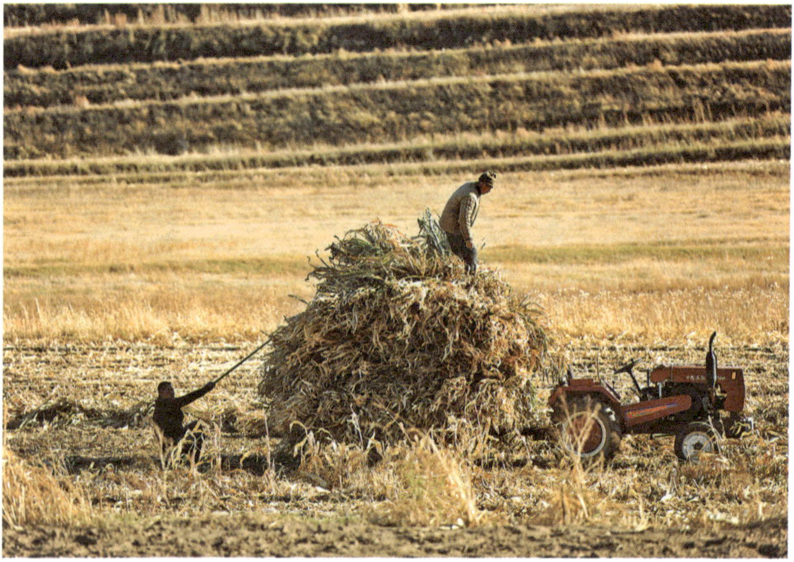

科植物吧，清明前后开始发芽，七八月时植株已足有二尺高，尖尖的羽状裂叶，叶底覆有一层薄且软的白色绒毛，秋天时白毛自叶片飞落，随风四处纷飞，引得易于过敏或患有鼻炎的人们喷嚏连连，也是让人讨厌的。然而，它的花却很好看，是少见的青白颜色。我少时放羊牧牛见到，会采一些带回家去，插到俊英爸爸喝酒剩下的空瓶子里，欢天喜地放在炕头的桌子上，看到它那样安安静静地开着，心里揣满了高兴。

小学五年级时，有一天夜里，我趴在桌子上写作业，姥姥在炕角侍弄花草，菊科植物带着微微寒意的香气传来。我侧身去看，头发便被煤油灯倏地冒出的火星探到，燃了起来。我于惊惶中去灭火，也顺手打碎了插花的瓶子，内心的失落、惧怕可想而知。姥姥因担心我被烫到，当下十分生气，责我做事情毛手毛脚，不像个女孩子，几乎要揍我一顿了。

这件事之后，我不情愿地剪了很长一段时间的短发，倒真像一个秀气的小男生，常常被淘气的男同学喊"假小子"，走在街上也会被后面赶路的人拍肩膀喊："小伙子，让一让，让一让嘞。"但为着晚秋时所开着的花，幼时的我似乎多出了异于寻常的勇气，虽然为火所灼伤的皮肤，后来疼痛了许久，但那时好看的花，仍然在心里欢喜着。

那时候的我并不知晓，许多年之后，再回到草场赶牛赶羊的自己，会对同样开着的花无动于衷，羞于下手去采，会成为小孩子口中"文明"的大人。

二

旧时乡间偶有爱花的人家，在院子里栽种几棵菊，多是娇养在花盆里，白日放在室外，入夜就收到房中去了，待养到花开，时节已入深秋，乡间粗犷凛冽的空气哪里能使菊花开得痛快呢！因而，这几年常常在公园、街角见到开到盛时的菊花被冻得灰头土脸的模样，且因气候过于干旱，那冻伤的花很快便被风吹成枯褐色，连同枝叶一起，一夕间老去，很是可怜。

有时夜里落了霜，霜花结在枯败的花叶上，如一层薄薄的雪，上学上班的人呵着霜气匆匆走过，已没有人愿意花时间驻足观赏了。很快就到了刮西北风的日子，风一日比一日紧，秋日便日日加深，深到使人误以为到了冬天。这菊花的一生，终究抵不过严寒风霜，终于终了。

"哎呀，太冷了。"有人感叹。

"今年冬天来得太早了。"另一个人说。

其实，呼和浩特的冬天从来都来得这般迅疾，总让人猝不及防，只是那些霜降后要开的花并不知晓。花信从不负人，到了开花的时节，它便要开出花来，早一步，迟一步，终归要好好绽放一次罢了。

三

《看寒花记》中说"因思寒花惟晚菊、蜡梅、天竹、水仙数种"，晚菊正是这个时节应有的。我居住的小区楼后，一楼的人家家中所养，也有菊。我周末转过去看，正赶上这家儿女在花园的矮墙边喂猫。是个晴天，阳光明亮温和，风是明净的，天空高远。一切都寂静而明朗。

晚菊被主人从房中移到园子里，花开得正好，一丛几株，雪白、深紫、明黄，诸色皆有，且有重瓣单瓣。黄白菊花都是很大一朵，花瓣细长卷曲，很端庄的样子，沉沉欲坠。另有一种菊，花朵小些，深紫色，花瓣呈片状，又有明黄色藏在花尾，像喝醉酒的少女的脸庞。正是这样普通世俗的颜色，衬着人家的院落，别有一种明亮繁盛的质朴动人。

先前，我曾在去美术馆的公交车上，瞥见内大家属楼一户人家的窗子里，满满一排黄菊正在盛开。霜降之后，人家窗前的晚菊，应该说是地方物候的一种代表，也是风土民俗的一种象征。后来，抱着相机跑过去拍照，透过相机取景器，看到蟹爪样的黄菊浸润在凉阴的空气里，团团簇簇，丰赡沉静，心间涌起的美好情感，至今不能忘怀。

在此读大学的几年秋天，我究竟是怎样虚掷的呢，以至于连这样的光景都不曾遇见，不得领略？依稀记得读书时，最常做的事情就是旷课去做兼职，赚取微不足道的收入，以此换来珍贵的药材，给姥姥医治并不知什么病症的疾病，期许她减轻疼痛，康健如常。

然而，命运之无常，不严霜寒冬，亦不疾风苦雨，也有光阴流转，四季变换，你一直站在原地，而那个你所竭力挽留的、与你相依为命的人，早已去了另一方世界。于是年华终究是虚度了，你所失去的，不仅是秋时菊，花草与树，更广阔无边的世界，那时也一并错失了。

四

今年十月一日，正好临近周末，我回乌兰察布为故去的老人扫墓，墓前不知是谁放了六枝白菊花，我拿矿泉水瓶子养起来，立在碑前。近午阳光热烈，照得人眼睛酸酸的。远处青蓝的群山及近处泛黄的树叶在这光线下都显露出异常明亮的色彩。北向的电线杆上，连绵的线缆在阳光里闪闪发光，如同蛛网般伸向远方。两只胖硕的灰喜鹊站在电线上，默不作声。田地里堆放着草卷。四处很静。

一个城里来的小男孩，被一对年轻的夫妻牵着手，跟在一个老妇人身后，稚声稚气地说着普通话："我们是去看姥爷吗？姥爷在哪里呀？"

"姥爷在天堂。"老妇人说。

他们身后，跑着一条黄色的小狗，从我身边路过时，那小狗汪汪汪朝我叫起来。我小时候也养过这样一条家犬，出于忠心，小犬始终对陌生人保持着警惕，却并不见得会咬人。因此我并不害怕，只是站起身向小狗望了望。

"燕子回来啦。"老妇人向我打招呼。

"是你啊——陈家妈妈。"我几乎认不出她来。我还记得小时候她家院前的芍药花，每年花开的时候，她都和陈家奶奶端着碗，站在花前吃晚饭。现在过去多少年了呢？十年，十五年，陈家妈妈老了很多，仿佛变成了一个陌生的别的什么人了。

她呵斥住汪汪叫的小狗，继续向前走。

"不要紧的,我不怕狗。"说起这话,我的鼻子酸起来。家庭的变故的确使人伤感,所以有时候我不愿意去相信,小时候看我长大的这些人也在告别,真希望他们能像村庄一样,一直在原地,在四季中流转。

亲人既殁,如同草木凋零,春草复青至秋,步履所至,大约正是人世所谓的牵绊吧。这一刻我所能做的,就是停下来,在从前生活过的地方多留一会儿,虽然记忆的电光火石不过一瞬,终究还是要离开的。

这些年,走在城市的街头所看到的这些晚菊,被带到乡野的这些晚菊,与从前的野花相比,不是已经很好看了吗?不再有遗憾,也不再有更多贪心的念想。即便季节变换,紧接着便是严寒与花落,山野的残秋与隆冬,那也是很好的光景。

五

一部叫《冬之华》的电影里,有一个白雪覆晚菊的镜头,我于生活之中始终没有见到,不如将这六枝白菊留在此地,待到冬深雪落时,倘若菊开尚好,托体此处的人便也有花可看了。

花开,始终是内蒙古高原的晚秋里,最动人的风景。

中秋快乐

年年月华流照君。

一

白露那天晚上，欣欣在微信里说，今天月亮好看。当时我正和三羊同吃一块月饼，是平日里不曾见过的黑颜色的月饼，猜不出也未尝出这黑颜色是什么材料，一点巧克力之味，又有一点枣泥的味道，并不十分甜，不过囫囵吞枣罢了。出门时，果然看到一只胖硕的月亮挂在天上。想起欣欣的话，于是取相机拍照。

时已入夜，呼和浩特的秋夜，长风浩荡，夜空平静得如同深海一般。秋虫合奏，虫声里浮起云月，在风里远远近近。我透过镜头，望着渐渐向圆的月亮，月光清澈明净，简直太喜欢了，是一种"更与何人说"的喜欢。

二

这样的月亮，前一天夜晚，我也曾在夜风里看见它，位置比这时要高一点点，一样的浑圆、清澈、美丽。更久之前这样圆满的月亮，大约是正月十五的晚上，我曾用相机记录过它的样子。那时还是元宵节，是人间团圆之夜，腾空的烟花和人家窗内朱红的灯笼，过于热闹绚烂，遮住了月亮的光芒。到了后半夜，人间安静下来，我像是怕忘记十五的月亮似的，睡觉之前特意把灯关掉，将窗帘拉开，把月光放进来。月亮极亮，在深蓝的天上，明亮中阴影清晰可辨。月上的暗影，是小时候望月时常常向姥姥询问的事。

"月亮是今天最圆吗？"

"是啊。一年要圆十二次。"

"是因为有十二个月吗？"

"我家燕子最聪明啦。"

"那月亮上怎么会有影子呢？"

"哦，影子是嫦娥仙子裙子上的丝带。"

"嫦娥仙子要在月亮里面跳舞吗？"

"嗯。"

那时候，姥姥总是一边做针线活，一边同我对话。一生中这样的时刻毕竟不多。后来我长大，外出，离开她。再后来，她生病，离开我。月亮圆了又缺，缺了又圆。一年之中，月圆几次，对她的想念便有几次。就这样月复一月，在一月又一月的波流里飘着，时间感逐渐变得迟钝模糊，偶尔翻看日历，才发现月亮又要圆了啊。于是问心里的那个人"走远了吗"。时光久远，隔了十余年的光景，现在即使于梦里也很少听到她的应答之声了。

三

有次下班晚归，半圆的月亮端庄地立在天空中，实在太好看了。空气里流淌着夏花的香气。我推开门，月光照进来，将白纱窗浸得发亮，在地板上投下明暗相间的影子。这时候起风了，阳台上窗户没有关，风推来推去，发出哐当一声响动，像是故人推门进来一般。

我鞋都顾不得穿，光着脚丫跑过去看，啊，推门的原来是过路的风！心中微微生出些失落，默默站了一会儿，又转身回房间睡觉了，以期梦里故人走过来，再帮我掖好被角。虽然心下知道那也是痴人的一个梦罢了。

渐渐榴花谢去，六月锦开过，萱草花开过。滚烫的空气一点点变凉，秋风起来了。

四

有天傍晚，我在这秋天的风里背《秋声赋》给先生听："星月皎洁，明河在天，四无人声，声在树间。"就像少时给姥姥背诗一样。古人的每句诗词之中，都有背诵它的人过往生活的痕迹。这痕迹是什么呢？除了无涯的思念，更多的是在那些跌跌撞撞行走的过程中，最终完成的自己,成为自己想要成为、大概也不得不成为的那个"人"。

就这样,背完童子的话,路的尽头,农历七月中的月亮在云层中渐渐显露出来,如同显现在渐渐退潮的大海边,边缘有着一丝毛茸茸的湿意。这秋日的黄昏,有了月亮,就如饥渴的人饮到了清水、哭泣的人有了手帕。我的手被先生牵着,触碰着他指腹的茧,有种说不出的温暖与踏实。

月亮升得很快,不过十来分钟的光景,就已经穿过国槐树梢,爬到对面高楼的腰间,也变得愈加明亮,初升时的湿意也在一点点退却,很快就变作一轮银色的光轮了。举头望月的那种心情,是秋天的。风再冷,望月的人都知道,天最后会黑,月亮一定会亮起来。我们在秋夜里走,遇到一朵迟开的蔷薇科植物。风声细碎,昏黄的路灯照在花上,格外温柔。

五

光阴容易过。转眼间,已至中秋。

在呼和浩特这几年,有时中秋不回乡,也会去买从前爱吃的"牛粪月饼"来吃。"牛粪"二字略带有不雅的意味,但对于从小听惯吃惯的人来说,它所能勾起的是阖家欢乐的团圆,是天伦之乐的向往。选材是本地所产的面粉、胡麻油,辅以五仁、红白糖或冰糖、蜂蜜之类。

小时候四时节气,凡有应节的吃食,在物质匮乏的生活条件里,姥姥都会一丝不苟地做给我吃,比如,新年夜的饺子和油炸糕、端午节的粽子,当然少不了这中秋时节的月饼。她有南方生活的经历,因而在清明节,常常做青团、蒿子粑粑之类的吃食。

她做糕点和食物的手艺往往很好,做的样子又好看,味道又好吃,惹得同村的小朋友到了时令节气,都要来家和我一起写作业。姥姥便会和我们讲月饼的来历,庆丰收、祭祀、拜月,其中所包含的古老习俗与民间生活所浸润的情感,让我对中秋节气产生了不一样的希望和热情。

然而,大概是因为她在厨艺方面过于优秀,对我又照顾得无微不至,以致现在即使我愿意在这些事情上付出许多气力,却仍然做不出那样好看又好吃的食物,真叫人神伤。

今又中秋。愿月华千里,庇佑望月的人,日日是好日,岁岁皆安康。

秋　迹

是秋，但闻四壁虫声唧唧。

一

呼和浩特这几日降温，午后立在路旁等车，脆冷的风使人神形俱肃，不由得裹一裹衣领，双臂合抱在胸前。每年中秋节后都会有一次明显的气温回落，就像正在笑着的人忽地紧一紧脸，冷起来。

在风里走一阵子，看到路侧景观带还有一些萱草在开花，明亮又温柔的黄花，也即将在汹涌而至的秋意里，失去它们令人愉悦的最后一点色泽。秋已向深，气温回跌至十摄氏度左右。天气预报可见，不几日再一场雨落下，必定很快又全速降温了，直抵零摄氏度。在这渐向深秋的凉风里，我已经冷得有些瑟瑟了，这些好看的花却依旧欣然。我上路阶时，忽然感知到花香，温和甜蜜。当下回转身去找，只满眼绿意，乔木蔽日，不知香自何处来。

二

树叶从夏天一路绿过来开始变黄，各样花你先我后地凋谢，和春日花开时有同样的匆忙。小时候读的书里有"劝君莫惜金缕衣，劝君须惜少年时。有花堪折直须折，莫待无花空折枝"的句子。那样意气风发、青春年少的时光，可以春风得意马蹄疾，可以一日看尽长安花，也可以仗剑走天涯，前辈们都要劝这个年岁的少年，有好花堪折时，莫要辜负啊。而今春夏转瞬间，秋光已无多，又有多少人还没有好好过秋天呢？

前几日骑行，在临水处、景观带、公园里，随处可见开着的秋英，明媚如格桑，活泼如非洲菊，标致如月季，端庄如金银木，另有一些细小不可辨的蓝色小花，绿中带褐的狗尾草花，等等，一簇簇一群群，皆一片粲然，周正热烈。冷极而寒的天气，并不能使它们潦草一生，反倒生出一种"我的生命我做主"的王者气度，不得不令人注目。

三

早在八月间，秋天刚来的时候，天上的云多起来。随着四时云相，云聚云散，秋之况味便渐渐浓烈起来。有几个清晨，云层如同巨大的排骨，列在东向和南向深蓝的天空中，是一排排如同碎棉般清透的高积云。到了傍晚,盛大的晚霞则出现在西向和北向橙红的天空上,天空时明时暗,夕阳在云的边缘涂上明亮的金黄,霞光就此铺开,在澄澈的天际逶迤蜿蜒,拖出长长一条丝带,向四围无限延伸,广阔而美丽。风里着了凉意。空气中廓落的秋日气息,此刻明白无误地随风吹过来。

四

一楼的邻居家有处小院,杂种着葡萄、冬瓜、青菜、月季等瓜果花卉。女主人常在清晨在小院里忙活,莳下这个,剪下那个,有时拿水管给菜浇水,给花做清洗。她家的冬瓜长势好,攀爬在篱笆墙上,已经结出大小十几只青皮的冬瓜了。白露节气之后,成熟的冬瓜身上长出一层白霜。

我有次路过,她要摘一只给我,推让许久,还是拎了一只回家,存放在厨房的窗户下面。工作日很少在家做饭,到周末想起来吃时,这只冬瓜已经瘫软在地板上,坏掉了。十分可惜。除此之外,邻居家还种有半畦青菜,萝卜缨子瘦瘦弱弱,青菜却长得好,一棵一棵,菜秆如翠玉。另外半畦,种的是大葱,大概主人平日里不怎么吃,葱的顶端长出了球状的花序。

我问她:"葱开花了,是不是老了?"

她笑起来,温柔地说:"花多好看,胖嘟嘟的,像不像绣球?"

"有点像,是绿绣球。明年开春我买些绣球花种子,咱们尝试种一下。"

"好啊,我爱慕那花。"

她家读小学的孩子听到我们的对话,从阳台上走出来看。她妈妈很快便制止了:"回去写作业,一会儿还要上课!"小男孩依依不舍地回屋去了。

这时,秋天的阳光投射下来,洒在高楼上、葡萄架上、新长出的葱花上,以及小男孩的背影上。我在这里隐约看到一点我辈年幼的影子,我的童年与他却截然相反。那时候,村子里的小孩子都是从会走路就开始学做活,尤其是女孩子,从最简便的家事学起,及至学会做熟练家务。至六七岁,可以上学的年纪,就已经学会了骑马、放羊、挤奶,甚至承担着一家人的一日三餐,和大人一起下田做农活。乡下的孩童,童年所习得的,无非是畜牧务农以及衣食之温饱的技艺,至于精神层面的教育与灌溉,几近于痴人说梦罢了。

五

夜里听到虫鸣,最为响亮且熟悉的是蟋蟀的叫声。远远近近,在野、在宇、在户。也入我床下的,不晓得还是不是小时候见过的那一只?还是不是"知有儿童挑促织,夜深篱落一灯明"的那一只?

一山的雪

呼和浩特下雪的那个周末,读书会在山上办"新春集市",也叫年会。山上其实并不远,在城北,生长千年古杏树的乌素图,驱车自北二环而下,不过一刻钟车程。我自是要去的。不说简陋繁忙的城市生活经历中鲜有此种"赶大集"的喜悦,单纯是覆雪的冬山,亦是我自幼所熟识亲切的,我定要上山一趟。

为冰雪所覆盖的山路,车轮驶在上面,滑来滑去,真是难走!往来的车辆也少,我几乎是寥落地向前驶着,却在路的转弯处,看到白茫茫的山屋前写有"围炉煮茶"四字的布质招牌,在光线幽暗的角落,终于打破雪野的一点岑寂,令人动容。

我取出相机走下车,四野寂静无声,只有风拍打屋瓦的声音和我走在雪地上咯吱咯吱的声响。对于在山野长大的人来说,这呼啸的大风更为动听,仿若故人穿越时间与空间,自故园、自幼年、自遥远处吹过来,看到我,几乎飞扑到我身上——啊,终于重相逢——

油然而生出亲切和愉悦。

这正是每一个在大风里牧羊的小孩子，从第一次到数不清次数地赶着羊群，走在其中所培养出的感情，以及对一方土地上的物候的了解与熟稔。而未被高楼覆盖和阻断的郊外，相机的视野常常很辽阔。我在镜头里望见白色的山脊线、古树、泛着寒光的电力塔、一只喜鹊轻轻飞过，"围炉煮茶"四个字似乎有着很大的寂寞似的，轻轻落在那雪里。

更远处是一枚渐圆的月亮，收敛、湿润，印在内蒙古高原特有的蓝天上，犹如遗忘在黑板上的一幅粉笔画，被人不小心蹭去了上面一小部分。这样的月亮，也令人动容。我少时赶羊下山的黄昏，总要看看月亮在不在天上。看看月亮是怎样从银钩到镰刀，到梳背，到半，终至满圆，又渐渐亏缺。

那时，我有一个月亮一样的姥姥。姥姥说，月亮圆了弯了再圆，是一个月。十二次满月，是一年。大自然以这样的方式提醒着行走在大地上的人，时光在流逝。我就在这月缺月圆的流逝中，掉牙，豁牙，长出新牙，变成小学生、中学生。

大学毕业那年，终于不再是学生，姥姥的月亮却圆缺了九十七年。最后一次月圆，是正月十五。照旧是连绵的覆着白雪的阴山山脉。远处丘壑分明的重重山脊上，月亮升起来，越升越高，终于在深蓝的天空中变得冰冷明亮。烟花起起落落。姥姥离开了我。

透过时间的窗子，每到山中落雪，记忆便剥离彼时的山野人家与鼓吹喧阗，只余下雪的白、送葬人的白、纸幡的白。纸幡为姥姥生前亲手所剪，最为朴素。从小店买来的白纸，既薄且软，她裁剪后折为几层长条,用剪刀绞成波浪状的花纹,轻轻抖几下便散开成线,蓬松有姿。

"真好看,是不是可以拿去换钱花?"我那时还不识纸幡的真正用途,一面学着姥姥的样子,拿两片朱红纸束起白纸线,一面问她。

"放着吧。"她说,"我们有用处。"

此后,接连下了几场雪,呼和浩特进入长长的冬季。天气真冷啊,姥姥担心我脸上、手上的冻疮复发,张罗着织围巾、手套。只是她体力渐渐不支,每日等我下班后,陪我坐着的时间一分一分变短,先是半小时,逐渐缩短到不足丨分钟的样子。月亮在窗外圆缺变幻,阴山上的雪也薄一时,厚一时。大雪、冬至、小寒、大寒,节气一个个过去。进入腊月,过小年,过春节。时光一日一日迅疾流过,无论怎样惶恐,也到了该来的那一日。

有半个多月的时间,我很少睡觉,白天去上班,晚上趴在她床边,讲一讲遇到的事、认识的人、读过的书。凌晨四点,窗户外面总有一只喜鹊清晰地长叫着,飞来又飞去。到了正月十五,夜,我顶着风雪下班,推开家门,屋子里静得出奇,灯也熄着,我便猜到她那句"我们有用处"的深意了。是的,这世间,我再也没有姥姥了。

呼和浩特落不尽的大雪啊,洁白的纸幡,这一回终于是没有来得及。我将纸幡系在从南方买来的细竹枝上,插在姥姥的坟头。纸幡经过许多雨打雪侵,慢慢碎成焦黄的断片,浸到土里。很久以后,后来人路过,还会遇见光秃秃一枝已从翠绿褪作枯黄的竹枝。草原上哪里会生长竹子呢?路过的人看到,便即想起陶诗"死去何所道,托体同山阿"的沉静罢了。

而那时，我旧疾复发，正是需要家的时候，却已没有了家。每逢年节，也厚着脸皮去友邻家坐坐，装得像个真正的"亲人"一般，怯怯地坐在一旁，看人家做家务、唠家常，有时帮着拣菜切菜，便也是不可多得的喜悦与繁华。如同沈从文先生所写："我需要的也就只是那么一点温暖，属于人情的本来。"（《一个人的自白》）。

有次帮思贤姐去买醋，像姥姥差我出去打醋一样，心里充满了欢喜。少时姥姥在灶前煮饭，缺盐少醋，就要喊："丫头，打瓶醋来。"我应声便拎着瓶子出门。瓶子是谁家喝酒剩下的空酒瓶，被丢在野外，我捡回家洗干净，本要放进书包上学装水喝，姥姥却另作醋瓶使用。打醋自然是小孩子的事，隔壁的俊英、海强也经常去。

村里卖杂货的人家，有一个密封的装着醋的大桶，家家有一张牛皮纸的账单，用作打醋的凭证。每打一次，开店的人家就用笔在格子里画一个钩。用的次数多了，牛皮纸被捏得很软，浸满油渍，显得脏乎乎的。格子用尽，便作废返还给这家人。

我打完醋，抱着瓶子往家跑，要路过各样声响：风吹打房屋的声音，不尽起伏的犬吠，麻雀惊慌成群飞起扇动翅膀的声音，人家灶台上锅铲炒菜时的撞击声，羊圈里的羊咩咩叫着，我家的大鹅嘎嘎向我跑来——都很动听。

我在"新春集市"买了数杯咖啡，采买了两个"福"字、一只葫芦丝。下山时路面更滑了，抬头望见满天星子和山头月，像拾得一个很大的喜悦。这喜悦甚是繁华，像一个安静的长镜头，在人心上激起长久的爱恋与祈愿，实在仿佛一天的星，一山的雪，一个新年。

月　亮

举头望明月，低头所思处，无他。

一

呼和浩特的冬天实在是单调，天冷得厉害，冻得人懒懒的，什么都不想做。

虽然冷，却鲜有大雪封门的时候。一个冬天能称得上大雪的，不过三两场罢了。城里面只剩下光秃秃的树木、高楼以及一些裸露的黄褐色土地和积雪。也没有什么花，别人家乡好看的山茶、蜡梅，这里都没有。金银木的果子倒是有一些，不多，浸了阳光与风霜，变作繁华的朱红色，挂在枝头，成为冬日的点缀，也是美丽的。

河面上结着冰，先是薄薄一层，几场大风之后，便成了实实在在一河冰了。冷自是不必说的，趣味也较以往少许多。城里人家会拣个好天气，带小孩子到河里滑冰、推冰车。人站在河面上，空气生寒，四处皆冷。只有冰，在阳光下闪闪发光。乌云气定神闲地压在远处大青山山顶。风却足够凛冽，吹得小孩子的手和脸都红通通的，浑身上下没有一点热乎气。几乎要冻透了，大人们兴致才散，终于家去。冰上可真冷！下一次再要出门去冰上耍，怎么哄小孩子都不要去了。冻怕了。还不如猫在家里看动画片呢！

二

就在这样的冬天里，有天下班，已经很晚了，是个冷天，汽车玻璃上结着蒙蒙的一层霜汽，我没有开空调，过一会儿要开会儿车窗，水汽才可减轻一些。就这样，跟在一排车后面往前挪，照例是堵车，走走停停，也常有车猛地插过来，只好避让。回家的路显得格外漫长。待终于快要到家的路口，疏通交通的交警却不让前行了，打着向右转的手势。有司机开窗与交警理论无果，于是只好转弯，我也跟在后面，另寻一条路回家。无意间抬头，望见路的尽处，深海一样的夜空里，一轮明亮圆满的月亮，皎洁无可形容，好像世界一下子被照亮了，心情也如月光一般明亮起来，因而可以忽略交警强硬的态度。

夜色渐渐起来，云气沉落于城市四围。月光照过来，照得万物清明。我隐约有一点被月光抚摸着的伤心。这寒冷的入夜时分，行在明亮月光下的滋味，与中秋时略略相似。从前的我并不觉得"小时不识月，呼作白玉盘""今夜月明人尽望""月是故乡明"这些书本里印着的诗，有何不同，只是随口背背，随手写写，并不曾真正明白其中所蕴含的情感。及至去冬,少时居住的村子里重新统计人口,将我从生活及想念了近二十年的村子里减去时,我才粗略体味到"不知秋思落谁家"的怅惘,这大概是不能回家的人无处可说的伤心吧。

原来"秋思"古已有之,这普通之人的秋思,随着月光温柔地照在每一个想念家乡的人身上。我认出了他们的哀乐,这哀乐我也有份。写诗的人把望月的心写在诗里,是别离之苦,也是团圆之欢,与我虽隔了长长的时空,却又这么接近。从此,月亮便不再仅仅是一个天体,也是每一个抬头望月的人生命中真实的悲欢哀乐。

三

俊英偶尔回乡,电话里总说,村邻们还会提起我,经常问:"燕子去了哪里?"

有人说:"还在呼市。"

也有人说:"去天津了。"

"真是越飞越远了。"他们偶尔感慨。

在他们眼里,我终于成为一只真正的"燕子"("燕子"是我的小名),飞到城里。

在中国乡下,"燕子"是女孩子最常见的名字之一,大概因为飞入寻常百姓家的"燕子"灵巧、长情,年年秋天飞走,年年春天飞回,与乡野人家有着最为紧密的联系,像养在家里的小女儿一样,希望她羽翼丰满之后,能飞向任何想去的地方,故而以此为名。乡间传唱的歌谣"小燕子,穿花衣,年年春天来这里",至今仍广为流传,即使花甲老妇也能哼出一两句,可见人们对燕子的情感从古至今,皆不曾变。

而被喊作"燕子"的女孩们,最后有很多飞离了幼时生活的地方,就像这十几二十几年间,乡里的年轻人无一例外地去往各处城市寻找自己的生活。贾平凹在《月迹》里有句"每个人都说月亮是属于自己的",这种结实动人的文字下所怀的深情,使人读来忧伤。月亮便成为承载这忧伤的东西,落在了每个人心里。

四

我小的时候,乡里还没通电,在广袤无垠的黑夜里,月亮是较星河更能使小孩子感兴趣的发光体。乌兰察布乡下的老房子,多是三间土墙瓦房,向阳一面开着两扇很大的窗子。冷天里,人们吃罢晚饭,云暗下去,天色沉沉,密密麻麻的星星在深蓝的天空浮现。我和俊英写完作业,跑在窗下,一边数星星,一边等月亮升上来。

"姥姥,那个是不是北极星?"

"不是,北极星现在还在睡觉。"

"那什么时候醒呀?"

"后半夜。"

"那这个呢,是不是牵牛星?"

"牵牛星和织女星挨着,有两个箩筐,看到了吗?"

我们找啊找,怎么都找不到。不行,要到外面才能找到。于是两个人穿上棉衣，拉开门，冲进风里。空气很冷，特别是山里，朔风刺骨，令人生畏。我们揣着手，找啊找，牵牛星在哪呢？一转身，望见东天上，明亮的月亮，正躲在毛杨树身后，露出红红的脸庞。啊，月亮出来了！我们忍不住叫出声来。看它从一枝杨树枝条移到另一枝枝条上，很快从杨树身后站起来，高高地悬在天空中，照得村庄如同白昼。好看极了。

五

月亮之于乡下的孩童，是如同牛啊羊啊猫啊狗啊一样的存在，是乡里长大的小孩子最初识得的天体之一。在屋里屋外无一光亮的夜里，月亮的存在直抵人心。有时候我们走在下学的路上，一眼便看到月亮，斜斜的一个在西天上。有时候，我们赶羊群上山，天刚蒙蒙亮的清晨，月亮低低地贴在天边，颜色极淡，白白的，很像熬夜人的脸。有时候，我们在深夜里醒来，看到窗前透过的月光，心里生起的一点害怕被照拂到，仿佛获得了安慰般，翻过身便又沉沉睡去。

幼年背李白的《静夜思》，那时还不识得什么是秋霜，这大概与鄙地多风干旱的气候相关，很少见到霜花结在草叶子上的样子。但对"床前明月光"自幼识之。后来到天津工作的几年间，于深秋的清晨见到霜打木叶的情景，才知李白"疑是地上霜"一句不假。月光之皎然，自是与红叶覆霜一样秀美。

六

前几年从天津返回呼和浩特工作，正值隆冬，住的地方和单位离得很远，有一段路经过校区，往往要堵车，因而我总要早早出门，避开家长送孩子上学的高峰期，能节省不少通勤的时间。冬天日短，早晨出门时天还未亮，在寂静的黎明里走一会儿，天色才隐约变作有些透明的蓝。正是在这种还未明亮的透蓝里，我从银河北街转向前达门路的时候，绕过牛角桥，蓦然望见一轮巨大的月亮，橙黄硕大，垂挂在西边的天幕之上，将要落下去。

这么好的月亮啊！我忍不住停下车，跑到路边去认真地看一会儿。晨风极冰。不远处，环卫工人正拿工具除冰，一下一下，发出清脆的声响。一架早行的飞机在天空轰隆隆飞过。月亮却盛大安静，给人以触手可及的错觉，更像是真真切切的一个天体。然而，这样看月亮的日子，能有几回呢？除却月缺不论，雨雪天气也常常有之。老人们常有一生看得几回花的感叹，于我们而言，这一生之中，能明明白白见到满月的次数，也如同见花好一样，不过也屈指可数罢了。

如今，呼和浩特又是茫茫隆冬的景象了，几日前还落了一场像样的雪，简直冷极了。行道树的叶子都已凋尽，枝干上挂着星星点点褐色的荚果。冬月近半，风吹过去，太阳落山了，月亮一日胖过一日，天黑了，天又亮了。一年就要过去了。我穿着暖和的衣服走在树下，像小时候一样等月亮升上来。这样无有所求的等待，于困于工作与爱的人而言，已珍贵如同满月，犹遥不可及但充满期待。

生活的一种

一

全国大降温的几天,呼和浩特几乎没有雪落下,接连的晴天,白日里阳光很好。风却吹得紧,极大,呼啸而过,裹带着说不出的寒冷。

就在这样的寒冷里,有日下班,夜色已深,人家的灯火渐次暗下去。我走至住处的楼门口,听到有人喊"燕子",便循声望去,看到站在角落处的三爷爷。他大概已等候很久,寒风吹得笑容都在脸上僵固了,手格外凉。

"三爷爷怎么不打个电话给我?天太冷了,衣服都冻透了吧?"

"不冷,不冷,我穿得厚实。"

十分寻常的对话,竟然有些陌生了。我们一起进屋,听到外面的大风,撼动门窗,直吹得谁家花园里的重物跌到地上,发出嘣嘣的声音。

"没想到城里的风也这么野性。"三爷爷说。

二

三爷爷是我乡里的邻家爷爷,其实他年岁并不大,才六十余岁,只是辈分高罢了。终年和土地打交道,使他的容貌较同龄的城里人,明显多出许多沧桑。然而,劳作却又使他身强力壮。乡里人的生活之资大多要用一双手挣出来,粮食、蔬菜皆种在地里,随四时仰给。许多人家还会在家里养牛、养羊、养猪和几只鸡,母鸡可以下蛋,公鸡除了用以接待家里来客之外,长大了便逮去市场上卖掉,换一点油盐或衣布钱。周而复始,多少年来,似乎将永远这样忙活下去。

不知从哪天开始,村子里涌起了打工的浪潮,年轻一些的男孩女孩,几乎无一例外地,跟着招工的队伍,浩浩荡荡流入了城市。年节时,打工的人回乡,聚在一起笑笑骂骂喝酒吃菜,讲他们打工的故事,怎样把小饭馆里整箱的啤酒喝掉,怎样在歌厅唱K,怎样通过电子渠道收工资。他们在歌里唱,外面的世界太精彩,要走出去看看。

三

受到打工潮的影响,农忙之后,三爷爷也跟随乡人一起来城里做工。约莫在九月间,也是天黑下班晚归,他来家看我,费力气地背来一大袋土豆。我竟十分惭愧了,有些手忙脚乱。离乡之后,很少回去了，只在每年屈指可数的几次回乡过程中，也没有去三爷爷家坐坐。

时光迅疾，仿佛一转眼，这许多年就过去了，他却仍记得我小时候吃土豆的喜好，而我呢，真是太过薄情。于是怀着负疚之心留他在家吃饭。他摆手，急急要出门，说要回工地去，那时他已跟随建筑队在做泥瓦工。我开车送他过去，他对进城做工有种朴素的自豪，将"凭力气挣钱"几个字讲得响亮。他住在建筑地的铁皮工棚里，下车时，已经是夜了，工棚格外寂静。远天上，将圆的月亮，清明硕大，触手可及。仿佛有桂花香。我问三爷爷，这里有桂树吗？他答，香气是月亮里飘过来的。

很快便至中秋，三爷爷拿到第一份薪水，打电话跟我讲："燕子，帮我寄钱回去吧，领到工资了。"他大概认为"工资"两个字比较洋气，反复使用了多遍。我载他到家里吃饭。我做菜并不好，简单做了小菜，为三爷爷开了瓶酒。他显得格外开心，一边叫我吃菜，一边自己缓缓酌杯。他慢慢脸红起来，实际上并没有喝醉。在我少时的记忆里，他是爱喝酒的，常常在静悄悄的夜里，听到他拍着自家的木板门，含糊不清地喊："梅英娘，开门，我回来了！"四邻便知道他又出去喝酒了，这时候，三奶奶总是生气地埋怨："你个醉鬼哟。"将他扶到屋里去。

我问："三爷爷你醉了吗？"

他摇头："这点酒，还远着呢。"

不一会儿，他仿佛想起什么事，说出一个号码，让我拨电话过去。通了之后，听到他对电话那边的人吹牛："在燕子家喝了顿大酒。"

又问对方,"要不要过来?"听到电话那边叫他早点回去,他哈哈笑着,挂断了电话。

他们的工地搬到了更远的郊外。秋夜里,月亮滚圆。野生芦苇、狗尾草及至大片的草地衰败枯黄,杂草细碎的种子被风吹干,粘住擦身而过的人们的裤管和衣角,带去另外一处世界里生存。

风里开始有了凉意。

四

入了十月,天气一天一天冷起来。西北风的气流吹落道路两旁行道树的叶子,将要落雪了。三爷爷所在的工地,工期将了,这时候,包工头却嫌他年岁大了,吃力的活干不利索,只结了微薄的工资,便胡乱找了理由辞退了他。他是不愿回乡的,毕竟出来了一趟。他坚持着跑了许多地方找活干,后来终于在一家将要停工的造纸厂谋了看门的营生。似乎应了他留在城里的心愿,虽然工资不高,甚至接连好几个月都拿不到钱,然而,他还是愿意待下去。他说:"毕竟是城里啊。"如此,一待便到了年底。

这期间,造纸厂效益日渐坏下去,陆陆续续停工开工。到了入冬,终于支撑不下去,彻底停产了,生产的纸巾堆在库房和车间。三爷爷便要日夜照看,防水、防火,更要防盗。有时,邻近的居民会翻墙进去,趁他不注意,偷一些纸出去。他想不到这一层,清点数目时,发现少了,以为数错了,还要重新数一遍。反复几遍之后,才恍然大悟一般,是遭了贼了吧,便开口大骂:"狗娘养的畜生!"

后来，三爷爷便从野地里带回一只流浪的土狗，和他一起守着冷冷清清的厂房，算是个伴儿。

五

三爷爷从前也养狗，我对一只叫"多多"的狗记忆颇深。乡下人家的院子里，常有一只身型近一米长的土狗，不分昼夜帮家主看家护院。听到生人的脚步声便警觉起来，狂吠不已。有时夜深后，万籁俱寂，醉酒晚归的人常常惊得家狗大叫，把人从睡梦中惊醒。如今想来，那长长的狗吠，对等门人来说，是悬着的心终于可以放下了。长大后，离开家乡，想起"柴门闻犬吠"这句诗，便不自觉多出些亲切感。

后来多多咬破了进门讨饭人的裤腿，那乞丐坐在三爷爷家的门槛上大哭不止。三爷爷一气之下，将多多拴在树桩上，活活用铁锹拍死了。人们无论如何都劝解不住。我听到多多一声接一声的惨叫，看到它乌青的眼眶，水汪汪的眼睛慢慢闭上，不忍心，悄悄跑到门外，独自哀哭。夏天的风软软地从多多身上吹过，又吹向青稞田。

晚饭时，三爷爷招呼村邻喝酒吃肉，我一个小人儿，肉自然一口也不愿意吃，心里面真恨大人的虚伪无情。好像在实用面前，什么都可以舍弃，爱与冷漠，对与错，有时哪讲什么情分，只看对现世的用途罢了。

如今，三爷爷再提及多多，总会自责一句："年轻时气性大，对不起那狗了。"

六

许多年后,三爷爷也离开了他所熟悉的乡间,来到城里生活。像从前学习谷物什么时节播种、什么时节收割一样,开始学习、适应、熟悉外面的生活,一天一天磨合着。会质疑城里的雪,为什么要比乡间小一些?也会问我,那些尚未融尽的积雪,在清晨薄雾与尾气弥漫的城市里为什么总是不够雪白?

他渐渐记不清楚,雨后清新鲜绿的山野里,布谷鸟站在杨树枝头发出的呼鸣,布谷布谷。也渐渐想不起来,黄昏时从山上放牧归来的羊群里,哪个牧羊人喊出的长调,吱呜呜呜。

他开始想念从前的四季,想念在牧场上刮过的大风,也开始对从土地里生长出来的草木生出兴趣。

七

三爷爷拿到家里的水仙将要开花了。北方并没有许多花,尤其在冬天。也只有到了年根上,讲究的人家才从经营温室的花房里采购些被称为"年宵花"的观赏性花类作为装饰,多为仙客来、蝴蝶兰、红掌、年橘一类,平添些喜庆的氛围。然而,养花这种多少有些审美追求的事,在从前的乡间,并不多见,更何况寒冬。

三爷爷说,种在乡里的花树,只需要挖一个坑,浇一桶水,此后再不用管它,它就会好好活下来。四年五年之后,它自己便能长成一棵大树。这让我不由得想起好些年前,过年时,在卖货郎所挑的担子里,有一种荷花形状的玩具,粉红色的花瓣开开合合,宛如仙子。女孩子们十分喜爱,牧区的夏天哪里会有真正的荷花看呢,只有在年画上,才远远望见风吹过荷田的景象。于是缠着大人买。大人终于抵挡不过,破费一次。这玩具,便在许多孩子手上传过。不知道传到谁的手里,一不小心落在地上,摔掉一片花瓣。我们感到伤心,好像新年也随之摔走了一样。

前天去街上,看到相似的玩具摆在货架上,动了动心,终究没好意思买回来。想起从前隆冬的旧事,就觉得应当买一只回来啊,毕竟小时候是那样地欢喜过它。

– 代后记 –

有是人，方有是书

生活是平淡的，那平淡或许是因为，我们从未了解过身边那些看似平淡的人。

某一刻契机降临，你我揭开遮蔽于彼此之间的厚厚白纱，才发现各自的人生都有惊涛，都是传奇。这人世，原来是由种种传奇构成的平淡之海。

而宇萍，确是我在平淡世间遇见的真正传奇。

一

那年那日，我曾在正午为她流下许多泪水——读她的第一本书《我们说好的》，看似轻柔平淡的句子，却以万钧之力碾过我毫无防备的心，最终碾碎了它。

我没有想到，我认识的那位瘦削轻盈，总是含着微笑，声音跟人一样安静的姑娘,原来是穿过了那么深那么黑的夜,走过了那么远那么难的路,才到我面前来的。

生来就被遗弃的她,在安徽某地的私人福利院长到四岁左右,最后被七十多岁的货郎大娘收养,又步行两三千里地,跟着大娘回到了大娘的故乡——内蒙古。自此,她有了"姥姥","姥姥"也有了她。一老一小在草原艰难扎下根,从寒风、深雪和野草中抢出土豆、牛羊,自贫穷、衰老和病痛中交织出爱,渐渐将彼此活成这世间最深的眷念。

命运总是啬刻。身在爱中时,你未见得懂得它,珍惜它。而你稍稍懂一点时,却常常要失去它了。只相伴了十几年,宇萍刚参加工作,稍稍有能力改善两人生活时,年事已高的姥姥,去了。

无法形容我知道这些故事后的心情。泪水从不经过理性,它只是一味流下来,流下来,铺了满脸。

我想象不了,七十多岁的姥姥如何带着四岁的小丫头,只靠双脚,从皖南一路走到内蒙古去。一年多的时间,她们吃什么,住哪里,如何换洗衣物,如何避开危险。我也想象不了,那小小的姑娘幼时如何被孤独与恐惧熬煮过,又是怎样才能熬过失去姥姥后的长夜。

我只知道,我认识她时,她已是某银行的管理人员,思维缜密,能力超群,天赋惊人——随手拍下的照片帧帧精美,每天更新的现代诗进步飞快,而诗歌里,处处都是思念——思念故去的老人,思念逝去的时光。

二

我常怀疑，人与人之间的憎恶乃至仇恨，根源就是不了解、不理解。一旦你设身处地了解了一个人，余生便难以对他无动于衷。

读完《我们说好的》之后，我对宇萍的文字和人生都无法再平淡视之，而她对我的信任也莫名与日俱增。

在日复一日的交流中，我渐渐更清晰地认识了她，慢慢生出更多的惊奇和钦佩来。

金融行业工作繁忙，时常需要加班，而她在工作之余，竟几乎每日都能创作诗歌，且水准不断上升。

两三年内，她如探囊取物一般，考取了某世界一流大学的研究生和某国内 top2 院校的博士生。

本书开始策划时，她身体已出现了很严重的状况，但实施过重大手术之后，她于最短的时间内，对文稿进行了全面修订。

……过目不忘，极度专注，严格自律，意志坚强，这些普通人得一即能改运的素质，她却无一不备。

从这个角度来说，上天对她，又是慷慨的。

不过，这慷慨，真的是上天给她的吗？

三

2023 年夏，我带家人到呼和浩特暂住了一段时间。

夏季是内蒙古的旅游旺季，却也是银行人年中冲刺的旺季。宇萍忙于工作，而我乐于在呼市清凉的空气和阵雨中游荡，见面时间并不多。直到某日，她终于抽出时间来着意安排，开车带我们去她的乌兰察布草原走走，看看。

出发之前，我看她手臂姿势不对，追问之下才得知，前日团建，她不慎摔伤了手腕。而当天，因已与我约好，她坚持必须亲自开车带我们去草原，即便我反复拒绝也无效。

于是那天，我们终究还是由受伤的她送到了草原。看了草原的花，草原的云，走近并路过草原深处小小的寂静的村庄，以及一些被废弃却美到无以言表的荒宅。

整整一天，她从未说过一个痛字，从未惊呼过一声。只是镇静地开着车，举着沉重的单反相机拍照。唯一一次落泪，是因为看到了一匹倒毙于游客区的黄马。

但第二天，她的手臂就被医生要求上了夹板。

所以，除了过目不忘的智商，其他的美德，真的是上天给她的吗？

四

有是人，方有是书。

于宇萍，姥姥已逝去十余载。许多事在时间中渐渐凋去，而宇萍的思念却在岁月中坚强如钢。她用文字搭建起连接旧时光的管道，在其中穿梭自如。那稀少而珍贵的回忆，逐渐变成桌案上的泥巴，由着雕塑者（宇萍）以新的视角一遍遍去审视，一遍遍去重塑；而姥姥给予的爱，则早已沉淀在宇萍的日常之中——是秋日的一碗汤，空中的一只燕，夜晚升起的一弯月亮。

终有一天，我们会明白，被命运薄待过的人，才真正懂得爱的分量。他们只得到微薄的一掬爱，却将这一掬饮尽，转化为一眼生命之泉，源源不竭地向外转送新的爱，和新的勇。

这种智慧，愿你永远不懂。

谨以此，怀念姥姥，祝福宇萍：
幸运曾有过"我们"，于是拥有了无穷。

苏辛

甲辰年秋